Park · Abigails ZeitReise

Ruth Park

Abigails ZeitReise

Aus dem Englischen übersetzt
von Maria Rosken

Loewe

Die Deutsche Bibliothek - CIP-Einheitsaufnahme

Park, Ruth:
Abigails ZeitReise / Ruth Park.
Aus dem Engl. übers. von Maria Rosken.
- 1. Aufl. - Bindlach : Loewe, 1995
(Loewe Extra)
ISBN 3-7855-2799-3

Dieses Buch ist auf chlorfrei gebleichtem Papier gedruckt.

ISBN 3-7855-2799-3 - 1. Auflage 1995
Titel der Originalausgabe: Playing Beatie Bow
Originalverlag: Thomas Nelson, Melbourne, Australien

Aus dem Englischen übersetzt von Maria Rosken

In anderer Ausstattung erstmals 1988 im Loewes Verlag erschienen
Umschlagillustration: Charlotte Panowsky
Umschlagtypographie: Tobias Fahrenkamp
Satz: Fotosatz Knab, Lintach
Gesamtherstellung: Offizin Andersen Nexö, Leipzig
Printed in Germany

Kapitel 1

Eigentlich hieß Abigail gar nicht Abigail. Sie hieß Lynette, Lynette Kirk.

„Ich weiß, der Name ist schrecklich, aber es muß an der Narkose gelegen haben. Die ersten Tage war ich gar nicht bei mir“, hatte ihre Mutter ihr einmal erzählt. „Und Daddy war so außer sich vor Freude über eine Tochter, daß er auch nichts dagegen gehabt hätte, wenn ich dir den Namen Ophelia gegeben hätte.“

Also war sie die ersten zehn Jahre ihres Lebens Lynnie Kirk, und sie war glücklich. Sie hatte etwas von einem unbekümmerten Lausbub an sich, und sie mochte viele Dinge und Menschen. Aber sie liebte nichts so sehr wie ihre Eltern, ihre Mutter und ihren Vater, der ihr ein und alles war.

Daß er jemand anderen lieber haben konnte als sie, war für sie unvorstellbar. Und als er sich dann von ihr verabschiedete, bevor er ihre Mutter verließ, war sie bis zur Sprachlosigkeit verletzt.

„Ich komme dich oft besuchen, Lynnie, das verspreche ich dir“, sagte er. Und sie, die es nicht mit ansehen konnte, wenn ein junger Hund geschlagen wurde oder jemand ein Insekt zertrat, schlug ihm fest auf die Nase.

Nie hatte sie seine entsetzten Augen über dem blutbefleckten Taschentuch vergessen.

Als sie ihre Sprache wiedergefunden hatte, befahl sie ihrer Mutter: „Nenn mich nie wieder Lynnie. Nie mehr in meinem ganzen Leben."

Ihre Mutter, Kathy Kirk, wußte, warum.

Da Kathy eine verständige Frau war, hatte sie den Arm um ihr kleines Mädchen gelegt und gesagt: „Du verstehst es nicht, weil du noch zu jung bist. Nur weil Daddy mich verläßt, heißt das noch lange nicht, daß er dich nicht liebhat. Aber wenn du willst, kannst du natürlich deinen Namen ändern. Wie möchtest du heißen?"

Wochen und Monate vergingen, und die Person, die ehedem Lynette Kirk geheißen hatte, hatte überhaupt keinen Namen.

Weder zu Hause noch in der Schule antwortete sie, wenn man sie Lynette rief. Von ihren Lehrern stellten einige erstaunt Fragen, die sie zum Glück nie beantworten mußte. Denn schon bald nach der Trennung verkaufte Kathy Kirk das Haus und zog in einen anderen Stadtteil in eine Wohnung, die ihr Mann ihr überlassen hatte.

Es war die schönste Wohnung in einem Hochhaus, das die Firma ihres Vaters entworfen hatte; ein glitzernder Turm aus Glas und Stahl, auf Sandstein gebaut, in jenem Teil Sydneys, den man die Rocks nennt, mitten zwischen bescheidenen Häuschen und alten kleinen Läden.

Daß ihre Mutter das von ihrem Vater angenommen hatte, machte die ehemalige Lynnie nur wütend: „Du solltest mehr Stolz haben!" schrie sie in ihrem Zorn und ihrem Gram. „Lieber würde ich im Damenklo am Quai wohnen als in etwas, das er mir geschenkt hat."

„Sei still!" sagte Großmutter mit ihrer rasiermesserscharfen Stimme.

„Du!" rief das Kind ohne Namen. „Du bist froh, daß er fort ist. Das ist mir klar."

Weil es stimmte, begann damit ein stillschweigendes Übereinkommen, einander nicht zu mögen.

Und doch war es ausgerechnet Großmutter, durch die Abigail schließlich ihren Namen fand.

Es begann damit, daß Großmutter sagte: „Du mußt dir diesen hitzigen kleinen Quälgeist einmal vornehmen, Katherine."

Großmutter hatte die Angewohnheit, beim Sprechen die Augen nach oben zu verdrehen und ihre Worte scheinbar an eine widerspenstige Haarlocke zu richten, die ihr in die Stirn hing. Lynnie kam es immer vor, als redete Großmutter zu ihrer Dauerwelle. Jetzt wieder. „Sieh sie dir doch an, meine Liebe. Sie sieht aus wie eine kleine Hexe, mit ihrem wilden Blick und ihren zerzausten Haaren."

„Laß Lynnie in Ruhe, Mutter! Dein Gekeife reicht mir!" sagte Kathy mit einer Stimme, aus der Großmutter den Zorn und Lynette die Unsicherheit heraushörten.

„Na hör einmal!" sagte Großmutter überrascht protestierend zu ihrer Dauerwelle, denn ihre Tochter Kathy hatte ein sonniges Gemüt und geriet so gut wie nie in Wut.

„Mach dir nichts draus, Liebling", sagte Kathy zu ihrer Tochter.

Die Ex-Lynette war von der Hexen-Idee gepackt.

„Nenn mir ein paar Hexennamen, Mum", sagte sie.

„Also, da gibt's Samantha und Tabitha", begann Kathy.

„Oh, nicht diese gefühlsduseligen Fernsehnamen", sagte ihre Tochter. „Richtige Hexennamen."

„Da gibt es doch so uralte", sagte Kathy nachdenklich, „wie Hepzibah oder Susanna oder Petronella oder Abigail ..."

„Das ist es!" rief das Mädchen.

„Aber Abigail klingt so gewöhnlich, so schrullig, so ... einfach furchtbar!" klagte Kathy.

Dazu lächelte Großmutter nur.

Abigail konnte ohne Frage daran sehen, daß Großmutter sie tatsächlich für gewöhnlich, schrullig und furchtbar hielt.

Und damit war die Sache entschieden.

„Von jetzt an heiße ich Abigail Kirk", sagte sie, „und wenn ich einmal groß bin, ändere ich auch den Namen Kirk."

Die Zeit verging, irgendwie. Abigail war jetzt vierzehn, und wie bei vielen Mädchen ihres Alters paßten ihr Inneres und ihr Äußeres ganz und gar nicht zusammen. Ihr Äußeres war nicht berauschend. Weder war sie hübsch wie ihre Mutter noch hatte sie aschblonde Haare wie ihr Vater. Sie war dünn und flach wie ein Brett, hatte ein schmales braunes Gesicht und so tiefliegende, dunkle kaffeebraune Augen, daß sie nur zehn Minuten zu heulen brauchte, und sie waren überhaupt nicht mehr zu sehen. Das war einer der Gründe, weshalb sie nie weinte.

In der Familie galt sie als kluge Schülerin und als zurückhaltendes, verschlossenes Mädchen.

„Mehr von der stillen Sorte", sagte ihre Großmutter mit einem Lächeln. „Verschlagen."

Statt Großmutter die Brille von der Nase zu reißen und sie mit einem Griff an der Tischkante zu zerbrechen, wonach ihr eigentlich der Sinn stand, erwiderte Abigail das Lächeln der alten Frau ihrerseits mit einem Lächeln. Und bewies damit vielleicht, daß sie verschlagen war.

Oder daß sie ein verschlossenes Mädchen war.

Außerhalb der häuslichen vier Wände war sie ruhig, selbstsicher, nicht sonderlich beliebt. Die Mädchen an der Schule bezeichneten sie als seltsam, und sie war ohne Zweifel eine Außenseiterin. In Jeans und Hemd sah sie aus wie eine Bohnenstange, also trug sie solche Sachen nicht. Hatten alle anderen das Haar ins Gesicht gekämmt, trug Abigail es nach hinten gebürstet.

Sie hatte keinen Freund. Wenn sie danach gefragt wurde, sah sie entweder geheimnisvoll drein, so als wüßte sie zwanzigmal mehr über Jungen als irgend jemand sonst, oder sie sagte, sie hätte noch keinen kennengelernt, der auch nur halb so interessant wäre wie ihr Mathebuch. Die Mädchen behaupteten, sie wäre versponnen, worauf sie nur kühl die Achseln zuckte. Wirklich versponnen war, daß es sie nicht im mindesten scherte, was die anderen über sie dachten. Sie kam sich hundert Jahre älter und weiser vor als dieser liebestolle Haufen von Mitschülerinnen.

Ihr Hauptanliegen war, daß niemand, nicht einmal ihre Mutter, erfahren sollte, wie es in ihr aussah. Denn die Erwachsenen konnten womöglich ihre Unbeständigkeit, ihre übertrieben düsteren Stimmungen und plötzlichen Freudenausbrüche wie eine Art Muster oder Landkarte lesen, so daß sie sagen konnten: „Aha, das also ist die wahre Abigail, nicht?"

Der Gedanke, daß jemand sie durchschaute, drehte ihr den Magen um. Also kultivierte sie die ausdruckslose Miene und jenen langen bohrenden Blick, den Großmutter als verschlagen bezeichnete. Sorgsam legte sie falsche Spuren, bis sie manchmal selbst nicht mehr den Weg in ihr geheimnisvolles Inneres fand. Und doch sehnte sie sich, und zwar um so stärker, je älter sie wurde, nach jemandem, mit dem sie über die falschen Spuren lachen, mit dem sie die Geheimnisse teilen konnte.

Was das für Geheimnisse waren, wußte sie selber noch nicht.

In den Winterferien packte sie jedesmal ein elendes, rastloses Gefühl. Vielleicht kam es von dem Frösteln, das in der Luft lag, nach all der sommerlichen Milde, vielleicht kam es vom Anblick des Laubs, das sich gelb färbte, herabfiel und fortwirbelte. Es wurde auch früher dunkel, so als würde die Einsamkeit des Alls die Erde fester umschließen, sonnenlos und düster.

Wenn sie also nicht gerade ihrer Mutter im Laden zu helfen brauchte, kauerte sie stundenlang in einer Ecke des braunen Lehnstuhls, der für sie einmal ein liebenswürdiger Bär gewesen war. Jetzt war er nur noch ein bärenförmiger Stuhl nahe dem Fenster, durch das man auf Kräne und Masten sah, auf die Harbour Bridge und auf die perlmuttfarbenen Spitzen des Opernhauses, das durch den gazeartigen Nebel emporragte wie Aladins Palast.

Einen Flunsch ziehen, nannte ihre Mutter das. Aber das tat Abigail gar nicht, und eigentlich dachte sie auch nicht nach. In der Hauptsache war sie sich nur bewußt, daß ihr etwas fehlte.

Als sie noch jünger war, hatte sie gemeint, daß es ihr Vater war, der ihr fehlte, denn sie hatte ihn ebenso schrecklich vermißt, wie sie ihn gehaßt hatte. Über der neuen Schule und der neuen Wohnung und all den neuen Sachen, über die sie nachdenken mußte, vergaß sie ihn ein wenig. Obwohl sie auch noch jetzt manchmal noch oft fast geweint hätte vor Elend über das verlassene, verwirrte Kind, das sie war. Eine kleine Tochter, die ins Bett ging und betete, ihr Vater möge auf einer seiner Bauinspektionen vom Gerüst fallen, und der im nächsten Moment der Angstschweiß ausbrach, bei dem Gedanken, daß es ihm tatsächlich passieren könnte.

Aber jetzt, da sie kein Kind mehr war, war ihr klar, daß nicht die Abwesenheit ihres Vaters diese Leere in ihr verursachte. Es war ein Teil von ihr, und sie wußte nur nicht, was es war oder woher es kam.

Nicht einmal ihre Mutter wußte, wie es in ihr aussah.

Nach der Trennung hatten sich Abigail und Kathy mühsam zusammengerauft und waren gute Freunde geworden.

Als die Kirks noch in dem Vororthaus mit Garten und Zweitwagen gewohnt hatten, war Kathy wie ein vorsorglicher Hamster gewesen: Sie hatte nahezu alles gesammelt.

Abigail erinnerte sich an Regentage, an denen ihre Mutter vor ihren Spielkameradinnen und ihr große Pappkartons und hölzerne Teekisten aufgerissen hatte, und wie Kathy das Haus von oben bis unten in ein einziges Funkeln und Glitzern verwandelt hatte, mit Muschelschalen und gesichtslosen Kaliko-Katzen; alten Schuhen; einem richtigen Clownskostüm voller roter und schwarzer Bühnenschminke; viktorianischen Postkarten, darunter höchst unanständigen; und Büchern, Büchern über das Trocknen von Farn, mit aufgemalten Rosen; und Alben mit albernen Gedichten.

Nachdem Abigails Vater fortgegangen war, hatte Kathy ein letztes Mal geschnieft, sich entschlossen das Gesicht gewaschen, das ein wenig wie das eines pauswangigen Finken aussah, und hatte ihre schimmernden, an Tautropfen erinnernden Augen getrocknet. Sie hatte ihr Haar zu einem Waschfrauen-Knoten aufgesteckt und einen pleitegegangenen Laden im Paddington-Viertel gemietet und ihn in eine Schatzkammer voller Kleinkram verwandelt. Sie gab dem Laden den Namen „Die Elster", und bald strömten andere Trödler herbei, streiften an den Regalen entlang, stießen schrille Schreie aus und schnappten nach diesem und jenem.

Da Kathy mit dem Laden Erfolg hatte und Großmutter sich mehr und mehr für Bridge interessierte und weniger herumnörgelte, waren Abigail und ihre Mutter mehr oder minder glücklich.

Abigail sprang mit düsterem Blick auf, knallte die Tür der leeren Wohnung hinter sich zu und ging.

Unschlüssig stand Abigail einen Moment im Flur vor der Wohnung, dann entschloß sie sich, die Crowns zu besuchen, ihre Nachbarn.

Deren Wohnung drohte wie üblich in einem unbeschreiblichen Durcheinander zu ertrinken. Justine Crown hielt nichts von Hausarbeit. Sie sagte, die Kinder gingen vor; das war ein schöner Satz, aber auch die Kinder hatte sie nicht gerade goldmedaillenreif hingekriegt.

Normalerweise ging die vier Jahre alte Natalie in den Kindergarten, und Vincent, das hoch aufgeschossene Ungeheuer, war schon in der Schule. Da aber Ferien waren, waren beide zu Hause. Vincent, der Abigails Ansicht nach das schrecklichste Kind war, mit dem man gestraft sein konnte, trieb sein übliches Spielchen. Er quälte Natalie, wie man einen Hund mit einem Knochen quälen kann.

Natalie weckte in Abigail stets das Gefühl, sie beschützen zu müssen, was Abigail einigermaßen verwirrte. Das kleine Mädchen neigte zu plötzlichen Fieberanfällen, Alpträumen und Ängsten und empfand eine Art hilfloser Zuneigung zu dem schrecklichen Vincent, die es ihr unmöglich machte, sich gegen ihn zur Wehr zu setzen.

Vincent selbst war ein einziges Knochengerippe und verströmte einen seltsamen Geruch, so als hätte er sich vor sechs Wochen das letzte Mal mit Wasser angefeuchtet, aber nicht der Mühe unterzogen zu baden. Er hatte einen messerscharfen Verstand und konnte es mit seinen Eltern spielend aufnehmen. Abigail fand aber, daß er weder gerissen noch intelligent aussah, und sie fühlte sich richtiggehend geschmeichelt, daß er sie mehr haßte als irgend jemanden sonst.

„Du hast Draculazähne gekriegt", begrüßte er sie.

Justine rief aus der Küche: „Oh, um Himmels willen, fall nicht wieder über Abigail her, du kleines Monster." Sie kam aus der Küche und rührte mit einer Gabel den Inhalt einer Schüssel durch. „Er ist schon den ganzen Tag unausstehlich."

„Draculazähne", sagte Vincent. „Große, lange weiße Hauer. Siehst du sie, fette Nat?"

„Nenn deine Schwester nicht so, und falls Abigails Zähne etwas zu groß sind, dann nur, weil ihr Gesicht noch zu klein für sie ist. Aber es wächst ja noch."

Sofort stellte Abigail sich mit diesem kleinen, großnasigen Gesicht vor und den Fangzähnen, die über ihre Unterlippe herausragten.

Sie gefiel sich ganz und gar nicht und hatte die Hoffnung aufgegeben, daß sie noch bezaubernde hohe Wangenknochen oder zweieinhalb Zentimeter lange Wimpern bekam. Ihre Augenbrauen, die schwarz und gerade waren, und ihr langes braunes Haar, das zufriedenstellend glänzte, gefielen ihr. Aber obwohl ihre Mutter ihr versicherte, daß sie eines Tages eine ganz passable Figur haben würde, war sie oft verzweifelt. Meist wurde sie auf zwölf geschätzt, was demütigend war.

Jedenfalls, sie ließ sich nicht von einem Sechsjährigen wie Vincent Crown aus der Fassung bringen.

„Laß die Bemerkungen!" sagte sie kurz und bündig, und Justine fragte sie: „Es ist kalt draußen, soll ich trotzdem mit ihnen zum Spielplatz gehen, bis es dunkel wird?"

Justine jubelte bei diesem Angebot, das sie auf einen Schlag von Natalies unerklärlichen Tränen, ihrem jähen Verstummen und von Vincents Gezeter befreite, und schneller als Abigail „Zum Kuckuck, was bin ich doch nur für ein Trottel" denken konnte, hatte sie ihnen die Anoraks und Wollmützen angezogen.

Der hoch aufragende Wohnturm hatte den Namen „Mitchell", nach einem berühmten Mann, der vor vielen Jahren an eben der Stelle, an der jetzt das Hochhaus stand, geboren worden war. Es war der Mitchell, der die Mitchell-Bücherei gegründet hatte. Weitere hohe Gebäude in der Nähe hatten die Namen „Dalley", „Campbell" und „Reiby", benannt nach anderen berühmten Leuten, obwohl Abigail keine Ahnung hatte, wofür sie berühmt waren.

„Mitchell" stand inmitten einer reizvollen Umgebung, und zu seinen Extraeinrichtungen gehörten auch ein abgedeckter Swimmingpool und ein Kinderspielplatz. So sehr Abigail ihren Vater auch haßte, das Gebäude liebte sie, wie es da scharf wie ein Schwert emporragte, den Wind in zwei Richtungen teilte, die Wellen des Meeres, die manchmal wie Fischschuppen glänzten, im Meer widerspiegelte sowie kirschrote Sonnenuntergänge und eine Stadt, die, wenn sie sich reckte und wand in den gewölbten Fenstern, in „Mitchells" verglaster Front selbst Türme und Kuppeln und Bäume wie Minarette erschuf, mit Dächern in den Wolken. An der Wand in der Vorhalle stand in glänzender Bronze: *Architekten: Weyland Kirk, Casper und Domenici, Sydney, San Francisco, Oslo, Siena.* Abigail vermied es hinzusehen, denn hätte sie es getan, hätte sie unweigerlich Stolz empfunden: Sie wußte, daß dieser ganz spezielle Wolkenkratzer einzig und allein Weyland Kirks Werk war.

Nach Westen hin grenzte der „Mitchell“ an ein verwildertes Stück Land, das mit einem hohen Stacheldrahtzaun abgegrenzt war. Dieses Gebiet interessierte die Horde von Kindern nicht weiter, die schon das Klettergerüst hochkletterten, laut keifend durch die Betonröhren krabbelten oder in der Raumrakete miteinander zankten wie Kater, als Abigail mit Natalie und Vincent erschien. Dankbar ließ Abigail Vincents feste, klebrige Hand los. Er flitzte los zu einem Haufen von kleinen Dickwänsten, die die Steinmauer oberhalb des Spielplatzes hochkletterten. Sollen die Quälgeister selbst auf sich aufpassen, dachte Abigail gefühllos, die wußte, daß Vincent das aufregende Spiel nur mitmachte, um sie zu nerven. Wahrscheinlich waren ohnehin Eltern da, die Vincent von ihren Lieblingen verscheuchten und, mit etwas Glück, ihn dabei halb erwürgten.

Der Lärm war ohrenbetäubend. Die meisten Kinder wohnten im „Mitchell“, die anderen vermutlich in den Häusern in der Umgebung. Abigail beobachtete, daß das auf Anhieb blödsinnig scheinende Hin- und Hergerenne, das eine andere Gruppe von Kindern auf dem Platz veranstaltete, durchaus Sinn und Zweck hatte. Sie spielten ein Spiel, das Abigail nicht kannte.

„Willst du auch mitspielen, Natty?“

Natalie schüttelte den Kopf. Ihre großen grauen Augen waren tränengefüllt. Abigail seufzte. Justine schleppte Natalie dauernd zu einem Arzt, von dem es hieß, daß er wundersame Heilungen bei überempfindlichen Kindern erzielte, aber bisher hatte er bei Natalie noch kein Wunder vollbracht.

„Was ist denn jetzt los, kleines Dummerchen?"

„Sie spielen Beatie Bows Geisterreigen, und davor kriege ich Angst. Aber ich schau' gern zu. Bitte, laß uns zuschauen", bettelte Natalie.

„Nie gehört", sagte Abigail. Sie sah, wie Vincent hinrannte, um mitzumachen, und fand es seltsam, daß in den paar Jahren, die vergangen waren, seit sie sechs oder sieben gewesen war, die Kinder so ganz andere Spiele spielten. Sie verfolgte das Spiel nur für den Fall, daß Vincent jemanden umbrachte. Sie hörte ihn schon wie eine wildgewordene Ratte quieken.

Natalie griff mit der Hand nach dem Schal, und Abigail hielt sie dicht an sich, um sie vor dem Wind zu schützen. Das Kind zitterte. Dabei war das Spiel gar nicht so aufregend, war nur eins dieser albernen Kinderspiele.

Als erstes bildeten die Kinder einen Kreis. Sie waren sehr still geworden. In der Mitte stand ein Mädchen, das sie mit einem Zählreim ausgezählt hatten.

„Das ist Modder", erklärte Natalie.

„Was ist Modder?"

„Du weißt schon, eine Mummy wie meine Mummy."

„Oh, Mutter!"

„Ja, aber sie heißt Modder. Das gehört zum Spiel."

Ein Kind hatte sich hinter den Betonröhren versteckt und machte ein Kratzgeräusch. Die Kinder sangen im Chor: „Oh, Modder, was ist das?"

„Gar nichts“, sang das Mädchen im Kreis. „Der Hund an der Tür, der Hund an der Tür.“

Jetzt ertönte hinter den Betonröhren ein schauerliches Stöhnen. Abigail spürte, wie Natalie sich dichter an sie drängte. Ihr fiel auf, daß es schnell dunkel wurde; bald würde es regnen. Sie beschloß, die Kinder nach Hause zu bringen, sobald sie Vincent aufgelesen hatte.

„Oh, Modder, was ist das, was mag es sein?“

„Der Wind im Schornstein, sonst nichts.“

Man hörte, wie Steine auf den Boden fielen. Ein paar jüngere Kinder kreischten und wurden dazu gebracht, still zu sein.

„Oh, Modder, was ist das, was ist das, siehst du es?“

„Es ist die Kuh im Kuhstall, das Pferd im Stall.“

Natalie klammerte sich fest an Abigail und verdeckte sich die Augen.

„Sieh nicht hin, Abigail, es ist schrecklicher als schreckliche Sachen im Fernsehen!“

Jetzt deutete Modder dramatisch über den Kreis der Kinder hinweg. Ein Mädchen in einem weißen Bettlaken oder Tischtuch kroch auf sie zu, winkte mit den Armen und wimmerte.

„Es ist Beatie Bow“, schrie Modder vor Entsetzen, „auferstanden vom Tode!“

Da teilte sich der Kreis, die Kinder rannten erregt schreiend auseinander und landeten in einem chaotischen Gewirr von Armen und Beinen im Sandkasten am anderen Ende des Spielplatzes.

„Was um alles auf der Welt sollte das?“ fragte Abigail. Sie fror, war mißmutig und gab Vincent Zeichen zu kommen.

„Das Kind, das Beatie Bow spielt, ist ein Geist, verstehst du", erklärte Natalie. „Beatie Bow steht aus dem Grab auf, und alle rennen davon und tun so, als hätten sie Angst. Derjenige, den sie fängt, ist als nächstes Beatie Bow. Aber meist haben die Kinder richtig Angst, weil sie es spielen und spielen, bis es dunkel wird. Vincent ist jedesmal ganz aufgeregt, und darum ist er hinterher auch immer so fies. Aber das kleine Stoppelhaar-Mädchen kriegt keine Angst", fuhr sie beiläufig fort. „Ich glaube, sie würde gern mitspielen, sie lacht immer. Schau, Abigail, siehst du, wie sie von da drüben zuschaut?"

Ehe Abigail hinschauen konnte, kam Vincent düster dreinblickend angeschnauft.

„Wir spielen noch mal! Ich will noch mal! Ich will noch mal!"

„Kommt nicht in Frage", sagte Abigail entschieden. „Es wird dunkel, und Natalie friert sowieso schon."

„Ich hasse dich!" sagte der Junge bitter.

„Ganz meinerseits", sagte Abigail.

Vincent kniff Natalie ganz fest. Sie fing an zu weinen. „Siehst du, hab' ich's dir nicht gesagt?" sagte sie ohne Groll.

„Wie kannst du nur so gemein sein, Vincent", sagte Abigail verächtlich.

Vincent machte eine freche Geste und rannte ihnen voraus in die Vorhalle. Als sie auf den Aufzug warteten, sah Abigail, daß er am ganzen Körper zitterte. Sie beschloß, mit Justine wegen des viel zu aufregenden Spiels zu sprechen.

„Ich habe das kleine Stoppelhaar-Mädchen gesehen,

Vince", sagte Natalie. „Sie hat euch wieder zugeschaut."

Er schenkte ihr keine Beachtung, stürzte an ihnen vorbei in die Crownsche Wohnung und warf sich vor dem Fernseher auf den Boden.

„Wenn Sie wollen, bleibe ich noch ein Weilchen, Justine", sagte Abigail. „Meine Mutter kommt erst kurz vor sieben nach Hause. Sie wollte sich bei der St.-Mary's-Kirche bei Penrith ein paar alte Möbel ansehen."

Justine freute die Aussicht, ohne den üblichen Krieg zwischen ihren Kleinen das Abendessen zu Ende vorbereiten zu können. Sie schlug Abigail vor, Natty dabei zu helfen, neue Sachen für ihren Teddybären zu machen.

Abigail nähte gern und hatte sich ein paar Sachen selbst gemacht. Es waren keine Meisterwerke, aber sie gab sich alle Mühe. Irgendwie hatte sie ihre selbstgemachten Sachen gern, weil die Ärmel nie ganz paßten und weil sie wieder und wieder die Nähte aufgetrennt hatte. Im Augenblick gefielen ihr lange Kleider, Schals und Jacken mit Kapuze. Ihr Lieblingsgürtel war ein Teil von einem alten Pferdegeschirr, tiefbraun poliert und mit den original bronzenen Spangen als Schnalle. Er stank bestialisch nach Pferd, was ihre Großmutter widerlich fand.

Während sie jetzt den Flickensack durchstöberten und das eine und andere Teil gegen den pummeligen Teddy hielten, erzählte Abigail der kleinen Natalie, daß sie ihr langes Kleid aus einer Gardine aus der Zeit König Edwards fast fertig hätte, die ihre Mutter in einer Schachtel mit alten Stoffen entdeckt und auf einer Versteigerung gekauft hatte. Der Vorhang aus schwerem Baumwollstoff war noch heil und hatte feste gestreifte Borten, die Abigail gedreht hatte, um sie als Besatz für die Ärmel und den Kleidersaum zu verwenden.

„Es hat eine ganz ulkige Farbe", erzählte sie Natalie. „Ein schmutziges Braungrün, wie Erbsensuppe."

„Zu Teddy würde es nicht passen", bemerkte Natalie.

„Teddy kriegt es auch nicht", sagte Abigail.

Sie schnitten eine rote kurze Hose zu, und Abigail heftete sie zusammen, damit Justine sie zusammennähen konnte. Dann stülpten sie den Flickensack um und suchten nach etwas Gepunktetem für eine Weste. Verschlungen zwischen all den Stoffetzen und Resten und zu klein gewordenen Sachen war eine vergilbte Häkelarbeit mit einem seltsamen Muster. Abigail strich sie glatt, um das Muster erkennen zu können. Die Häkelei war sehr fein gearbeitet, fast wie Spitze.

Justine kam herein. Sie kämpfte mit Vincent, der vor dem Essen in die Wanne sollte, und zog ihn mit hinaus. Dann kam sie wieder.

„Was hast du da? Oh, den alten Fetzen! Er liegt schon ewig da rum. Gib ihn mir, Abigail, ich nehme ihn für eine Tischdecke oder so."

„Wenn Sie ihn nicht wollen", sagte Abigail, „ich würde ihn liebend gern haben."

Sie breitete die zerknitterte Häkelei aus. „Schauen Sie, sie wäre prima als Passe für ein hochgeschlossenes Kleid. Genau das Richtige für mein neues Grünes."

„Du kannst sie haben“, sagte Justine unbekümmert. „Löst sich wahrscheinlich eh' beim ersten Waschen auf.“

Die Kinder gaben Ruhe, und da Mr. Crown gleich nach Hause kommen würde, verabschiedete Abigail sich und ging. Sie war ganz aus dem Häuschen wegen Justines Geschenk. Sie entschied, die Häkelspitze nicht zu bleichen, vielleicht griff ein chemisches Mittel das Garn zu sehr an. Außerdem gefiel ihr Cremefarben zu dem schmutzigen Grün ihres Kleids.

Vorsichtig wusch sie die Häkelei, trocknete sie mit dem Föhn und spannte sie dabei. Das Muster zeigte schließlich immer wiederkehrend eine zierliche Pflanze mit einer Blüte, ähnlich der einer Butterblume, umgeben von fünf herzförmigen Blättern.

Mit einem Freudenschrei entdeckte Abigail, daß jede Blume mit gelblichgrünen, winzigen Knoten bestickt war, die offensichtlich Staubgefäße oder Härchen darstellen sollten. Aber das Garn war so verblaßt, daß die Farbe kaum mehr zu erkennen war.

Gegen sieben rief ihre Mutter an. Sie klang müde, sagte, daß sie später käme und daß Abigail sich schon etwas zu essen nehmen solle. Abigail sagte ja und machte sich wieder an ihre Arbeit.

Die Borte der Häkelei war seltsam gedreht, fast wie eine Kordel, und aus einem dickeren Faden gearbeitet. Als Abigail sie an ihr Kleid heftete, entdeckte sie an beiden Schulterpartien zwischen den Blättern einer Blume die Initialen A. T.

Bei der Arbeit ertappte sie sich dabei, wie sie sang: „Die Kuh im Kuhstall, das Pferd im Stall.“ Sie brach ab. „Wie kommen die Kinder bloß auf das Wort Kuhstall?“

Als Kathy schließlich nach Hause gewankt kam und sich in einen Stuhl fallen ließ, hatte Abigail die Häkelei bereits am Kleid befestigt. So erschöpft ihre Mutter auch war, sie war darüber gleich Feuer und Flamme.

„Es muß ein Stück aus viktorianischer Zeit sein, obwohl das Muster ziemlich ungewöhnlich ist. Was für eine prachtvolle Arbeit! Ich könnte es in Null Komma nichts verkaufen, wenn du möchtest.“

„Nein“, sagte Abigail.

„Schon gut. Lieber Himmel, bin ich müde. Nein, ich will nichts mehr essen. Habe in der Stadt schon ein bißchen gegessen. Tut mir leid, Liebling. Ich falle nur noch ins Bett.“

Sie wankte davon und gähnte wie ein Löwe. Abigail nähte mit so kleinen Stichen, wie sie nur konnte, die Passe an ihr Kleid: Ihr neuer kostbarer Schatz schien das zu verlangen. Die Borte paßte zu dem Kleid, als wäre sie dafür gemacht worden, und als sie es anprobierte, war es, als hätte es sich nie um zwei Teile gehandelt. Abigail war höchst erfreut. Sie spürte, daß sie dieses vollkommene Kleid tragen würde, bis es auseinanderfiel. Schon jetzt wußte sie, daß dies eins der eigentümlichen Kleidungsstücke war, in denen sie sich immer wohl fühlen würde.

Kurz bevor sie schlafen ging, dachte sie: „Ich habe diese Blume schon mal irgendwo gesehen. Nicht in der freien Natur. Auf einem Bild.“

Da fiel ihr das alte Pflanzenbuch im Bücherregal ein. Sie schloß fest die Augen und versuchte zu schlafen, aber es hatte keinen Zweck. Sie mußte aufstehen und nachsehen. Sie blätterte die dicken vergilbten Seiten um, bis sie zu den wildwachsenden Blumen kam, und da war sie: keine Butterblume, sondern eine im Moor wachsende Pflanze namens Parnassia. Parnassia! War es eine in Griechenland heimische Pflanze? Sie wußte, daß der Parnaß ein den Musen geweihter Berg war, der Muse der Dichtung, des Tanzes, der Kunst und wie sie alle hießen. Parnassia war ein hübscher Name, und vielleicht hatte die echte Parnassia ja tatsächlich kleine haarige grünlichgelbliche Blüten.

Plötzlich fühlte sie sich sehr glücklich, fast selig, so wie sie es in den Jahren gewesen war, als sie noch keine zehn war und nichts von der Welt kannte – außer Wärme und Sonnenschein und Eltern, die sie liebhatten, und Geburtstage und Weihnachtsgeschenke.

Sie sank in den Schlaf. Sie träumte nicht von einem verzauberten Berg, auf dem Musen tanzten und sangen, sondern von einem Geruch nach verbranntem Zucker und einer verschlossenen Tür mit einer Eisenfaust als Türklopfer – und an der Faust hing ein gelber Stoffetzen.

Kapitel 2

Am nächsten Morgen beim Frühstück hatte sich ihre Mutter wieder ganz erholt, war gesprächig und hatte strahlend rote Wangen. Sie bewunderte das neue Kleid, staunte über das Häkelmuster und ordnete den Initialen A. T. den Namen Agnes Timms zu. Da aber das Muster eine griechische Pflanze darzustellen schien, fand Abigail, daß A. T. eher für Anastasia Tassiopolis oder so ähnlich stünde.

Kathy schwatzte weiter, bis ihre Tochter sie schließlich neckte: „Was bist du denn so aufgeregt? Hast du vielleicht etwas ganz besonders Tolles bei St. Mary's entdeckt?"

Kathys Augen strahlten. „Ich kann es dir ja ruhig erzählen. Gestern abend bin ich mit deinem Vater zum Essen ausgegangen."

Weyland Kirk und seine Frau waren nie geschieden worden. Ihre Beziehungen waren freundschaftlicher Art, und zwei-, dreimal im Jahr trafen sie sich, um geschäftliche Dinge zu besprechen oder über Abigails Zukunft zu reden. Abigail wurde hin und wieder von ihrem Vater zu gemeinsamen Unternehmungen abgeholt. Obwohl sich beide vorsichtig-höflich verhielten, war es für Abigail jedesmal ein unangenehmes und scheußliches Erlebnis. Etwas stand zwischen ihnen, eine unausrottbare Erinnerung an die verschmähte Zuneigung, und Abigail konnte nicht so tun, als gäbe es das Gefühl nicht.

Er fragte sie dann freundlich nach ihren Freundinnen und Freunden, sogar nach Freunden aus ihrer Kinderzeit, an die er sich noch erinnerte, die Abigail dagegen schon fast vergessen hatte.

„Du scheinst ein bißchen eine Einzelgängerin zu sein, mein Schatz", sagte er fast rechtfertigend.

„Ich mache mir nicht groß was aus Leuten", antwortete sie kühl.

Er war genauso schnell von Begriff wie sie und warf ihr einen traurigen, wissenden Blick zu. Dann sagte er sanft: „Na ja, deiner Mutter jedenfalls kannst du vertrauen."

Sie wußte, wie sehr auch sie ihn verletzt hatte. Sie versuchte, sich darüber zu freuen. Das hatte er verdient. Aber sie freute sich nicht. Es tat ihr leid, und sie schämte sich.

Jetzt blickte sie gleichgültig ihre Mutter an und sagte: „Ach ja? Bist du ihm zufällig über den Weg gelaufen?"

„Tatsache ist, daß ich ihn in letzter Zeit ein paarmal getroffen habe", sagte Kathy. „Oh, Liebling, reg dich nicht auf. Ich weiß, es war hinterhältig, aber ich dachte, ich erwähne es erst gar nicht, denn wenn es im Sande verlaufen wäre ..."

Abigail durchfuhr plötzlich ein Schauer. „Wovon redest du eigentlich, Mum?"

„Oh, Abigail, ich weiß nicht, wie ich es sagen soll, ohne daß es albern klingt. Dad – na ja, er möchte, daß wir wieder eine Familie sind."

„Du machst Witze“, sagte Abigail.

Kathy sah beinahe flehend drein. „Nein, mache ich nicht.“

Abigail fühlte sich so ähnlich wie an dem Morgen, als ihr Vater fortgegangen war. Eine heiße Welle von Abscheu, Wut und Angst stieg in ihr hoch. Aber ehe sie ihr Gesicht erreichte und es rot färbte, brachte sie heraus: „Und was ist mit Miss Dingsbums? Ist sie mit von der Partie?“

„Du weißt genau, daß Jan vor einem Jahr nach Kanada gegangen ist“, sagte Kathy steif. „Außerdem hat sie einen Namen. Nenn sie also beim Namen, und sei nicht so gemein. Was glaubst du, wovon ich sonst rede, vom Fernsehfilm vom letzten Samstag? Für deinen Vater und mich ist es eine ernste Sache, also mach dich nicht darüber lustig.“

Abigail traute kaum ihren Ohren. „Du überlegst es allen Ernstes! Und das nach dem, was er vor vier Jahren getan hat?“

Kathy lächelte nervös. Sie schlug einen kühlen Ton an, aber er paßte nicht so recht zu ihren fahrigen Händen. „Nächstens behauptest du noch, er hätte mich weggeworfen wie einen alten Handschuh.“

„Er hat dich und mich weggeschmissen wegen einer intriganten kleinen Schleicherin von Sekretärin aus seinem Büro, und das nach zwölf Jahren Ehe.“

„Halt mal“, sagte Kathy. „Bleib fair. Jan war nicht so. Außerdem hat er sich in sie verliebt. Du hast überhaupt noch keine Ahnung, was das heißt.“

„Oh, Mum, jetzt spinnst du wirklich!“

„Oh, ich weiß, ihr Schulmädchen denkt, daß ihr

euch haarklein bei einer Beziehung zwischen einem Mann und einer Frau auskennt. Ihr lest ja Bücher! Aber Liebe muß man erst selbst erlebt haben, bevor man weiß ..." Sie zögerte und stieß dann aus: „Wie überwältigend sie sein kann!"

„Oh, komm schon!"

„Ich bin erst sechsunddreißig", sagte Kathy. „Ich habe es entbehrt, keine richtige Ehe zu führen."

Abigail sprang auf und begann geräuschvoll das Geschirr in der Spüle zu stapeln.

„Du hast keine Selbstachtung!"

„Schon gut, schon gut!" rief Kathy. „Es ist abscheulich, es ist schändlich, es ist nicht die Spur emanzipiert – aber zufällig liebe ich Weyland nun mal. Ich habe ihn immer geliebt, und ich wollte immer, daß er zurückkommt. Jetzt ist es passiert, und ich werde mit ihm mitgehen."

Abigail war so verletzt, so angewidert, daß ein so kluger Kopf, eine so unabhängige und mutige Person wie ihre Mutter so – *weiblich* kam ihr in den Sinn – sein konnte, daß Abigail einen Augenblick die Bedeutung dessen, was Kathy gesagt hatte, nicht aufging. Doch dann fragte sie entsetzt: „Was meinst du mit ‚mitgehen'?"

„Er muß für drei Jahre nach Norwegen, um sich in Architektur weiterzubilden, und er möchte, daß wir mitkommen ... daß wir wie früher wieder zusammen sind."

Abigail war zumute, als wäre ihre Mutter aufgestanden und hätte sie mit der Teekanne geschlagen. „Norwegen! Wieso Norwegen?"

„Na ja, er hatte schon immer eine Schwäche für skandinavische Architektur, wohl aufgrund seiner Abstammung. Aber er würde nicht die ganze Zeit in Norwegen zubringen. Er muß an der Universität von Oslo ein paar Seminare belegen, und wir würden natürlich oft nach Dänemark fahren ... und hin und wieder nach England." Ihre Stimme klang schleppend.

„Mutter", sagte Abigail, „ist dir eigentlich klar, daß er dich leicht wieder sitzenlassen könnte?"

„Ja", gab Kathy zu. „Das Risiko muß ich auf mich nehmen, verstehst du."

Errötend sah sie ihre Tochter an, und ihr Blick war so unschuldig und offen, daß Abigail verwundert dachte: „Sie liebt ihn wirklich, hat ihn immer geliebt."

In ihr loderte eine solche Eifersucht auf, daß sie wie benommen war.

„Dann kannst du allein mitgehen."

Ihre Mutter schaute, als hätte sie eine Ohrfeige bekommen. „Das ist nicht dein Ernst, Schatz."

„Du vergißt, daß er mich auch sitzengelassen hat", sagte Abigail scharf. „Das passiert mir nicht noch mal. Ich kann dich nicht hindern, etwas Idiotisches zu tun, wenn du partout nicht davon abzuhalten bist, aber mich wirst du nicht auch dazu bringen."

„Aber, Abigail, wie kann ich ... Ich kann dich doch nicht allein hier lassen, in deinem Alter!"

Abigail traf es wie ein Schlag. „Wenn sie eine Wahl treffen müßte, würde sie mich tatsächlich verlassen", dachte sie.

Stolz verdrängte ihre Betroffenheit. Mit Mühe blieb ihre Miene gefaßt. Sie lächelte sogar.

„Also, betrachten wir es nüchtern, Mum. Ich kann leicht zur öffentlichen Schule überwechseln, bis ich den Abschluß für die Universität habe, und dann ziehe ich mit jemand zusammen oder wohne im College."

„O nein!"

„Versuche nicht, es mir auszureden, Mum. Ich komme nicht mit. Auf keinen Fall."

Ihr Abgang mißlang, weil ihr die Tür aus der Hand glitt und zuschlug. Sie konnte sie schlecht noch mal aufmachen und ihrer Mutter erklären, daß sie nicht so kindisch war und umherlief und mit Türen knallte. Sie stand mitten in ihrem Schlafzimmer und war krank vor Wut, Entsetzen und einer schrecklichen Art von Triumph, weil sie wußte, wie sehr sie ihre Mutter verletzt hatte.

„Sie ist verletzt, weil sie weiß, daß ich recht habe. Wie kann sie, wie kann sie das tun, wo sie all das hat – mich, den Laden, ihre Freunde, und ...?" Bei dem Gedanken wurde ihr übel vor Zorn. „Und Dad! Besitzt die Unverschämtheit ..."

Ihre Mutter klopfte an die Tür. „Abigail, ich möchte, daß du herauskommst und mir beim Auspacken und Auflisten der Sachen hilfst. Ich habe jede Menge von St. Mary's mitgebracht."

„Danke bestens, ich habe keine Lust", antwortete Abigail kurz.

„Aber", jammerte Kathy jetzt, „wenn du auf die öffentliche Schule gehst, wo willst du denn dann die Ferien verbringen? Großmutter kannst du nicht ausstehen, und sonst haben wir niemanden. Oh, bitte, Liebling, ich weiß, es kam überraschend. Bestimmt habe ich es ganz verkehrt angepackt, als ich es dir zu erklären versucht habe. Aber komm bitte mit und laß es uns unten im Laden zu Ende bereden."

Abigail antwortete nicht. Nach einer Weile trat ihre Mutter wild gegen die Tür. Abigail mußte unwillkürlich grinsen; Kathy war einfach kindisch.

Nachdem ihre Mutter gegangen war, spülte sie ab und zog das grüne Kleid an, in dem sie sich besser fühlte. Aber nicht viel besser.

Sie hatte das entsetzliche Gefühl, daß ihre Mutter mit nach Norwegen gehen würde, rücksichtslos. Der Ausdruck auf Kathys Gesicht war unmißverständlich. Er spiegelte Glück und Hoffnung. Und dann all die Jahre, die sie sich nach Weyland Kirk gesehnt und in denen sie gehofft hatte, daß er dorthin zurückkam, wo er ihrem Empfinden nach hingehörte. Es war wie in einem Uraltfilm: einsame, tapfere kleine Frau macht das Beste daraus, nachdem sie verlassen wurde, und eines regnerischen Abends kommt, dürr und blaß, Gene Kelly zur Tür herein. „Oh, Kathy, kannst du mir je vergeben? Ich habe einen furchtbaren Fehler gemacht. Ich habe mein Leben ruiniert, aber oh, wie kann ich mir selbst je verzeihen, daß ich dein Leben ruiniert habe? Es hat immer nur dich gegeben, Kathy, immer." Die Geigen der Versöhnungsmelodie erklingen, und sie fällt in seine Arme, und kurz darauf tanzt er auf Knien die Stufen hinauf und hinunter.

Abigail konnte sich genau vorstellen, was die Mädchen in der Schule sagen würden. Die einen, die rührseligen Romantikerinnen, würden es einfach wundervoll finden! Wieder vereint! Aber die anderen, die Realistinnen, würden es widerlich finden. Liebe war etwas für die Jugend, das wußte alle Welt. So wie die jungen Leute keine Falten und keine Krampfadern hatten. Außerdem würden sie sagen, ihre Mutter wäre zu Kreuze gekrochen.

Je mehr sie darüber nachdachte, um so wütender und bestürzter war sie. „Dann der Laden. Nach all der Arbeit, die sie hineingesteckt hat, um ihn aufzubauen. Sie denkt nicht mehr klar – verfrühte Wechseljahre oder so. Und was ist mit mir? Stellt sich seinetwegen mein Leben wieder mal auf den Kopf? Hat sich schön um mich gekümmert, als ich klein war und ich ihn brauchte! Ich bin ihm nichts schuldig", dachte Abigail, blaß vor Wut. „Nicht ein freundliches Wort."

Aber, o Gott, da gab's noch Großmutter, schick und glitzernd und giftig und vermutlich bis in die Spitzen ihrer langen Füße entzückt, die einsame und verlassene Abigail in die Finger zu kriegen und ihr die Flötentöne beizubringen. Großmutters Haus – ein teures Haus am Stadtrand mit einem griesgrämigen Hausdiener aus Uruguay oder so, der in abgetrennten Zimmern am Ende des Gartens wohnte, mit den Bridge-Damen, den Theaterparties und mit Abigail, die mit Fischstückchen belegte Crackers herumreichen mußte. Sie lebten ständig diät, die Bridge-Damen, auch wenn keine von ihnen sich auch nur die Spur zurückhielt, wenn sie ein Stück von einem Spanferkel erwischen konnte.

Sie ging durch die Wohnung und sagte immer wieder: „Norwegen!" Sie stellte sich darunter eine Art Eisberg mit Häusern darauf vor. Und Lappen, gab es da nicht Lappen mit komischen Strickmützen mit Bommeln wie zwei Hörner? Pinguine? Und Eisbären? Norwegen, eine Million Kilometer von Sydney entfernt und von dem Leben, das ihre Mutter und sie sich ohne Dads Hilfe aufgebaut hatten.

Sie war abwechselnd wütend und traurig und beruhigte sich dann mit kleinen optimistischen Überlegungen: „Natürlich hat sie es nicht ernst gemeint, diese verrückte Frau. Sie überdenkt es noch mal und wird zu dem Schluß kommen, daß es keinen Sinn hat."

Dann stellte sie sich vor, wie Dad an Stelle von Gene Kelly die Stufen hinauf und hinunter tanzte. Aber statt zu lachen, fing sie an zu weinen; weil sie ihn trotz allem, was er ihnen vor vier Jahren angetan hatte, noch immer gern hatte, und weil sie Angst hatte, daß sie ihn noch mehr ins Herz schließen würde und noch schlimmer verletzt werden könnte, wenn sie wieder zusammenlebten.

So verging der Tag quälend langsam und schnell zugleich, und als es auf der Brücke von heimkehrenden Autos lärmte, stand sie auf, wusch sich, nahm ihren Schal und ging zu den Nachbarn.

„Ich habe Langeweile, Justine. Soll ich mit den Kindern auf den Spielplatz gehen?"

Die junge Frau, die normalerweise wie eine ausgehungerte Katze aussah, sah jetzt wie eine gehetzte ausgehungerte Katze aus. Sie schien mit den Kräften am Ende zu sein.

„Wenn du mir nur Natty abnehmen könntest. Meine Güte, einfach super! Vincent hat den ganzen Tag gewimmert, ich habe mir gerade mal seinen Hals angeschaut, er sieht aus wie eine rote Rübe. Ich wollte eben mit ihm und Natalie zum Arzt. Aber wenn du auf Nat aufpassen könntest ..." Sie legte dankbar den Arm um Abigail. „Du bist ein Schatz, Abigail, was ein Segen! Meine Güte, ist das unser alter Flicken da auf deinem Kleid? Kaum zu glauben."

„Abigail hat Riesendraculazähne, die von Blut nur so tropfen", krächzte Vincent ungebrochen.

„Oh, halt die Klappe, du", fuhr sie ihn an. Justine sah gequält drein, und Abigail schämte sich, denn schließlich war die kleine Giftschlange krank. Sie zog Natalie die Sachen für draußen an.

Das Kind flüsterte aufgeregt: „Vom Fenster aus habe ich Stoppelhaar gesehen."

Abigail umarmte sie. „Du und dein kleines Stoppelhaar-Mädchen. Und wie konntest du sie von da aus auf dem Spielplatz erkennen?"

„Ich weiß nicht. Ich habe sie einfach gesehen. Wo sie wohl wohnt?"

„Wahrscheinlich in einem der kleinen Terrassenhäuser", sagte Abigail, als sie mit dem Aufzug nach unten fuhren.

„Ich würde auch gern in einem kleinen Haus wohnen", sagte Natalie, „mit Sonnenblumen höher als das Dach und kleinen Mulden in den Stufen. Und mit einem Schlafzimmer mit Schrägen. Und mit einem Schornstein."

Das kleine Mädchen, befreit von der bedrückenden Anwesenheit seines Bruders, hopste munter dahin, betrachtete die Kinder, die die Rutschbahn hinunterrutschten oder an den Stangen hingen wie aufgereihte

Orang-Utans, und die auf die grell gestrichene Lokomotive neben der Sandgrube kletterten. Abigail hob Natalie in den Führersitz der Lokomotive, aber Natty hatte Angst vor der Höhe. Außerdem spielten die meisten Kinder wieder Geisterreigen, und sie wollte ihnen zusehen.

„Warum willst du zuschauen, wo dir das alberne Spiel solche Angst macht, Natty?"

„Ich will mir nur das kleine Stoppelhaar-Mädchen ansehen, wie sie zuschaut, weil ich sie mag, weißt du."

„Du bist schon selten lustig." Abigail setzte sich auf einen Zementpilz und verfolgte gespannt, wie die Kinder mucksmäuschenstill den Kreis bildeten und „Modder" sich in die Mitte stellte. Natalie zog an ihrem Schal.

„Da ist sie, Abigail. Schau doch."

Abigail schaute. Am Rand des Spielplatzes, gefesselt vom Spiel der Kinder und zugleich zu schüchtern, um aus dem Halbschatten der Mauer hervorzukommen, stand eine kleine Gestalt in einem dunklen Kleid und einer helleren Schürze. Sie war blaß, und das Haar war so kurz geschnitten, daß es tatsächlich wie das Fell einer Katze aussah. Gebannt beobachtete sie die Kinder, lächelte hin und wieder oder schaute bange, je mehr das Spiel fortschritt. Sie sprang schließlich aufgeregt auf und ab, als Beatie Bow aus ihrem Grab auferstand und alle zu Tode ängstigte.

„Warum sie wohl nicht mitspielt? Vielleicht ist sie behindert oder so", sagte Abigail. „Laß uns hingehen und mit ihr reden."

Sie waren dicht bei dem Mädchen, bis dies die beiden

bemerkte, so versunken war sie. „Sie ist ungefähr elf“, dachte Abigail. Das Mädchen war schwächlich und hatte ein kleines helles Gesicht, wie ein Affe mit weit auseinanderliegenden Augen. Sie trug ein langes, verwaschenes Kleid, eine braune Baumwollschürze und ein über der Brust übereinandergeschlagenes Tuch, das hinten verknotet war. Sie war barfuß, und Abigail sah verwundert, daß sich die Haut an ihren Füßen in großen Fetzen abschälte.

„Hallo“, sagte Natty schüchtern.

Das Kind fuhr bestürzt herum. Es sah wie ein häßliches kleines Wesen aus, das vor Angst wie versteinert war. Mit einem erstickten Schrei floh es an der Mauer entlang und stürzte eine der steilen gepflasterten Gassen hinauf, die die vielen verschieden hohen Ebenen der Rocks miteinander verbanden.

„Hm, sie mochte uns wohl nicht“, sagte Abigail. „Oder vielleicht kommt sie aus einem anderen Land und hat nicht verstanden, daß wir uns mit ihr anfreunden wollten.“

Natalie nickte, und wieder einmal fing sie an zu weinen.

„Oh, Natty, hör auf zu weinen. Du bist ja wie eine lecke Kanne oder so was. Was ist denn jetzt los?“

„Ich weiß nicht.“ Aber als Abigail sie in der Wohnung ablieferte, umarmte Natty sie und flüsterte: „Ich habe geweint, weil Stoppelhaar unglücklich war.“

„Woher willst du das wissen?“ fragte Abigail, aber Natalie schüttelte nur den Kopf.

Kathy kam früh nach Hause. Sie hatte sich den ganzen Tag für das bevorstehende Gespräch gerüstet.

„Also, Abigail, seien wir offen und ehrlich ...“, begann sie.

„Bin ich“, sagte Abigail. „Aber bevor wir dazu kommen, was wird mit dem Trödelladen?“

„Lucille will ihn kaufen.“

„Wäre es nicht vernünftiger, ihn an sie zu verpachten, damit du ihn hinterher wieder übernehmen kannst?“

„Hinterher!“ keuchte Kathy. „Die größte Zynikerin ...“ Sie war ganz blaß geworden. „Wenn du es genau wissen willst, Dad hat gesagt, ich wäre ihm die ganze Zeit nicht aus dem Kopf gegangen.“

„Und jetzt Einsatz der Geiger“, sagte Abigail. Als sie es ausgesprochen hatte, fühlte sie sich so entsetzlich, als hätte sie das Kartoffelmesser genommen und wäre damit auf ihre Mutter losgegangen. Kathy dagegen explodierte: „Es ist gemein , so was zu sagen. Vor allem von dir. Hast du je Mitgefühl mit mir gehabt, als Dad fortgegangen ist? Du warst so mit deinen eigenen Problemen beschäftigt, daß man hätte meinen können, niemanden sonst hätte es verletzt.“

„Vielleicht bedenkst du, daß ich erst zehn war“, wandte Abigail ein und war entsetzt über die Schimpfkanonade ihrer Mutter, die sie noch nie angegriffen hatte.

„Inzwischen bist zu zwölf geworden und dreizehn und vierzehn, das schlaue Kind, das alles über Männer und Frauen und Sex und Liebe weiß, und nie, nicht ein einziges Mal, hast du irgendwas gesagt oder gefragt, wie mir zumute war, als Dad fortging. Hast du dir je um mich, die im Stich gelassene Frau, Gedanken gemacht – und nicht immer nur um dich, das im Stich gelassene Kind?" schrie Kathy. „Und jetzt, wo sich mir die Chance bietet, wieder glücklich zu sein, willst du mir einen Knüppel zwischen die Beine werfen, weil du nur zu gut weißt, daß ich dich nie allein mit Großmutter zurücklassen würde, die sich kaum um dich kümmern würde, wenn du krank wirst oder ... oder ... irgendwas."

Sie rannte ins Badezimmer und blieb dort so lange, bis Abigail unglücklich ins Bett ging.

Am nächsten Morgen sagte Kathy: „Wenn du mir heute im Laden helfen willst, dann sollten wir jetzt gehen. Kommst du?"

„Warum nicht?" sagte Abigail und war froh, daß ihre Stimme so fest und keck klang, wie sie sollte.

Den Rest dieses arbeitsamen Tages und den ganzen nächsten Tag redeten sie kein Wort miteinander, bis auf die gewöhnlichen Höflichkeiten. Abigail war froh, daß sie beschäftigt waren, denn von dem alten Anwesen bei St. Mary kam kistenweise Zeugs an – alte Gemälde, schwarz von Rauch und Fett, abgenutzte Möbel aus der Kolonialzeit, Goldfischgläser, Handtäschchen mit Perlstickerei und all die übrigen faszinierenden Überbleibsel aus dem Leben irgendeiner unbekannten Person.

Kathy sah aus, als hätte sie in der Nacht geweint, denn sie hatte Lidschatten aufgelegt, was sie selten tat. Sie wirkte lächerlich, wie ein Fink, der einen Kampf verloren hatte. Abigail war so außer Fassung, daß sie ganz durcheinander war. Ihre Gefühle waren so in Aufruhr, daß sie sich wie irgendein Seegetier mit einer

Schale aus Horn und Giftstacheln vorkam, das sich mit Kraut und Schalenteilchen getarnt hatte. Ihre Tarnung jedoch waren ihr kühles ausdrucksloses Gesicht und ihr grünes Kleid, über das sie immer wieder strich, so als würde ihr das Trost spenden, genauso wie Natalie ihren Teddybär streichelte. Das tat sie unbewußt so lange, bis Kathy schrie:

„Laß das! Das geht jetzt schon den ganzen Tag so. Ich geh gleich die Wände hoch. Ich wünschte, du würdest dieses elende Kleid ausziehen. Es ist zu kalt für das Wetter. Warum bist du von so einem blöden Kleid wie besessen? Es macht mich noch verrückt."

„Vielleicht hast du noch was a-anderes an mir auszusetzen, wenn du schon dabei bist!"

Abigail konnte nicht verhindern, daß ihre Stimme zitterte. Das durfte nicht wahr sein. Ihre Mutter und sie konnten so nicht weitermachen. Sie waren Freundinnen!

„Oh, halt den Mund!" brüllte Kathy und wandte sich ihrer Arbeit zu.

Abigail griff ihren alten Flickenschal (er stammte ebenfalls aus einem Nachlaß), stürzte an die Straßenecke und stieg in einen Linienbus Richtung West Circular Quay. Sie saß da und kochte vor Wut, während der Bus vorwärtsholperte, anhielt und ruckartig wieder anfuhr. In ihrem Innern rannen die Tränen hinunter und löschten ihren glühenden Zorn.

Es stimmte. Sie trug ihre Sachen, bis sie fast auseinanderfielen. Aber bislang hatte ihre Mutter das zum Lachen gefunden.

„Typisch Abigail, ist immer in irgendwas vernarrt.

Warum auch nicht?" hatte sie gesagt. Doch jetzt ging mit beiden eine Veränderung vor.

„Es stimmt", dachte sie traurig, „ich habe nie darüber nachgedacht, wie ihr zumute gewesen sein muß. Nicht ein einziges Mal habe ich sie in den Arm genommen und gesagt: ‚Mach dir nichts daraus, du hast ja mich.' Immer war es umgekehrt."

Sie saß im Bus und fühlte, wie ihr das Herz brach. Sie hatte nicht einmal eine dunkle Brille, um sich dahinter zu verstecken. Sie konnte nur die brennenden Augen bis zum äußersten aufreißen, damit die Tränen nicht herauskullerten, und ihre gefaßte, leicht verächtliche Miene aufsetzen, die sie, Gott sei Dank, jahrelang geübt hatte.

„Es ist allein seine Schuld, versucht sich einzuschleichen, macht uns alles kaputt", dachte sie. Aber nicht zu ihrem Vater kehrten ihre Gedanken immer wieder zurück, sondern zu ihrer Mutter. „Wenn sie ihn all die Zeit geliebt und sie sich nie für einen anderen interessiert hat, keinen anderen im Sinn gehabt hat, dann muß es die Hölle für sie gewesen sein. Aber sie hat nie gejammert, und als ich diese fiesen Bemerkungen über Jan gemacht habe, hat sie sogar gesagt, ich wäre unfair. Ich glaube, ich würde kein gutes Haar an einer lassen, deretwegen mein Mann mich verlassen hätte. Aber es ist wahr, ich würde von meiner einzigen Tochter erwarten, daß sie mir beisteht. Und das habe ich nicht getan. Ich habe nur daran gedacht, wie schlimm es für mich war, so wie ich es gerade jetzt auch wieder tu."

Sie war, fast ohne sich dessen bewußt zu sein, aus dem Bus ausgestiegen. Ein weiter stahlfarbener, vom nahenden Winter weißlicher Himmel wölbte sich über sie, und mitten darin schwebte der Halbbogen der Brücke und glitzerte vor leuchtendroten Flecken in der Sonne, die längst untergegangen war, deren Widerschein sich aber an den hohen Wolken noch abzeichnete. Die Fenster des „Mitchell" und anderer hoher Gebäude erstrahlten in dem vibrierenden rubinroten Licht. Aus Süden wehte ein kalter, staubiger Wind und trug in Böen die eiserne Stimme der Stadt herüber, der schmutzigen schäbigen Stadt um den Hauptbahnhof herum, die das Zischen der Tragflügelboote und das Plätschern der Fährschiffe, die am Circular Quay an- und ablegten, erstickte.

Noch immer sausten Kinder auf dem Spielplatz umher.

Einen Augenblick blieb sie stehen, um ihnen zuzuschauen. Es war die Zeit, in der Mütter und ältere Brüder die Kinder ins Haus riefen.

Ihr Blick wandte sich unwillkürlich zur Mauerecke an der Straße. Sie sah, daß sich dort Natalies Stoppelhaar versteckt hielt. Sie fror und sah einsam aus.

„Sie sieht so aus, wie mir zumute ist", dachte Abigail.

Aber wie war ihr zumute? Sie fühlte sich nicht ganz allein, aber fast. Verwirrt. Ein Gefühl, daß zu viele neue Gedanken auf sie einströmten, ein Gefühl der Hilflosigkeit und des Unverständnisses, das sie nicht auf die Reihe bringen konnte. „Vielleicht haben sie recht. Vielleicht ist ja etwas dran, von wegen noch zu jung und unerfahren, um sich selbst zu kennen."

Vielleicht war es auch etwas Einfacheres. Wenn die

Familie sich in Norwegen wieder zerstritt, würde sie keine Schlupfwinkel haben, keine vertrauten Plätze oder Freunde, vermutlich nicht einmal jemanden, mit dem sie Englisch reden konnte. Beim Gedanken daran wurde ihr Gefühl der Verwundbarkeit so stark, daß sie fast laut geschrien hätte.

„Mum muß mir zuhören", dachte sie. „Vielleicht würde sie damit fertig werden, wenn etwas schiefginge, aber ich nicht, ich weiß es, ich nicht."

Sie sah deutlich, wie Stoppelhaar seufzte, so als wäre auch sie schlimm enttäuscht.

Einen Augenblick lang erinnerte sie Abigail an Natalie.

„Arme kleine Ratte", dachte sie. „Was Kinder alles einstecken müssen."

Plötzlich hatte sie den unwiderstehlichen Wunsch, einmal mit dem Mädchen zu reden, um herauszufinden, warum sie zuschaute, warum sie so ärmliche Kleider trug, warum Natalie sie für unglücklich gehalten hatte. Vor allem wollte sie sie lächeln sehen. Sie näherte sich ihr auf Zehenspitzen im Schatten der Mauer. Das kleine Mädchen blickte gespannt zu den Kindern und bemerkte Abigail nicht.

„Buh!" flüsterte Abigail.

Das Kind sprang hoch wie eine Forelle und starrte Abigail an. Sie hatte helle haselnußbraune Augen, und Abigail fiel auf, daß ihr Haar büschelig und stachelig war, so als wäre es geschoren worden und würde nun wieder wachsen.

„Habe ich dich erschreckt?" sagte sie. „Es war nur Spaß."

„Hab' nichts getan!" stieß Stoppelhaar hervor. „Hab' nur den Kindern zugesehen!"

Ihre Stimme klang rauh, der Akzent so fremd, daß Abigail kaum ein Wort verstand. Aber ehe sie das Mädchen bitten konnte zu wiederholen, was sie gesagt hatte, begannen ihre haselnußbraunen Augen zu funkeln, und halb schluchzend, halb hustend sagte sie: „Es darf nicht wahr sein, aber andrerseits wünsch' ich's mir doch, o ja!"

Diesmal verstand Abigail sie deutlich. Unwillkürlich streckte sie diesem sonderbaren traurigen Kind eine Hand hin, wie sie es bei Natty getan hätte, aber das Mädchen sprang davon wie der Hase auf der Kopfsteinpflasterstraße, die sie vorher gegangen war.

Mehr aus Neugierde denn sonstwas rannte Abigail mit ihren langen Beinen die steile Gasse hinauf.

Sie konnte sich nicht erinnern, schon einmal die Gasse entlanggegangen zu sein, obwohl sie direkt gegenüber vom Spielplatz lag. Sie führte zwischen den hohen Steinmauern der Lagerhäuser und Läden steil hinauf wie eine Treppe. Sie hatte keine Zeit zum Schauen. Oben war eine kleine, gewundene steinerne Treppe, und da sah sie das Tuch des Mädchens flattern, als dieses innehielt und zurück auf ihre Verfolgerin starrte. Das dunkle flaschengrüne Tuch war unter einer Straßenlampe zu erkennen.

„Sei nicht albern. Ich will nur mit dir reden", rief Abigail atemlos. Sie sprang die Stufen hinauf und ins Licht und stellte fest, daß sie in der Harrington Street war, einer eigenartigen alten Straße, die kaum noch benutzt wurde und die sehr uneben verlief, so daß man teils neben dem Bürgersteig und dann wieder auf dem Bürgersteig gehen mußte. Das kleine Mädchen war aus dem Licht verschwunden, aber Abigail konnte im Schatten eines dichten Buschs, dessen schlangenartiges Wurzelgeflecht an den Rissen einer verfallenen Steinmauer hinuntergewachsen war, ihre bloßen Füße und einen Zipfel ihres Kleids sehen.

„Ich sehe, wo du dich versteckst!" rief sie neckend.

In genau dem Augenblick begann unten in der Stadt die Rathausuhr im Baritonklang dumpf zu dröhnen, verzerrt und halb übertönt vom Verkehr. Aber Abigail hörte deutlich die ersten vier Töne der einfachen Melodie, die die halbe Stunde anzeigte, und sie dachte: „Halb sechs. Ich sollte wohl besser nach Hause gehen."

Etwas, sie wußte nicht, was, veranlaßte sie, ihre Hand nach dem Kind, das sich dort versteckte, auszustrecken und mit verhängnisvoller dramatischer Stimme zu sagen: „Oh, Modder, was ist das, was kann es sein?"

Da gab das kleine Mädchen einen unterdrückten Schrei vor Überraschung oder Angst von sich – Abigail konnte es nicht genau sagen. Aber noch ehe sie sich rühren konnte, vernahm sie ein Klirren, Knirschen und Rasseln und unverkennbar das Geräusch von Pferdehufen. Aus der zunehmenden Dunkelheit kam vom südlichen Ende der Harrington Street eine hohe altmodische Droschke angefahren. Die beiden Seitenlampen gaben schwaches Licht, denn darin befanden sich nur Kerzenstummel. Die Kutsche glänzte schwarz im flackernden Licht der Straßenlaterne.

Abigail war wie gelähmt. Sie stand mitten auf der Straße, so als hätte sie jede Kraft, sich zu bewegen, verloren, bis sie den Atem von den Nüstern des Pferdes in der kalten Luft und den Schrecken auf dem Gesicht des Kutschers mit seinem großen Hut sehen konnte. Er hatte die Lippen auseinandergezogen, und mitten zwischen den Zähnen war eine schwarze Lücke zu sehen. Er richtete sich halb auf.

„Geh von der Straße weg, Mädchen! Willst du überfahren werden?"

In dem Augenblick schoß das Mädchen, fast auf gleicher Höhe mit den Nüstern des Pferdes, aus dem Dunkel und stieß Abigail ungelenk aus dem Weg. Sie landeten auf offenbar nassen Pflastersteinen, während der Kutscher sich über sie beugte, beiden einen leichten Schlag mit seiner Peitsche versetzte und rief: „Verflixtes Pack! Seid ihr verrückt, da wie zwei Dummköpfe rumzustehen?"

Die Kutsche fuhr quietschend und klappernd weiter. Abigail lag da und betrachtete die Laterne. Der Laternenpfahl war dick und bestand aus geriefeltem Eisen. Oben war eine Laterne in einem Glas, in dem flakkernd und zitternd eine blaue fischschwanzähnliche Flamme leuchtete. Sie hatte schon mal Bilder mit solchen Laternen gesehen und wußte, daß das Licht nicht durch Strom, sondern durch Leuchtgas erzeugt wurde.

„Ich träume bestimmt!" dachte sie. „Das ist alles. Ich träume."

Aber die Pflastersteine waren kalt und naß, ihre Knie, auf die sie gefallen war, taten weh, und die Luft war voll seltsamer Gerüche, sie roch nach Pferdemist,

Meer, verbranntem Holz, Schweiß und einem alles durchdringenden Gestank nach Abwasser.

Sie merkte, wie das kleine Mädchen sich entfernte, hörte das Getrappel ihrer bloßen Füße auf der Straße, und Panik packte sie.

„Geh nicht weg – ich weiß nicht, wo ich bin!“

Sie rappelte sich auf und rannte hinter dem Kind her. Seltsam und fremdartig aussehende Frauen mit langen Schürzen traten aus düsteren Eingängen und starrten sie an. Kinder, die dreckiger, zerlumpter und unglücklicher aussahen, als sie sich Kinder je hatte vorstellen können, blickten auf von ihren im Rinnstein schwimmenden Papierschiffen. Eines warf etwas Stinkendes nach ihr; es war ein halbverwester Kaninchenkopf.

Sie wußte nicht, wo sie war. Alles was sie wußte, war, daß Stoppelhaar es ihr vielleicht sagen konnte. Also hob sie ihr Kleid bis zu den Knien hoch und lief, voller Angst und Verzweiflung, hinter ihr her.

Kapitel 3

Als sie Wochen später über diese Zeit nachsann, war Abigail sich sicher, ganz sicher, daß sie länger geglaubt haben mußte zu träumen, als es tatsächlich der Fall war. Warum hatte sie nicht gedacht, sie wäre in irgendeine Straße geraten, in der Leute vom Fernsehen gerade einen Film oder so drehten? Aber das hatte sie nicht gedacht. Vom ersten Augenblick an, als sie benommen auf den Pflastersteinen lag, wußte sie, daß sie nicht träumte und daß der Ort und ebenso die Bewohner wirklich waren.

Das kleine Mädchen versuchte sie abzuschütteln, indem es in winklige Gassen tauchte, wo sich die Häuser wie Flechten dicht an die Erde duckten. Sie hatten moosbedeckte Ziegeldächer, und an den Mauern türmte sich stinkender Abfall. Manchmal warf das Mädchen einen Blick über die Schulter, wenn es über schwarze Wasserrinnen sprang oder Lausbuben mit Haaren steif wie Wischlappen auswich. Ihr Gesicht war angstverzerrt.

Die Wohnhäuser ähnelten Wespennestern oder tibetischen Häusern, wie Abigail sie in Filmen gesehen hatte. Sie waren übereinander angeordnet und ruhten auf schmalen Sandsteinleisten. Hier und da brannte an einem Hauseingang eine Kerze, die in einer halben Rübe steckte, so als sollte sie den Weg weisen. Es wurde dunkel, und in diesem Labyrinth von Gassen wurde es noch schneller dunkel. Das Kerzenlicht, das durch zerbrochene schmutzige Fenster fiel, war blaßgelb.

Das kleine Mädchen schoß an der hohen Steinmauer eines Lagerhauses vorbei, dessen riesige Tür wie zum Schutz gegen Eindringlinge mit Nägelköpfen beschlagen war. Dort holte Abigail sie fast ein, aber ein Bettler mit einem Holzbein fuhr hoch, schwang seine Krücke nach ihr und rief etwas aus seinem schwarzen zahnlosen Mund. Sie sah jetzt, daß sie fast auf etwas getreten wäre, das nach einem mißgebildeten Kind aussah, bis das Etwas knurrend auf die buckligen Schultern seines Herrchens sprang. Es war ein Affe in einer Husarenuniform.

Sie waren in eine Gasse eingebogen, die Abigail nicht gleich als die Argyle Street erkannt hatte, obwohl sie den Weg schon Hunderte von Malen gegangen war. Der riesige steinerne Bogen des Cut – er führte durch den Sandsteinrücken der Rocks – sah anders aus. Er war schmaler, dachte sie, obwohl sich so viele Läden, Buden und fahrbare Verkaufsstände in der Argyle Street drängten, daß es kaum zu erkennen war. Wo dröhnend der Bradfield Highway über den Cut geführt hatte, waren jetzt zwei baufällige Holzbrücken. An der einen Seite führten Steinstufen hinauf, an der anderen zwei schwankende gewundene Treppengänge, überhangen mit Weinranken und wirrem Geäst, die zwischen und über die Dächer unbeschreiblicher Hütten hingen, die wie verfallene Schuppen aussahen. Die Behausungen waren abgestützt mit Baumstämmen und

Bahnschwellen. Auf den Dächern grasten Ziegen. Und überall war der Geruch nach verfaulten Algen, Schiffen, brennendem Holz, Pferden und Pferdegeschirren.

Sie fragte sich hinterher, warum die Leute sie angestarrt hatten, und machte sich klar, daß es nicht daran liegen konnte, daß sie fremdartig aussah – denn in ihrem langen Kleid und ihrem Schal war sie ähnlich angezogen wie die Leute –, sondern daran, daß sie gerannt war.

In der Ferne sah sie das flüchtende Mädchen und rannte weiter bis fast an den Rand des Cut, wo das Mädchen im Eingang eines Eckhauses oder Ladens verschwand, in dem ein Fenster erleuchtet war und wo es nach gebranntem Zucker roch, so daß Abigail kurz zögerte, weil sie den Geruch schon einmal wahrgenommen hatte.

Als sie zögernd dastand, hörte sie im Haus einen furchtbaren Lärm – eine Frau schimpfte. Metall klirrte, und ein Mann brüllte wütend.

Aus dem Eingang kam eine grotesk große Gestalt mit einer langen weißen Schürze gestürzt und schwenkte etwas über seinem Kopf, das Abigail für einen rostigen Säbel hielt. Der Mann brüllte etwas wie: „Zum Teufel!“, als er an ihr vorbeistürmte, und stieß sie im Laufen zu Boden. Sie fiel hart mit dem Kopf auf die Kante des Eingangs.

Der Schmerz war so heftig, daß es ihr schwarz vor den Augen wurde. Leute sprangen vom Eingang weg, es waren bestürzte Schreie zu hören, dann wurde Abigail hochgezogen. Der Schmerz schien in den Knöchel zu wandern, sie sah nur Dunkelheit und verschwommene trübe Lichter.

„Es tut mir schrecklich leid", flüsterte sie. „Ich glaube, ich werde ohnmächtig."

Als sie zu sich kam, hielt sie die Augen weiterhin geschlossen, denn sie wußte sehr wohl, daß sie weder in einem Krankenhaus noch zu Hause war. Die Luft war warm und stickig. In dem Raum mußte eine offene Feuerstelle sein, die mit Kohle gefeuert wurde. Sie kannte den Geruch, denn Großmutter hatte in ihrem Haus einen offenen Kamin, den sie winters mit Kohle heizte. Irgend jemand hielt ihre Hand. Es war eine Frauenhand, keine Kinderhand, auch wenn die Handfläche so rauh war wie die eines Mannes. Die Hand legte sich kurz auf ihre Stirne, und eine Stimme mit dem gleichen Akzent wie das kleine Mädchen sagte sanft: „Ja, sie fühlt sich ganz heiß an. Wechsel den Verband, Dovey, Schatz. Wir sehen uns die Schramme mal an."

Zart befühlten Hände eine empfindliche Stelle an ihrem Kopf. Abigail schaffte es, ruhig zu bleiben. Die Augen hielt sie geschlossen, teils vor Angst, was oder wen sie da zu sehen bekam, teils weil sie noch immer verwirrt war und sich elend fühlte. Ein schwaches Pochen in ihrem Knöchel wurde zu einem rasenden Schmerz.

Doch glaubte sie nicht, daß sie träumte. „Irgendwie bin ich nicht ganz bei Sinnen", dachte sie. „Dies kann nicht wirklich sein, und wenn es noch so wirklich ist."

Eine Mädchenstimme sagte: „Ist sauber, Großmama, aber ich schmiere bißchen Schmerzwurzsalbe drauf, ja?"

„Tu das, Mädchen, und dann siehst du am besten nach Onkel Samuel, ob er wieder klar im Kopf ist."

„Er weint, hat Beatie gesagt, ist tieftraurig über das, was er getan hat."

„Armer Mann, armer Mann, 's ist ein Jammer, daß ich kein Heilmittel für ihn weiß."

Wie bei Stoppelhaar meinte Abigail zuerst, daß diese unbekannten Frauen irgendeine fremde Sprache sprachen. Dann wurde ihr klar, daß es ein Englisch war, daß sie noch nie gehört hatte. „Vielleicht ist es Schottisch", dachte sie. Nach diesen ersten verwirrenden Augenblicken stellte sie fest, daß die Worte bei genauem Hinhören allmählich einen Sinn ergaben. Sie war so verzweifelt, als sie herausfand, wo sie war und wer diese Leute waren, daß sie sich so gut sie konnte auf jedes Wort, das sie sagten, konzentrierte. Als sie sich nach einer Weile an ihre Sprechweise gewöhnt hatte, schienen sich die Wörter in verständliches Englisch zu verwandeln.

Die Stimmen, besonders die des Mädchens, klangen wie eine ruhige, fröhliche Weise.

„Sie ist eine Dame, Großmama, keine Frage."

„Ja."

Abigail spürte, wie ihre Hand hochgehoben wurde. Finger strichen über ihre Handfläche.

„Weich wie Samt, und willst du dir mal die Nägel ansehen? Rosa und sauber wie die einer Königin höchstselbst."

Abigails Verwunderung darüber wurde von einer bösen Schmerzwelle, die von ihrem Knöchel ausging, erstickt. Sie stieß ein leises Winseln aus, wofür sie sich sofort schämte. Aber der Schmerz war zu heftig, und sie begann zu wimmern: „Mein Fuß, mein Fuß!" Sie machte die Augen auf und blickte sich verstört um.

Über sie gebeugt war eins der schönsten Gesichter, das sie je gesehen hatte, ein Mädchengesicht mit einer babyweichen Haut. Ein dunkelblonder Pferdeschwanz hing über eine Schulter.

„Armes Kindchen, armes Kindchen. Nimm einen Schluck von Großmamas heißem Molkentrank, ist so gut gegen Schmerzen. Wird ja alles gut, Dovey ist da und Großmama, wir lassen dich nicht allein, ich versprech's."

Großmamas Molkentrank schmeckte wie Petersilie mit einem bitteren Nachgeschmack. Obwohl Abigail dachte, ihr würde gleich übel werden, passierte das doch nicht. Abigail schlummerte ein, eingelullt von der Wärme des Feuers und der warmen Hand, die ihre Hand hielt.

Als sie wieder aufwachte, schien sie allein zu sein. Ihre Kleider hatte man ihr ausgezogen, und sie trug ein langes Nachthemd aus einem dicken haarigen Stoff. Es hatte einen Kragen aus Leinen, der ihr am Hals und am Kinn kratzte. Vorsichtig befühlte sie den Kragen. Er war so gestärkt, daß er steif wie Papier war. Der eine Fuß, der, der ihr weh tat, lag auf einem Kissen. Mit dem anderen stieß sie gegen etwas Hartes, aber wohltuend Warmes. Sie betastete es behutsam mit den Zehen.

Dann sagte eine Kinderstimme: „'s ist eine heiße Kruke, wonach du da tastest."

Abigail riß die Augen auf. Natalies Stoppelhaar-

Mädchen saß auf einem Hocker so dicht neben ihrem Bett, daß Abigail die Sommersprossen auf ihrem Gesicht sehen konnte. Ihre Augen blickten aufgeregt.

Das Mädchen von so nah zu sehen, war seltsam, aber auch tröstlich, denn sie wußte, dieses Kind gehörte in ihre Welt. Sie hatte es gesehen, und Natalie Crown hatte es gesehen. Und doch, von nahem betrachtet, sah sie ganz und gar nicht wie ein gewöhnliches Mädchen aus. Ihr Gesicht verriet Eigensinn, Ungestüm und Entschlossenheit. Ihre kleinen Hände wiesen Narben und Brandmale auf.

Ein Schauer großer Angst überlief Abigail. Jedes einzelne Härchen auf ihren Armen stellte sich auf. Ihr Atem ging schneller. Tief in ihrem Innern, ihrem geheimen Ort, sagte sie immer wieder vor sich hin: „Ich darf nicht die Fassung verlieren. Ich muß so tun, als wäre mir nichts ... gar nichts merkwürdig vorgekommen."

Jetzt, da im Kopf nicht mehr alles durcheinanderwirbelte, obwohl er ihr noch immer weh tat, war sie in der Lage, ihre Gedanken zu sammeln. Ihr behagte nicht, daß man ihr die Kleider weggenommen hatte. Ihr fielen all die Geschichten aus der Schule ein, von Mädchen, die unter Drogen gesetzt und nach Südamerika, Uganda oder Algerien verschleppt und dort an furchtbaren Orten als Sklaven gehalten wurden. Nicole Price etwa schwor bei einem Fetzen von Elvis' buntem Seidenhalstuch (was ihr das Heiligste auf der Welt war), daß ihre eigene Cousine am hellichten Tage in der Castlereagh Street gestanden und auf einen Bus gewartet hatte und nie mehr gesehen wurde.

„Was ist eine Kruke?“ flüsterte sie nach einer Weile.

„Dummerchen“, sagte das Mädchen. „’s ist eine Flasche aus Stein voll heißem Wasser. Was weißt du denn überhaupt?“

„Wieso tut mir der Fuß weh?“ fragte Abigail.

„Wie sollte er nicht? Du hast dir schlimm den Knöchel verstaucht, als du gefallen bist.“

Abigail spürte einen leichten Anflug von Ärger. „Ich bin nicht gefallen. Irgendein Riesenochse hat mich umgestoßen.“ Sie dachte ein Weilchen nach. „Er hatte keinen richtigen ... richtigen Säbel bei sich, oder?“

„Doch, hatte er. Es war mein Vater. Er hat Anfälle.“

Abigail überlegte, konnte sich aber keinen Reim darauf machen. Kurz dachte sie, wenn sie wieder einschlief, daß sie danach vielleicht in ihrem eigenen Zimmer aufwachen würde. Aber der starke Geruch der Talgkerze auf dem Tisch neben ihrem Bett, das Klappern von Wagenrädern und Hufen auf den Pflastersteinen draußen vor dem Fenster, das Tuten der Schiffssirenen irgendwo in der Nähe und der gespannte Blick des Mädchens machten ein Einschlafen unmöglich.

„Wie heißt du?“

„Beatie Bow.“

Abigail schaute verärgert. „Hör auf, mich zum Narren zu halten, wer du auch sein magst. So heißt ein Kinderspiel.“

„Das kenn ich genau. Aber ich heiß so. Beatrice May Bow, und ich bin elf Jahre alt. Bin zwar ’n bißchen klein für mein Alter, weiß schon, aber das liegt am Fieber.“

Plötzlich griff sie Abigails Arm. „Erzähl's nicht, bitte. Erzähl Großmama nicht, woher du kommst, oder ich sitz schön in der Tinte. Sie sagt, ich hätte die Gabe, aber das stimmt nicht. Und, weiß Gott, ich will sie auch nicht, weil ich Angst davor hab', was sie bewirkt."

Verwirrt dachte Abigail: „Irgendwie ergibt das alles einen Sinn, und früher oder später wird er entschlüsselt, und ich verstehe es." Laut sagte sie: „Wo sind wir hier?"

„In der guten Schlafstube, im Haus meines Vaters, hinter dem Süßwarenladen."

„Ich meine, in welchem Land?"

Das Mädchen schaute verblüfft. „Hast du den Verstand verloren? In der Kolonie Neusüdwales."

Abigail drehte ihr Gesicht ins Kissen, das klumpig war und seltsam nach Huhn roch, und weinte leise. Sie verstand nichts. Sie wußte nur, daß sie verletzt war und Angst hatte bis in die Zehenspitzen, und wünschte, ihre Mutter oder auch ihr Vater wären da.

Beatie sagte eindringlich: „Versprich, daß du nicht erzählst, woher du kommst. Daß du von *da* kommst. Ich hätt's nicht tun sollen. Es war gemein, ich weiß. Aber als ich hörte, wie die Kinder meinen Namen riefen, machte mein Herz einen Satz wie ein Frühlingslamm. Aber ich wollte dich nicht hierher bringen, ich wußte gar nicht, daß es geht, ich schwör's beim Himmel."

Sie redete in Rätseln. Abigail war starr vor Entsetzen. War sie unter Verrückten? Sie erinnerte sich an einige der schrecklichen irren Gesichter, die sie angestarrt hatten, als sie den Weg entlanggerannt war – die eingefallenen Münder, die Haut runzlig vor alten bläulichen Narben – wovon? Der gräßliche Bettler und sein Holzbein, ein Etwas, das aussah wie ein Stumpf, wie bei Long John Silver in *Die Schatzinsel*. Sie schluchzte laut vor Grauen.

Beatie schüttelte sie, daß durch ihren Kopf und ihren Knöchel rasende Schmerzen schossen.

„Versprich's mir, oder ich schlag' dich grün und blau!"

„Laß mich in Ruhe", rief Abigail. „Ich weiß nicht, woher ich komme, ich weiß nicht, wo ich hier bin, ich verstehe gar nichts."

„Dann hast du dein Gedächtnis verloren", sagte das kleine Mädchen mit Befriedigung. „Ja, das trifft sich gut."

Abigail zitterte. „Habe ich das? Aber ich erinnere mich an eine ganze Menge: wie ich heiße und wie alt ich bin, ich wohne am nördlichen Ende der George Street, und meine Mutter heißt Kathy, und sie ist wütend auf mich, weil ..." Bei dem Gedanken an ihre Mutter, wie sie nach Hause kam und feststellte, daß Abigail verschwunden war, und die Polizei anrief, und an ihren Vater, wie er außer sich war, verlor sie die Fassung und fing an zu weinen. Sie sah, wie das ältere Mädchen ins Zimmer hinkte. Warum hinkte sie? Und Beatie Bow sah erschreckt und herausfordernd drein.

Dann dämmerte ihr, daß eine große alte Frau neben ihr stand und ihre Hand hielt. Sie trug ein langes schwarzes Kleid, eine weiße Schürze und auf dem Kopf eine große weiße Faltenhaube mit Bändern. Hinterher fand Abigail, daß sie wie eine Märchentante aussah, aber im ersten Moment dachte sie nichts. Verwundert sagte sie: „Großmutter!“

„Sie ist nicht deine Großmama, sie ist unsere Großmama!“ fuhr Beatie sie an. Dovey besänftigte sie mit einem Lächeln.

Die alte Frau legte die Arme um Abigail und wiegte sie an ihrem bretthart eingeschnürten Busen. So voller Angst sie auch war, sie spürte sofort die Güte dieser alten Frau.

Sie blickte verstohlen hoch und sah die braune Haut, faltig wie alte Seide, und ein statuenhaftes Lächeln um den hohlen Mund. Ihr Gesicht, auf dem Mühsal und Kummer Falten hinterlassen hatten, wirkte ruhig und vertraut.

„Na, na, Mädchen, beruhige dich. Großmama ist ja da.“

Abigail preßte ihr Gesicht in das schwarze Plisseekleid und hielt sich fest. Die alte Frau strahlte Stärke und Ruhe aus.

Es war einfach unvorstellbar, daß man gemeine Bemerkungen über ihre Haube oder das graue seidene Haar, das darunter hervorschaute, machte. Sie war eben eine richtige Großmutter.

Über ihren Kopf hinweg hörte sie die Großmutter murmeln: „Hol Judah, Beatie, Schatz. Ich glaub’, ich hab’ ihn kommen hören. Er kann so gut mit Kindern umgehen.“

„Ich will jetzt zu meiner Mutter“, jammerte Abigail.

„Du kannst sicher sein, meine Kleine, daß deine

Mutter kommt, sobald wir wissen, wo sie wohnt und wie du heißt.“

Ein großer junger Mann trat ins Zimmer. Flüchtig sah sie, daß er blonde, merkwürdig geschnittene Haare hatte und eine eckig geschnittene schwarze oder blaue Jacke mit Metallknöpfen und eine zerknitterte weiße Hose trug.

„Vater geht's nicht gut, ist vor Angst und Kummer nicht ansprechbar. Du leistest ihm am besten Gesellschaft, Dovey, bis er sich wieder gefangen hat.“

„Ich habe Angst, ich habe Angst“, flüsterte Abigail.

Der junge Mann setzte sich an ihr Bett. Sie konnte sein Gesicht nicht sehen, weil ihr das Licht in die Augen leuchtete.

Statt dessen sah sie eine große braune Hand, wobei auf dem ausgestreckten Zeigefinger ein fingerhutgroßer Vogel mit lamégrünen Federn saß.

„Weißt du, was das ist, Eliza?“

„Ich heiße nicht Eliza“, flüsterte Abigail, „ich heiße Abigail. Das ist ein Kolibri. Aber er ist nicht lebendig, er ist ausgestopft.“

Der junge Mann strich mit einem Finger über den winzigen glänzenden Kopf.

„Es ist ein Weibchen und stammt vom Orinoko. Ich hab's für sechs Schilling von einem Hochseeschiffer bekommen. Hast du schon mal so was Schönes gesehen?“

Er bewegte den Finger hin und her, und der kleine Vogel leuchtete wie ein Smaragd.

„Hör doch, wie sie spricht“, murmelte die alte Frau Beatie zu. „Ich fürchte, dein Vater handelt sich schrecklichen Ärger ein, daß er ihr das angetan hat, denn sie ist eine Dame."

„Ich bin keine Dame", murmelte Abigal, „ich bin noch ein Mädchen. *Sie* sind eine Dame."

„Nein, Kind", sagte die alte Frau. „Wir Talliskers sind schon seit den Zeiten der Earls of Stuart Fischer."

Abigail verstand nichts von alldem. Sie vergrub ihr Gesicht in dem nach Huhn riechenden Kissen. Vielleicht, wenn sie die Augen wieder aufmachte, würde sie in ihrem eigenen Bett, ihrem eigenen Zimmer sein. Aber sie hörte deutlich, wie der junge Mann das Feuer entfachte. Und zwar mit einem Blasebalg. Sie kannte das rhythmische Zischen, denn Blasebälge gab es viele im Trödelladen. Da! Sie erinnerte sich an den Trödelladen, sogar daran, wo die Sachen standen; an Mums verrückte sechzig Jahre alte Registrierkasse mit der schönen Bronzeverzierung, an das grüne Samttuch, das auf der feinen Rohretagere lag.

Sie öffnete gewaltsam die Augen. Der Raum war jetzt viel heller. Das Feuer loderte auf und spiegelte sich rötlich an der schrägen Decke wider. Auf dem Tisch stand nun eine große Öllampe, und Dovey drehte das Licht vorsichtig kleiner.

In der Ecke stand ein marmorner Waschtisch mit einer Waschschüssel aus dickem Porzellan mit blauem Blumenmuster in einer Vertiefung. Darunter standen ein großer gerillter Wasserkrug und ein Nachtgeschirr mit gleichem Muster. Der Herd hatte einen eisernen Einsatz, und dem köstlichen Geruch nach stand auf dem Herd eine Kanne mit heißem Kakao. Es war eine große weiße Kanne, und im oval angeordneten Blattmuster war das Gesicht eines ziemlich jungen Mannes mit einem langen dunklen seidigen Schnurrbart zu sehen. Sie hatte im Trödelladen schon mal ein Bild von ihm gesehen.

„Das ist Prinz Albert, nicht wahr?“ fragte sie.

„Ja, Gott hab' ihn selig. Er wurde allzu früh heimgeholt“, antwortete die alte Frau.

Judah zog etwas aus seiner Tasche und bot es ihr auf der Innenfläche seiner braunen Hand an. Es war eine rosa Zuckermaus.

„Unser Vater macht sie. Magst du 'n Stückchen?“

Abigail sah sie nicht einmal an. Sie setzte sich zitternd im Bett auf. Über dem Sims erblickte sie ein Bild von einer Frau mittleren Alters in Schwarz mit einer kleinen Krone auf einem weißen Spitzenschleier.

Wie oft hatte Abigail dieses düstere ernste Gesicht schon gesehen – auf Porzellan, Miniaturbildern, Taufbecken.

„Warum nur haben Sie ein Bild von der alten Viktoria an der Wand hängen?“ fragte sie.

„Sprich nicht so von unserer werten Königin, Kind!“ sagte Großmama streng.

„Aber unsere Königin heißt Elizabeth!“

Sie lachten freundlich. „Die gute Königin Elizabeth ist doch schon vor hundert Jahren gestorben, Mädchen. Du bist noch ein bißchen durcheinander. Aber mach dir keine Sorgen: Morgen bist du wieder quietschfidel.“

Abigail sagte nichts mehr. Sie betrachtete Königin Viktoria in ihrer schwarzen Witwentracht und ihrem schwarzen Schmuck. Wieder sagte sie sich, tief in ihrem Innern: „Ich muß die Ruhe bewahren. Es gibt irgendeine Erklärung. Ich darf mich nicht lächerlich machen."

Draußen in der Dunkelheit hörte sie im Hafen Schiffe tuten. „Ist es neblig?" fragte sie.

„Ja, deshalb werd' ich vielleicht morgen früh nicht auslaufen", sagte Judah. „Ich fahre zur See, weißt du, Mädchen."

Ziemlich nahebei schlug langsam und würdevoll eine Glocke. Abigail schoß hoch.

„Es ist weiter nichts, St. Philipp läutet zum Abendgebet", sagte Dovey sanft. „Ah, das arme Lamm, ist noch ganz durcheinander vor Schreck, seit Onkel Samuel sie umgerannt hat."

Abigail versuchte, ihr Zittern unter Kontrolle zu bringen. Sie sagte zu dem jungen Mann: „Ich möchte sehen, wo ich bin. Würdest du mir ans Fenster helfen?"

„Gewiß doch, Kleines", erwiderte der junge Mann herzlich. Abigail hatte sich nur auf seinen Arm stützen wollen, aber er nahm sie mitsamt dem Bettzeug auf und trug sie ans Fenster. Er hatte die gleichen dunkelblauen Augen wie die alte Frau.

„Was meckerst du, Beatie?" schimpfte er. „Mach die Fensterläden auf, Mädchen."

Mürrisch und unwillig öffnete das Mädchen die Läden und stieß sie weit auf. Abigail blickte hinaus auf eine mit Gaslaternen beleuchtete Straße. Oberhalb der Lampen bildete der Nebel geisterhafte Regenbogen. Ein Mann schob einen Karren mit einer glühenden Kohlenpfanne darauf. „Heiße Maronen, ganz heiße

Maronen!" Sein Rufen drang deutlich zu Abigail. Frauen mit Tüchern eilten vorbei, manche hatten auch einen Männerhut über ihr Haar gestülpt, andere trugen große alte Hüte mit zerfetzten Federn.

Aber Abigail hielt nach etwas anderem Ausschau. Sie war im oberen Stockwerk, das wußte sie, über dem Süßwarenladen.

Sie hatte einen weiten Blick über rauchende Schornsteine, über Hunderte, Tausende von rauchenden Schornsteinen, so schien es, und über jedem lag ein schwacher rosa Schein.

Der „Mitchell" hätte dort stehen und zu dieser Abendzeit erstrahlen müssen wie ein Weihnachtsbaum. Die Stadt hätte dort wie eine Galaxie von Sternen funkeln müssen. Die Stadt gab es auch noch – sie konnte trübe Lichtflecken sehen und Gefährte, die sich sehr langsam und holpernd voranbewegten.

„Die Brücke ist auch verschwunden", flüsterte sie. Da führte keine breite beleuchtete Brückenplattform über die kleine Halbinsel, da war nicht der große Brückenbogen mit seinem blinkenden Rubinrot ganz oben am höchsten Punkt – nichts. Auch der blumenähnliche Umriß des Opernhauses fehlte.

Sie legte ihr Gesicht an Judahs Brust und preßte sich so fest an ihn, daß sie seinen gleichmäßigen Herzschlag hören konnte.

„Was ist los, Abby? Was bekümmert dich, Kind?"

Zum erstenmal betrachtete sie sein Gesicht. Es war braungebrannt und rosig, ein stupsnasiges, vierschrötiges Gesicht.

„Welches Jahr haben wir?" flüsterte sie.

Er schaute verblüfft. „Willst du mich foppen?"

„Welches Jahr haben wir?" wiederholte sie.

„Na, 1873, und es geht schon dem Ende zu", sagte er.

Abigail schwieg. Er brachte sie wieder ins Bett, und Dovey deckte sie sorgsam zu.

„Es stimmt also", sagte Dovey beunruhigt zu der alten Großmutter. „Sie hat ihr Gedächtnis verloren. Lieber Gott, was sollen wir tun, Großmama? Onkel Samuel ist daran schuld, also haben wir auch die Verantwortung für sie. Das gebietet die Nächstenliebe."

Die große alte Frau murmelte etwas. Abigail schnappte das Wort „Fremde" auf ...

Dovey schaute zweifelnd. „Schätze, sie ist die Tochter von Einwanderern und arbeitet vielleicht in einem der feinen Häuser in den High Rocks als Hausmädchen, denn sie spricht so schön. Ganz anders als die Leute hier in der Gegend! Aber, was meinst du, wo sie ihre Siebensachen hat, Großmama? Gestohlen oder verloren? Hat nur, was sie auf dem Leib trug, und das war weiß Gott nicht viel!"

Sie standen an der Tür und unterhielten sich leise weiter, während Beatie Bow ein wenig näher gekrochen kam und Abigail entzückt und zugleich erschreckt anstarrte.

„Du!" sagte Abigail in einem wütenden Flüstern. „Du hast mir das eingebrockt!"

„Ist gar nicht wahr", wandte Beatie ein. „Du hast mich die Gasse hinauf und hinunter gejagt, wie'n Fuchs, der hinter 'nem Hasen her ist. Es ist nicht meine Schuld!"

Abigail schwieg. Sie sagte sich immer wieder: „Ich bin Abigail Kirk. Ich darf es nicht vergessen. Ich könnte an diesem Ort – in dieser Zeit, oder was auch immer – in der Versenkung verschwinden, wenn ich das nicht im Gedächtnis behalte."

Judah und Großmama waren die Treppe hinuntergegangen. Dovey kam hergehinkt und legte Abigail die Hand auf die Stirn. „Du hast kein Fieber mehr, und der Knöchel wird morgen auch nicht mehr so schlimm weh tun. Beatie, du bleibst hier und leistest Abby Gesellschaft, und reiß dich zusammen. Ich mach' Suppe warm für Abby zum Abendessen."

Beatie sah Abigail verärgert, herausfordernd und zugleich ängstlich an.

„Würde dir ja kein Zacken aus der Krone brechen, wenn du sagen würdest, du hättest das Gedächtnis verloren wegen der Schramme am Kopf. Ich will nicht, daß Großmama es erfährt."

„Ich will zurück an meinen Ort", sagte Abigail mit fester Stimme.

„Ich weiß nicht, wo das ist", wandte Beatie ein. „Ich wollte nicht dahin. Es war wegen der Kinder, weil sie meinen Namen gerufen haben. Keine Ahnung, wie ich's bewerkstelligt hab', ehrlich. Hab's nie vorher gekonnt, erst als ich das Fieber hatte."

Wie zu sich selbst sagte sie mit verwirrter gequälter Stimme: „Erst war ich auf der Straße, und im nächsten Augenblick war da eine Mauer, und da sausten Kinder rum, und da waren diese Türme und Schlösser und diese ... diese große Straße, die übers Wasser führt, und seltsame Wagen und kein einziges Pferd, und ich war vor Angst wie von Sinnen, dachte, das Fieber hätte mir den Verstand geraubt. Dann hörte ich die Kinder meinen Namen rufen. Sie spielten ein Spiel, das wir hier bei uns in den Gassen auch spielen, nur daß wir es Janey Jo nennen. Aber sie konnten mich nicht sehen. Mit ein paar hab' ich versucht zu reden. Nur du und das kleine Mädchen in dem gelben Mantel habt mich gesehen."

Die herausfordernde Haltung des Mädchens war verschwunden. Ihr Gesicht war blaß, und die großen Augen in ihren Höhlen glänzten. Abigail erinnerte sich, daß Natalie geweint hatte, weil sie glaubte, daß das Mädchen unglücklich wäre. Sie hatte was von Fieber gesagt. Vielleicht war deshalb Beaties Haar so kurz geschnitten. Abigail fiel ein, daß es früher einmal üblich gewesen war, Fieberkranken die Haare abzuschneiden. Sie wollte schon danach fragen, als Beatie ehrfürchtig sagte: „Das Land, aus dem du kommst, ist doch Elfenland?"

„Natürlich nicht, es gibt kein Elfenland. Spinnst du?"

Mit leiser Stimme sagte Beatie: „Du willst mich hinters Licht führen. Natürlich gibt's Elfenland. Wo sonst hat Großmamas Ururgroßmutter die Gabe gekriegt, damals, als sie so lange verschwunden war?"

„Du bist verrückt", sagte Abigail. „Ihr seid alle total verrückt."

Sie schloß die Augen. Das Feuer knisterte, der Raum war erfüllt von seltsamen Gerüchen, aber der Geruch nach gebranntem Zucker übertönte alle. Eine Hand berührte zaghaft ihre Hand.

„Es ist schön.“

„Was ist los?“

„Da, wo du warst. In Elfenland.“

Abigail öffnete die Augen und starrte in die lohfarbenen Augen des Mädchens. „Ich sagte doch, nicht in Elfenland.“

„Wo dann?“

„Rate mal“, sagte Abigail schnippisch.

Beatie Bow schwieg. Abigail schaute an die Decke. Dann sagte Beatie Bow: „Woher wußten die Kinder meinen Namen?“

„Ich weiß es nicht, und wenn ich es wüßte, würde ich es dir nicht verraten.“

Sie hätte am liebsten geschrien wie eine Seemöwe. Mit großer Anstrengung unterdrückte sie die Schreie des Gefühls des Verlorenseins und der Angst. In ihrem Kopf hämmerte es wieder, und ihr Knöchel fühlte sich an wie ein zerplatzter Fußball.

„Wenn nicht in Elfenland“, sagte Beatie langsam und nachdenklich, „dann war's ein Ort, von dem ich nichts weiß. Aber die Kinder spielen dort nicht mehr Janey Jo, sie spielen Beatie Bow.“

Abigail antwortete nicht.

Plötzlich rief das kleine Mädchen: „Ich bring' dich dazu, daß du's erzählst, ich bring' dich dazu. Ich will alles über die Schlösser und Paläste wissen und über die Lichter, die sich so schnell bewegen, über die eigenartigen Dinger, auf denen die Kinder rumgeturnt sind, und woher sie meinen Namen wußten. Ich schlag' dich grün und blau, ich schwör's dir, wenn du's nicht erzählst.“

„Vielleicht besitzt du die Gabe ja doch", sagte Abigail unbarmherzig. Beatie wurde so blaß, daß es aussah, als hätte sie doppelt so viele Sommersprossen. Abigail sagte: „Du bringst mich dahin zurück, wo ich dich getroffen habe, oder ich erzähle deiner Großmama, woher ich komme und wer mich hierher gebracht hat."

Beatie streckte ihre kleine Faust vor, als wollte sie Abigail schlagen.

„Ich will die Gabe nicht. Sie macht mir angst. Ich will sie nicht!"

Abigail dachte verschwommen: „Wenn ich wieder zu Hause bin oder aufwache oder was auch immer, dann wird es mir leid tun, daß ich sie nicht gefragt habe, was für eine dämliche Gabe sie meint. Aber im Augenblick interessiert es mich nicht."

Sie wandte sich ab von Beaties ängstlichem, aufgebrachten Gesicht und tat so, als wäre sie eingeschlafen. Kurz darauf war sie tatsächlich eingeschlafen.

Kapitel 4

Zweimal in der Nacht wurde Abigail wach, weil sie irgendwo über sich ein Kind verzweifelt wimmern hörte.

„Das kann nicht sein", dachte sie benommen. Dann fiel ihr ein, daß es ein altmodisches Haus war. Vielleicht hatte es Dachstuben.

Dovey hatte die Lampe auf kleiner Flamme brennen lassen. Auf der runden Glaskugel waren Weintrauben eingeritzt. Das Feuer war erloschen, und es roch nach kalter Asche.

Dann hörte sie, wie Schritte die Treppe herunterkamen. Also mußte dort oben tatsächlich noch ein Kind sein. Die Schritte hielten vor der Tür ihres Zimmers. Es war Dovey, wie Abigail feststellte, als sich nun behutsam die Tür öffnete.

Abigail war sich nicht schlüssig, ob sie Dovey mochte oder nicht. Sie wirkte so freundlich und gütig, aber aus Büchern und vom Fernsehen wußte Abigail, daß sich hinter einem engelhaften Äußeren oft ein ausgesprochen boshafter Kern verbarg. Außerdem wollte sie sich nicht nachts um zwei, oder wie spät es auch war, von Dovey Mut zusprechen lassen. Als also das Mädchen ins Zimmer gehinkt kam, gab Abigail vor zu schlafen. Dovey trug einen sackartigen roten Flanellschlafrock, und ihr Haar war zu einem Zopf geflochten, zusammengehalten mit einem Stück Wolle. Sie sah müde und verschlafen aus.

Großmama, die einen noch ausgebeulteren roten Flanellmorgenrock trug, kam ebenfalls herein. Die Haare waren unter etwas, das Abigail für eine Schlafhaube hielt, gesteckt, ähnlich einer Babymütze mit einer Krause um das Gesicht und Bändern unter dem Kinn.

„Eben diese scheußlichen Sachen, wie sie die Leute aus der Arbeiterklasse in der viktorianischen Zeit trugen", dachte Abigail verwundert – nicht zu vergleichen mit den kräftigen Musselin- und feinen chinesischen Seidenstoffen, die manchmal im Trödelladen landeten.

„Ist Judah fort, Kleines?" fragte Großmama.

„Ja. Er schläft an Deck. Der Nebel hat sich gelichtet, und er meinte, der Kapitän würde mit der Flut am Morgen auslaufen. Ich hab' Gibbie 'nen Schluck zu trinken gegeben. Er schläft jetzt, aber er sieht elend aus, Großmama. Hast du gute oder böse Vorahnungen wegen des armen Kindes?"

Großmama seufzte. „Ich hab' überhaupt keine klaren Vorahnungen mehr, Dovey. Sie sind alle ganz verschwommen, wie Leute im Nebel."

„Aber du bist sicher, daß die Kleine hier die Fremde ist?"

Die beiden unterhielten sich flüsternd, doch Abigail verstand sie, denn die Nacht war fast still. Es gab keinen Verkehrslärm, bis auf die Kutschenräder, die wie ferner Donner über die Pflastersteine am Hafen dahinrollten. Sie konnte hören, wie sich die Wellen an den Felsen von Dawes Point und Walsh Bay brachen.

„Ja, gleich als ich sie gesehen hab', hatte ich eine Ahnung, so deutlich wie früher, als ich noch ein junges Mädchen war. Armes, häßliches, mißtrauisches kleines Ding. Trotzdem wurde mir klar, sie war die Fremde, die der Familie die Gabe erretten würde."

Abigail war über die Beschreibung ihrer Person so entrüstet, daß sie fast die Augen aufgemacht hätte.

„Und dann das Kleid. Ich schwör's dir, Großmama, ich wär' fast ohnmächtig geworden, als ich's zu Gesicht bekam. Hat genau das Muster, wie wir's zusammen entworfen haben!"

„Dabei haben wir noch nicht einen Nadelstich dran getan", sagte Großmama. „Pst, Dovey, sie rührt sich."

Der Widerschein der Lampe an der Decke verschwand, und das Zimmer lag im Dunkeln. Abigail hatte das Gefühl, daß Dovey wieder in dem anderen Bett schlief, aber sie konnte sich nicht wachhalten, um es zu verfolgen.

„Ich wette, im Kakao war wieder von Großmamas Molkentrank oder so was. Letzten Endes vergiften sie mich noch."

Das war ihr letzter aufgebrachter Gedanke, ehe sie in Schlaf sank. Sie war noch immer wütend, als sie aufwachte. In dem zweiten Bett hatte jemand geschlafen, es war aber jetzt leer. Das Haus war voll ungewohnter Geräusche: Metall klirrte heftig (wurde unten das Feuer herausgekratzt?), von oben ertönte unaufhörlich das jammernde Klagen (der geheimnisvolle Gibbie?), jemand brüllte vor Wut (zweifellos Beatie), und Großmamas sanfte volle Stimme war zu hören, die alle besänftigte.

Abigail setzte sich mühsam aufrecht. Ihr Kopf schmerzte nicht mehr so stark. Ihr Knöchel tat ihr immer noch fürchterlich weh. Sie schob das Bettzeug zur Seite, um ihn sich anzusehen. Scheußlich! Gelb und rot angelaufen und auf den doppelten Umfang angeschwollen. Aber es war schon nicht mehr ganz so schlimm wie tags zuvor.

„So", dachte Abigail mit jetzt klarem Kopf, „etwas Unheimliches ist mir passiert. Ich bin im vergangenen Jahrhundert. Ich muß zurückkehren, bevor Mum vor Sorge durchdreht. Dad genauso, schätze ich. Also was haben die beiden letzte Nacht gesagt, als sie dachten, ich würde schlafen?"

Sie konzentrierte sich. Ein paar Worte fielen ihr wieder ein.

„Ich habe es nicht geträumt. Großmama hat gesagt, ich wäre die Fremde, da bin ich mir sicher. Nun, ich bin eine Fremde, schön, aber was heißt *die* Fremde? Und dann war da noch: die Gabe für sie erretten. Diese unheimliche Gabe, von der Beatie dauernd redet. Dann haben sie etwas über mein Kleid gesagt, mein edwardianisches Kleid."

Sie zerbrach sich noch immer den Kopf über diese halberinnerten Wortfetzen, als Dovey mit einer Blechkanne voll dampfendem Wasser hereinkam. Sie schüttete es in das Becken im Waschtisch.

„Wie geht's dir denn heute morgen, Abby-Liebes?"

„Besser", sagte Abby. „Ich will aufstehen. Ich kann bestimmt schon herumhumpeln."

„Da müssen wir erst Großmama fragen." Dovey lächelte. „Kannst du dich heute ein bißchen klarer erinnern?“

Abigail wollte schon schroff erwidern, daß sie nichts vergessen hätte, aber aus Vorsicht hielt sie den Mund. Sie sagte: „Ich heiße Abigail Kirk und bin vierzehn Jahre alt.“

„Nie und nimmer!“ sagte Dovey erstaunt. „Ich hab' dich ungefähr so alt geschätzt wie unsere Beatie. Du bist ja noch kein bißchen rund.“

Abigail dachte bitter an das „arme, häßliche, mißtrauische kleine Ding“, behielt es aber für sich. Vorgetäuscht wehmütig sagte sie: „Das ist schade, aber ich kann nichts dafür.“

„Vielleicht wurdest du als Baby nicht gut gefüttert“, sagte Dovey verständnisvoll und wusch Abigail flink bis zur Taille.

„Sie haben nicht das Recht, dich in Stellung zu geben, dürr wie du bist. Komm, zieh dein Unterhemd an, Kleines, ich wasch' dir kurz die Beine.“

„Kann ich nicht meine eigenen Sachen haben?“ fragte Abigail. „Wo ist mein Kleid?“

Dovey sah unbehaglich drein. Ihr Gesicht wurde rot wie eine Rose. „Ich glaub', es war so mit Blut und Dreck beschmiert, daß Großmama es verbrannt hat.“

„Aber es war neu und mein Lieblingskleid“, jammerte Abigail. Gerade noch rechtzeitig machte sie den Mund wieder zu: Sage nichts. Hör nur zu. Du mußt gewiefter sein als diese Leute, so nett sie sich auch geben, sonst kommst du nie wieder nach Hause.

„Es war mein bestes Kleid“, sagte sie mit erstickter Stimme.

„Mach dir nichts draus“, sagte Dovey tröstend. „Ich hab' 'nen Rock und ein Mieder, die kannst du gern anziehen. Aber erst muß Großmama dich in Augenschein nehmen, ob du soweit auf dem Damm bist und nach unten gehen kannst.“

Großmama war dagegen. Sie sagte, nach einem Schlag auf den Schädel brauche man Ruhe.

„Aber ich habe Langeweile“, beklagte sich Abigail. „Gibt es nichts zu lesen?“

Dovey und Großmama tauschten erfreute Blicke aus. „Dann kannst du also lesen, Mädchen? Kannst du auch rechnen?“

Vor Erstaunen mußte Abigail fast lachen, aber sie senkte die Augen und sagte: „Ganz gut.“

„Wir in unserer Familie haben ganz schön viel gelernt“, sagte Großmama mit ruhigem Stolz, „weil wir das Glück hatten, daß es zu Hause auf den Orkneys eine große Schule gab. Aber hier in der Kolonie gibt's für die arme Beatie und den armen Gibbi – das ist der Kleine, der immer noch krank vom Fieber ist, das schon seine Mutter und ihr Baby dahingerafft hat – nur die Armenschule. Und die ist für die Talliskers nicht gut genug, höchstens vielleicht für die Bows.“

„Horch mal, Großmama“, wandte Dovey milde ein, „'s ist nicht Onkel Samuels Schuld, daß er nicht seinen Namen schreiben und nur mit 'nem Kreuz unterzeichnen kann. Daß er sich als Kavallerist für sein Vaterland 'ne schwere Verwundung zugezogen hat, ist sowieso schon mehr als genug für einen einfachen Soldaten.“

Aber außer der Familienbibel gab es nichts zu lesen für Abigail, und die lehnte sie kopfschüttelnd ab.

„Du bist doch nicht gottlos?" fragte Großmama bekümmert. Nach einigem Nachdenken begriff Abigail, daß sie sie nach der Religion fragte.

„Ich erinnere mich nicht", flüsterte sie.

„Armes Kind", sagte Großmama. „Dovey, schick Beatie zu ihr, wenn sie aus der Schule kommt, damit sie ihr aus der Heiligen Schrift erzählt. Vielleicht fällt's ihr dann wieder ein. Sich nicht erinnern können an unsern Vater im Himmel!"

Beim Gedanken an ihren eigenen Vater stiegen Abigail echte Tränen in die Augen. Was mochte in ihm vorgehen? Nahm er an, sie wäre gekidnapped oder ermordet worden, und tröstete er ihre Mutter oder machte er ihr Vorwürfe, weil sie Abigail hatte allein nach Hause gehen lassen?

„Sei ein tapferes Mädchen", sagte Großmama. „Das ist das beste."

Abigail betrachtete für einen Moment die strengen, scharf geschnittenen Gesichtszüge der alten Frau. „Du hast gut reden", dachte sie. „Du bist nicht so verzweifelt wie ich."

Als sie so dalag, drangen die Geräusche der Rocks des neunzehnten Jahrhunderts von der Straße zu ihr herauf – Pferde, die auf glitschigen Pflastersteinen ausrutschten, ein Refrain auf einer Ziehharmonika, lautes Marktgeschrei: „Kutteln, ganz heiß und würzig! Windsor-Äpfel! Scheine und Münzen, heraus damit! Birnen aus China! Petroleum, das billigste in der ganzen Stadt!"

Von irgendwo am Meer kamen die wohlklingenden harten Töne eines Signalhorns.

„Das muß das Dawes-Point-Bataillon sein", dachte Abigail verwundert. „So was – richtige Truppen und Musketen und Trommeln! Und alles was ich in meiner Zeit je davon gesehen habe, sind alte Mauerreste und Kanonen und Gras und Leute, die unter der Brücke sitzen und ihr Mittagessen verspeisen."

Unangenehme Dinge widerfuhren ihr. Sie mußte auf den Nachttopf, währenddessen Dovey geschäftig ihre Kissen aufschüttelte und das Laken glattzog. Sicher mußte das sein. Abigail machte sich klar, daß die Toilette, falls es eine gab, ein kleiner Schuppen am Ende des Hofes sein würde mit einer Wasserkanne und einem Sitzbrett aus Holz mit einem Loch darin. Auch wenn Dovey es als ganz natürlich hinnahm, Abigail war es zuwider.

Um sich von ihrer Verlegenheit abzulenken, stellte sie sich vor, welche Freude ihre Mutter an Doveys Anblick haben würde. Sie ähnelte so sehr den viktorianischen Porzellanpuppen, die zu enormen Preisen im Trödelladen verkauft wurden, daß Abigail sich fragte, ob die Gesichter der Puppen nach Mädchen modelliert waren, die wirklich gelebt hatten. Dovey hatte ein kleines Kinn mit einem Grübchen und blaue Augen, die Abigails Empfinden nach vorstanden.

Richtig hieß sie Dorcas Tallisker, und sie hinkte, weil Judah mit ihr in einer Karre eine Klippe hinuntergefahren war, als beide noch klein waren, und sie sich den Oberschenkel gebrochen hatte. Manchmal tat ihr das Bein sehr weh, dann mußte sie am Stock gehen. Aber bei dem warmen Klima in Neusüdwales hatten die Schmerzen nachgelassen.

„Auf den Orkneys herrscht ein rauhes Klima", sagte sie, „und trotzdem gibt's viel Schönes dort – Heide und den Gesang der Vögel und die hohen Klippen und die magischen Steine."

„Magische Steine?" fragte Abigail.

„Ja", sagte Dovey als wäre es die natürlichste Sache der Welt. „Von Zwergen errichtet, weißt du, und auch von Riesen, sagt man, lange bevor die Nordländer kamen, von denen die Bewohner der Orkneys schottisches und norwegisches Blut in ihren Adern haben. Ah, ich wollte, ich wär jetzt da und könnte meine kleine Kuh Silky melken."

Mit traurigem Gesicht half sie Abigail wieder ins Bett und ging mit dem mit einem Tuch abgedeckten Nachttopf hinaus. Bald kam sie mit einer kleinen Messingschaufel mit ein paar glühenden Kohlen darauf wieder. Abigail verfolgte interessiert, wie Dovey getrocknete Lavendelzweige auf die Kohlen legte und dann den dünnen blauen Rauch im Zimmer verteilte.

„So! Jetzt riecht's wieder gut."

„Können wir nicht das Fenster aufmachen?" fragte Abigail.

Dovey war entrüstet. „Aber von der Frühlingsluft kriegt man es schlimm auf der Brust", sagte sie. „Und du bist noch nicht wieder auf dem Damm, du weißt, Abby."

Es war also Frühling. Aber wie war das möglich? Denn als sie von zu Hause fortging, war es schon kühler gewesen, da der Winter nahte. Sie erinnerte sich, wie Beatie in ihrem dünnen Kleid und dem Tuch vor Kälte gezittert hatte.

Wie war das möglich? Wo war all die Zeit geblieben?

Aber sie konnte nicht weiter darüber rätseln, weil Schritte die Treppe heraufkamen. Dovey, die Abigail die Haare kämmte, zog ihr schnell die Decke bis unter den Hals, damit sie einen ordentlichen Eindruck machte, und sagte: „'s ist Onkel Samuel. Versuch ihm zu verzeihen, was er dir angetan hat, Liebes, du wirst selber sehen, er ist ein bedauernswerter Mann."

Der große Mann, der mit eingezogenem Kopf durch die Tür ging, war gebeugt und dürr. Er war vermutlich einmal ein stattlicher Kavallerist in einer blauen, mit Aufschlägen versehenen Uniform und geschniegelten Gamaschen gewesen. Sein aschfarbenes Haar sah aus, als wäre es mit Mehl bestäubt, und er hatte leuchtendblaue auffallende Schielaugen.

„Das kommt von der Kopfverletzung", murmelte Dovey. Lauter sagte sie: „Komm rein, Onkel Samuel. Abigail geht's heute schon viel besser."

Mr. Bow trug eine lange weiße Schürze. Er duftete herrlich nach Sirup und Mandeln. Er wand seine narbenübersäten Hände in der Schürze und sagte niedergeschlagen: „Oh, verehrtes Fräulein, ich kann gar nicht sagen, wie mich das fertigmacht, daß ich dir das angetan hab'. Es kommt von diesen Anfällen, verstehst du. Ich dachte, ich wär wieder in Balaklava, und hab' lauter Russen in dicken Bärenfellmänteln gesehn. Ich bete aus tiefster Seele zu Gott, daß ich dich nicht allzu schlimm verletzt hab'."

Abigail war voller Mitgefühl für Mr. Bow. Er ähnelte so sehr einer Siamkatze. Sie sah, wie Beatie mit ihrem kleinen Gesicht unter seinem Arm hervorspähte.

„Sie konnten nichts dafür, Mr. Bow. Ich bin eben nicht schnell genug ausgewichen. Ich habe mir nur den Knöchel verstaucht und eine Schramme am Kopf. Sie brauchen sich also überhaupt keine Gedanken zu machen."

„Du kannst mir also ganz bestimmt verzeihen?" fragte er flehentlich. „Ich bin nicht mehr ich selber, seit meine gute 'Melia gestorben ist, verstehst du, und wie Großmama mir dann noch erzählte, du bist die Fremde ..."

„Pst, Papi!" sagte Beatie, und der große Mann wischte sich die Augen, wandte sich ab und brummte: „Ah, sie war eine gute Frau, meine 'Melia, und das Baby, so ein hübsches kleines Kerlchen – wär' doppelt so kräftig geworden wie Gibbie, ja."

Als er hinausgegangen war, schlenderte Beatie umher und warf dabei Abby einen düsteren Blick zu.

„Was hast du heute in der Schule Schönes gelernt, Kleines?" fragte Dovey.

„Flicken", sagte Beatie verächtlich, „und wie man vor Damenbesuch einen Knicks macht. Ich wurde schlimm ausgeschimpft, daß ich keine Schuhe anhatte. Die Dame sagte, ich könnte auch als Chinese durchgehen."

„Nicht zu fassen!" rief Dovey. Sie wurde scharlachrot. „Da müssen wir was machen. Leute von den Orkneys lassen sich so was nicht sagen, das steht fest. Ich laß mich von so 'nem liederlichen Frauenzimmer nicht in den Dreck ziehen. Beatie, Großmama möchte, daß du Abby aus der Bibel erzählst, weil sie sich nicht mal mehr an die Worte Gottes erinnert."

Sie nahm aus dem hohen schmalen Schrank ein großes, in halbzerfetzten grünen Samt gebundenes Buch, dessen Ecken mit schön poliertem Kupfer verstärkt waren.

„Die Bergpredigt scheint mir da angebracht", sagte sie. „Ich kümmre mich jetzt um Gibbie. Großmama hat sich wegen ihm die halbe Nacht um die Ohren geschlagen."

Beatie schnitt Abigail Grimassen. „Ich würd' ja lieber die blutrünstigen Sachen erzählen, wie Feinde abgeschlachtet, Mauern eingerissen und die Kanaaniter mit Speerspitzen durchbohrt werden."

„Spar dir das", sagte Abigail scharf. Sie zog sich an den Kissen hoch. „Ich will mit dir reden."

„Wenn du mich fragen willst, ob ich dich dahin zurückbringe, wo ich dich aufgegabelt hab', dann kannst du dir das auch sparen", fauchte Beatie. „Weil ich keine Ahnung hab', wie, und das ist die Wahrheit."

Die beiden Mädchen sahen einander durchdringend an. Dann lachte Abigail: Beatie war ihr so vertraut in ihrem Grimm. Ihre Augen blitzten vor Klugheit, und ihre kleinen dünnen Hände hatte sie so gekrümmt, als wollte sie Abigail damit gleich die Augen auskratzen.

„Du bist gar nicht dumm", sagte Abigail.

„Ja", sagte Beatie mißtrauisch. „Wie kommst du da drauf?"

„Weil ich glaube, daß du mehr lernen willst als den Kreuzstich und Knickse machen vor unverschämten, reichen alten Hexen auf der Armenschule."

Beaties gelbbraune Augen funkelten. „Stimmt genau. Ich will Griechisch und Latein lernen, wie die

Jungs. Und Erdkunde. Und Rechnen. Aber da wird nie was draus. Eher darf Gibbie es lernen, als ich's darf, dabei ist er ein Hohlkopf!"

„Aber warum?" fragte Abigail.

„Warum, warum?" rief Beatie. „Weil ich ein Mädchen bin, darum, und Mädchen schickt man nicht zur Schule, es sei denn, sie haben reiche Väter! Und diese Töchterchen lernen nur unsinniges Zeugs – wie man mit Farben rumpanscht, auf dem Klavier rumklimpert und sich rausputzt, um 'ne gute Partie zu machen."

Plötzlich ging Abigail ein Licht auf. „Deshalb wolltest du wissen, warum die Kinder Beatie Bow spielten, wieso sie von dir wußten?"

„Genau das hab' ich dich schon mal gefragt", antwortete Beatie ärgerlich. „Aber du willst es ja nicht sagen, verflucht!"

„Na ja, ich weiß es wirklich nicht genau", sagte Abigail, „aber ich glaube, ich kann es mir denken."

„Dann sag's mir!" rief Beatie funkelnd.

„Machen wir einen Handel", sagte Abigail.

„Keine Ahnung, was du meinst", sagte Beatie argwöhnisch.

„Du sagst, du könntest mich nicht dahin zurückbefördern, woher ich gekommen bin. Mag sein, daß das stimmt. Aber könntest du mich zur Harrington Street bringen? Denn da hat es angefangen, daß sich alles verändert hat. Und vielleicht, wenn ich dahingelange ..."

„Könnte ich. Aber es ist nicht leicht, weil Großmama denkt, du wärst niemand anderes als ..." Beatie hielt plötzlich inne.

„Ich weiß. Die Fremde, was immer das auch heißt.

Aber hilfst du mir, zur Harrington Street zu kommen, wenn mein Knöchel verheilt ist?"

„Ich tu' nicht gern was gegen Großmamas Willen", murmelte Beatie. „Sie hat die Gabe. Nicht mehr so stark wie früher, als sie noch ein Mädchen war, aber sie hat immer noch Kräfte."

„Na schön. Dann verschwinde", sagte Abigail, legte sich hin und drehte Beatie den Rücken zu. Sie hörte, wie sie nervös umhermarschierte, ein-, zweimal an die Tür ging, dann zögernd zurückkam und ans Bett trat.

„Gut, ich helf' dir, aber der liebe Gott steh mir bei, wenn Großmama es erfährt, weil sie dich mit aller Gewalt hierbehalten will. So, ich hab' mein Wort gegeben. Kommen wir zu deinem Teil des Handels."

Abigail setzte sich wieder auf. „Ich glaube, die Kinder benutzen deinen Namen in ihrem Spiel, weil du berühmt wirst."

Beatie wurde rot. „Ich? Du spinnst. Berühmt? In Elfenland?"

„Nicht in Elfenland", sagte Abigail gereizt. „Wie oft soll ich es noch sagen? Wenn ich dir verrate, wo ... welcher ... Ort es ist, schwörst du dann feirlich, daß es unser Geheimnis bleibt?"

„Ich schwör's", sagte Beatie. „Ich schwör's beim Grab meiner Mutter, und nichts auf der Welt ist mir heiliger."

Also sagte Abigail ihr die Wahrheit. Beatie wurde so wütend, daß sie sagte: „Du solltest dich was schämen, mir solche Lügen aufzutischen. Dafür kommst du in die Hölle, wirst auf 'ne Mistgabel gespießt und geröstet!"

„Du hast es mit eigenen Augen gesehen“, sagte Abigail verblüfft, „die Brücke, das Opernhaus und all die hohen Gebäude. Ich wohne doch selbst in einem davon, ganz oben!“

„Du bist eine verdammte Lügnerin. So was gibt's nur in Elfenland.“ Aber Beaties Stimme zitterte.

„Ich hätte diesen Ort, diese Zeit oder was es auch ist, auch nicht für möglich gehalten“, sagte Abigail ärgerlich.

„Warum denn nicht?“ fragte Beatie in einem Flüsterton.

„Zum einen stinkt es hier wie in einem Schweinestall, zum anderen bietet man Mädchen keine anständige Ausbildung, und drittens sterben hier die Leute am Fieber, an Pocken und an Diphtherie.“

Beatie schwieg. Dann sagte sie heiser: „Sterben die Leute in ... deiner Zeit denn nicht daran?“ Als Abigail den Kopf schüttelte, brach Beatie in heftiges Weinen aus. „Dann würden Mama und das Baby noch leben, und Gibbie ging's nicht so elend.“

Abigail ließ sie weinen. Plötzlich empfand sie Zuneigung zu diesem verwundeten, zähen kleinen Wesen, wie sie in jenem anderen Leben Zuneigung für Natalie empfand. Aber sie rührte sie nicht an. Instinktiv wußte sie, daß Beatie eine mitfühlende Hand zurückweisen würde.

Schließlich verstummte Beatie.

„Ich dachte, ich wär' drüber weg“, sagte sie mit erstickter Stimme.

„Das wirst du eines Tages auch sein.“

„Du hast mich doch nicht angelogen?“

„Nein", sagte Abigail. „Aber ich will zurück, sobald ich wieder halbwegs laufen kann, weil meine Mutter und mein Vater Todesängste um mich ausstehen werden."

Beatie nickte. „Ich weiß, wie dir wegen deiner Mutter zumute ist."

Sie sagte ein Weilchen nichts und schluchzte nur. Dann sagte sie widerstrebend: „Du, du bist gar nicht so übel."

„Du auch nicht", sagte Abigail grinsend. „Es ist also abgemacht?"

Beatie streckte ihre harte, von der Arbeit rauhe Hand aus, und sie schüttelten sich die Hände.

Während der nächsten zwei Tage lernte Abigail eine Menge über diese Leute, unter die sie auf so seltsame Art und Weise geraten war. Sie erfuhr, daß die Orkneys eine rauhe, seit alten Zeiten bewohnte Inselgruppe in der gefährlichen See nördlich von Schottland war. Die ganze Familie war dort geboren worden, außer Mr. Bow, der aus England stammte, Gibbie und dem kleinen Jungen, der zusammen mit seiner Mutter gestorben war.

Dorcas Tallisker war die Kusine der Bows. Ihre Mutter war bei ihrer Geburt gestorben, und sie wurde von ihrem Vater, dem Fischer Robert Tallisker, und dessen Mutter, Großmama, großgezogen. Vor zwei Jahren war Doveys Vater bei einem schweren Sturm in Hoy Sound vor Stromness ertrunken. Großmama hatte beschlossen, nach Neusüdwales auszuwandern und dort bei ihrer Tochter Amelia, die einen englischen Soldaten, Samuel Bow, geheiratet hatte, zu wohnen. Als Dovey und Großmama ankamen, fanden sie Amelia, die Kinder Beatie und Gibbie und das sechs Monate alte Baby todkrank vom Fieber vor.

„Was für ein Fieber?" fragte Abigail beunruhigt und erinnerte sich, daß es, auch wenn sie gegen die meisten modernen Infektionskrankheiten geimpft worden war, in einer Hafengegend der 70er Jahre des vergangenen Jahrhunderts höchstwahrscheinlich eine Menge tödlicher Viruskrankheiten gab.

„Typhus", sagte Beatie. „Viele hier in der Gegend leiden daran."

Abigail beschloß, daß sie nur Tee trinken würde. Da konnte sie zumindest sicher sein, daß das Wasser abgekocht war.

„Und jetzt erzähle mir von der Gabe", sagte sie. Beatie warf ihr einen ängstlichen Blick zu.

„Nein, tu ich nicht. Großmama würd's mir nie verzeihen. Die Gabe geht nur die Familie an, verstehst du."

„Aber irgendwie habe ich ja auch etwas damit zu tun. Ich bin die Fremde. Das hat sogar dein Vater gesagt. Ich muß wissen, was das bedeutet. Das ist mein gutes Recht. Sag es mir, oder ich frage Großmama."

„Tu's nicht", flehte das Kind. „Ich hab' fürchterliche Angst davor, Abby. Ich will's nicht. Ich will nur zur Schule gehen und was lernen. Ich will nichts voraussehen und nichts wissen, was ein Sterblicher nicht wissen sollte."

„Klar", dachte Abigail, „es ist das zweite Gesicht, Hellseherei oder so. Beatie hat Angst, daß sie die Gabe vielleicht auch hat, das arme Kind."

Aber sie sagte nichts.

Am dritten Tag durfte sie sich anziehen und sich von Mr. Bow nach unten tragen lassen. Angezogen jedoch wurde sie von Dovey: Denn als sie die Kleider sah, die die ältere Dovey ihr ausborgte, hatte sie keinen blassen Schimmer, wie man sie anzog. Da war ein mit Stäbchen versehenes Mieder aus steifem Kattun, das hinten mit einer Reihe fester Haken und Ösen zugemacht wurde.

Abigail betrachtete es mit Mißfallen.

„Wo ist meine Unterwäsche?“ fragte sie.

„Aber du hattest kaum welche an“, antwortete Dovey. „Bis auf die paar komischen Fetzen und den Schlüpfer, die einem Baby gepaßt hätten. So, steck die Arme hier durch, ich hak's zu, dann fühlst du dich wohler.“

Brummig folgte Abigail ihr. Ebenso gehorsam zog sie den Baumwollschlüpfer und darüber die langen Flanellhosen, einen Taillenunterrock, der mit einem Band festgehalten wurde, und eine wollene Bluse mit langen weiten Ärmeln an. Die Bluse wurde bis zum Hals mit einer endlosen Reihe von Perlmuttknöpfen zugeknöpft.

„Sie ist so ein spindeldürres kleines Ding, daß sie das Korsett gar nicht braucht, Großmama“, sagte Dovey. Abigail dankte dem Himmel.

„Ich schwitze“, sagte sie. „Ich trage sonst nicht solche schweren Sachen, nie!“

„Solche Kleider trägt man zu dieser Jahreszeit“, sagte Großmama in ihrer ruhigen Unbeugsamkeit, „außerdem ist es Doveys bestes Stück.“

„Danke“, sagte Abigail verlegen, „aber ich bin an solche Sachen nicht gewöhnt, verstehen Sie.“

Als sie vollständig angezogen war – mit einem langen dunklen Sergekleiderrock über der Bluse, einem Bändergürtel mit einer Zinnschnalle, braun-gelben Ringelkniestrümpfen aus handgestrickter Wolle und einem von Großmutters besten Knöpfschuhen an ihrem heilen Fuß (denn Dovey hatte winzige Füße, und ihre Schuhe waren Abigail um drei Nummern zu klein) –, fühlte sie sich steif und starr wie eine Statue aus Holz und erstickte halb von dem Geruch nach Mottenkugeln und Lavendel, der von den Kleidern ausging.

„Mein Lebtag habe ich nicht so eine Vogelscheuche gesehen!“

Sie sah so häßlich aus, daß ihr zum Heulen war. Aber sie hatte das Weinen eingestellt, und überhaupt konnte sie es sich nicht leisten, den ungetrübten Blick zu verlieren.

„Du siehst noch besser aus, wenn deine Haare erst gekämmt sind“, sagte Dovey in ihrer tröstenden Art. Sie bürstete Abigail die Haare streng aus der Stirn und flocht sie im Nacken zu einem festen Zopf. Abigails Augenwinkel waren ganz angespannt, so daß sie aussah wie eine Orientalin, die man verhauen hatte: Eine große grünlichblaue Schramme reichte von der Stirn bis zur Wange. Ihre Nase wirkte jetzt spitz und ihre Zähne vorstehend.

„Draculazähne“, sagte sie traurig, dann überspielte sie schnell, was ihr herausgerutscht war, indem sie murmelte: „Ich sehe einfach scheußlich aus!“

„Schönheit ist nicht von Belang. Sie ist nichts als leere Eitelkeit, so steht es in der Bibel", schalt Dovey sie sanft.

„Kein Wunder, daß die Leute auf Photographien aus viktorianischer Zeit so monströs aussehen", dachte Abigail. „Sie hatten keine Chance, ohne Make-up und mit diesen häßlichen Frisuren und Kleidern, die auch die dünnste Frau aussehen lassen wie einen Heuschober."

Mr. Bow trug sie nach unten. Er war schweigsam und wirkte abwesend. In seinen Augen lag ein eigentümlicher dumpfer Glanz, und auf beiden Wangen war ein roter Fleck.

Unten duftete es stark nach Süßwerk. Abigail konnte Anis, Sirup, heiße Butter und kochenden Zucker riechen.

„Ich würde mir so gern den Laden ansehen, Mr. Bow", sagte sie. Aber er schien sie nicht zu hören.

„Ich möchte wetten, daß er wieder kurz vor einem Anfall steht", dachte sie unbehaglich. Da sie sein Gesicht so nah vor sich hatte, konnte sie die alte Verwundung an seinem Kopf sehen, ein vernarbtes Loch, das nur halb verdeckt war von seinen aschgrauen Haaren. Es war so groß, daß die Finger einer Hand hineingepaßt hätten. Sie schauderte und sah weg.

„Womit sie in dem Krimkrieg wohl gekämpft haben? Mit Äxten?" fragte sie sich. „Muß er Schmerzen ausgestanden haben!"

Er brachte sie in das kleine vordere Zimmer. Im Korbrost brannte ein kleines Feuer. Die Sitzmöbel aus rosengemustertem Plüsch und mit Roßhaar gefüllt waren allem Anschein nach nicht zum Daraufsitzen gedacht. Abigail wurde in einen Schaukelstuhl an einer Seite des Feuers gesetzt. („Wie einer von zwei Porzellanhunden“, dachte sie später.) An der anderen Seite saß in einem kleineren Schaukelstuhl, eingewickelt in Schals, ein kleiner spitzgesichtiger Junge.

„Ich heiße Gilbert Samuel Bow“, verkündete er mit wichtiger und doch zitternder Stimme. „Mit mir geht's bergab. Aber wenn ich bis zu meinem nächsten Geburtstag am Leben bleibe, dann werde ich zehn Jahre alt.“

Abigail betrachtete ihn mit Abscheu. Am liebsten hätte sie gesagt: „Na und?“ Aber Dovey war in der Nähe, also sagte sie es nicht.

Kapitel 5

Gibbie lugte aus seinem Gewirr von Schals wie ein kleiner verschrumpelter Mönch. Sein Kopf war kahlgeschoren. Er hatte kein gefälliges Gesicht: Es war knochig, unebenmäßig und bläulich.

„Erbarmen!“ piepste die mönchische Gestalt. „Du bist ja häßlich wie eine Kröte.“

„Vielen Dank“, sagte Abigail gereizt. „Du bist auch nicht gerade eine Schönheit.“

Sein kleines Gesicht nahm einen Ausdruck unerträglicher Frömmigkeit an. „Du weißt doch sicher, daß ich nicht mehr lange zu leben hab'. Die Ärzte haben mich aufgegeben.“

Dovey kam mit zwei Schüsseln voll Suppe und einer Schachtel mit Dominosteinen auf einem Tablett hereingehinkt.

„Nur zum Zeitvertreib“, sagte sie schmeichelnd. Gibbie drehte die Augen nach oben und sagte: „Ich entsage den Dingen dieser Welt.“

„Ach, Unsinn!“ brummte Abigail. „Du würdest schneller gesund werden, wenn du nach draußen an die Sonne und an die frische Luft gehen würdest, statt wie eine alte Großmutter hier herumzuliegen.“

Dovey tadelte sie. „Gibbie war schon dem Tode nahe, Abby“, sagte sie.

Gibbie setzte ein frommes Gesicht auf. „Und das bin ich noch. Vielleicht bin ich an meinem Geburtstag schon bei meiner Mama und den Engeln im Himmel."

Abigail sah angewidert drein. Sie fand, bei diesem winselnden, aufgeblasenen kleinen Monster konnten wahre Wunder bewirkt werden, wenn er einmal gehörig den Hintern versohlt bekam. Sie staunte über Doveys Geduld mit ihm. Natürlich gab es kiloweise „Trauerzeugs" im Trödelladen ihrer Mutter: Tiefschwarzen Schmuck; Broschen mit Haarsträhnen des lieben Verstorbenen; einmal ein mit Onyx gerahmtes Miniaturbild, obendrauf zwei entzückende winzige weinende Engel. Das Bild zeigte einen weißäugigen Herrn mit Schnurrbart und blaßroten Wangen. Unter gellendem Gelächter war es als Genrebild verkauft worden. Damals hatte Abigail die Heiterkeit des Käufers unerträglich gemein gefunden. Denn schließlich hatte es den Mann wirklich einmal gegeben, und jemand hatte ihn geliebt und ihn vermißt, als er gestorben war.

Aber hier, inmitten all der Dinge und so wirklich, wie sie nun mal war, empfand sie nur Ärger und Verdruß. Teils weil sie nicht ganz so sauber war, wie sie es gewöhnt war.

Das fand sie widerlich. Die Haare klebten ihr am Kopf und waren fettig. Am Morgen hatte sie Dovey gefragt, ob sie sich im Badezimmer die Haare waschen könne, aber die hatte sie in unschuldigem Entsetzen angestarrt.

„So was gibt's hier nicht, Abby-Schatz, nur in den vornehmen Häusern!"

Abigail, die daran gewöhnt war zu duschen, wann sie Lust hatte, war entgeistert.

„Aber wie wascht ihr euch denn?"

Dovey erklärte, daß Großmama und die Mädchen jeden Samstagabend vor dem Feuer im Schlafzimmer badeten. Onkel Samuel brachte den Holzzuber und das heiße Wasser herauf und leerte ihn hinterher wieder aus.

„Die Jungs und Männer waschen sich vorm Feuer in der Küche, weißt du? Aber immer nur samstags, damit man am Sonntag sauber und ordentlich ist."

„Und eure Sachen, wie wascht ihr die?" fragte Abigail.

Dovey sagte ein wenig empört: „Unsere Wäsche wird jeden Montag, ob's regnet oder die Sonne scheint, im Kupferkessel unten gekocht und zum Bleichen in den Hof gehängt. Und unsere Kleider waschen wir regelmäßig jeden Monat mit Essig oder Efeuwasser ab. Das sind gute Reinigungsmittel und besser als Ammoniak, das manche Leute nehmen. Oh, keine Bange, wir sind sauber und gepflegt!"

„Pah!" dachte Abigail hoffnungslos. „Kein Wunder, daß sie alle stinken wie ein altes Tischtuch."

Ihr war nie bewußt gewesen, daß Fabrikanten tatsächlich einen Stoff herstellten, den man nicht waschen oder trockenreinigen konnte (obwohl sie annahm, daß Essig und Efeuwasser, was immer das auch war, so eine Art Trocken- oder Naßreinigung darstellten).

Wahrscheinlich war Großmamas schwarzes grobes Halbwollkleid noch nie gewaschen worden, auch wenn es ganz sauber roch – sofern man den Geruch von Kampfer und Lavendelwasser mochte.

„Na ja“, dachte sie, „ich muß mich eben daran gewöhnen – auch an die widerlich dreckigen Haare. Man muß sich einmal vorstellen, was diese Leute von Sachen halten würden, die man naß aufhängt und trocknen läßt!“

„Dir ist gar nicht aufgefallen, daß ich meine Suppe überhaupt nicht angerührt hab’“, klagte Gibbie.

Abigail, die ihre Suppe voller Begeisterung verspeist hatte, denn die letzten ein, zwei Tage hatte sie großen Appetit, sagte: „Dein Pech. Sie schmeckt gut.“

Abigail schüttelte ungläubig den Kopf. Sie hätte nie für möglich gehalten, daß es ein widerlicheres Kind als Vincent Crown gab, aber Gibbie übertraf ihn um Längen. Wie auch immer, sie dachte, daß sie besser alles in ihren Kräften stehende für ihn tat, also sagte sie fröhlich: „Wetten, daß ich dich beim Domino schlage.“

„Glücksspiel ist Satanswerk“, sagte Gibbie entsetzt.

„Heiliger Teufel!“ protestierte Abigail. „Wer will denn um Geld spielen?“

Gibbie fuhr zurück. „Das war eine *Gotteslästerung*“, keuchte er.

„Oh, meine Güte, ich hab’ dich satt, du mieser Wurm“, sagte Abigail. Sie ging zum Fenster. Es gab keinen Zweifel, ihrem Knöchel ging es besser.

„Wenn ich nur barfuß laufen könnte“, dachte sie, denn in Großmamas bestem Schuh fühlte sie sich schrecklich. Der Absatz hatte nicht die richtige Höhe, das Oberteil kniff fürchterlich am Spann, und an den Zehen war der Schuh spitz wie eine Dackelnase.

„Dovey hat recht, du mußt aus einem fremden Land stammen", bemerkte Gibbi. „Du sprichst kein ordentliches Englisch so wie wir, armes Ding."

Abigail schob die staubigen Gardinen zur Seite.

Dahinter war ein kleines, aus sechs quadratischen Glasscheiben bestehendes Fenster, und unterhalb davon führte eine belebte Straße vorbei. Aber welche Straße? Indem sie sich so hoch reckte, wie sie konnte, erhaschte sie zu ihrer Rechten einen Blick auf kobaltblaues Meer und auf einen dunklen Landvorsprung, auf dem am Ende ein Gemäuer mit Zinnen stand, das von weitem aussah wie eine Spielzeugfestung. Bennelong Point, konnte es das sein? Aber die Straße zog ihren Blick an. So staubig und dreckig sie auch war, es war dennoch eine Hauptstraße, wie sie an den vorüberholpernden Kutschen und den Pferdedroschken, mit denen man ausfuhr, sehen konnte. Das ungewöhnliche war, daß die Fußgänger mehr Rechte zu haben schienen als der Verkehr auf Rädern.

Abigail, die aus einer Zeit kam, in der ein Fußgänger sich nur unter Lebensgefahr über die Straße wagte, konnte es kaum glauben. Auf der Straße wimmelte es von Menschen, die kreuz und quer hinüberwechselten. Dreckige kleine Jungen spielten mit einem Springseil; ein Mann trieb eine kleine Ziegenherde vor sich her; da gab es Straßenkarren beladen mit Fisch, alten Kleidern, Schuhen, Küchenabfällen und sogar einer Wassertonne. Ein Mann ging eiligen Schrittes vorüber. Er trug einen über dem anderen ein Dutzend Hüte. Auf einem Schild, das er sich um den Hals gehängt hatte, stand: *Lohgare-Hüte, in allen Größen.*

Abigail murmelte es noch einmal vor sich hin und konnte sich schließlich einen Reim darauf machen. Sie lachte.

„Sieh mal, Gibbie. Das ist doch lustig!"

Aber der Junge brüllte: „Sie macht's Fenster auf! Sie bringt mich noch um! Dovey, Großmama, Vater, sie macht's Fenster auf, wenn ihr nicht aufpaßt!"

Abigail hatte gar nicht vorgehabt, das Fenster aufzumachen. Jetzt stieß sie trotzig dagegen, aber es war am Rahmen festgeschraubt.

Sie zog den Kopf zurück und hörte im Laden Lärm: Dovey und Großmama schimpften, eine fremde Männerstimme, vielleicht die eines Kunden, schrie vor Schmerz und Wut auf. Mr. Bow kam ins Zimmer gestürmt. Ohne Abigail und den zusammengekauert dahockenden Gibbie zu beachten, riß er einen rostigen Säbel herunter, der an einer grünen Quastenschnur über dem Kaminsims hing.

„Die Russen kommen, zu Tausenden. Denen zeigen wir's, Jungs! Mit mannhaftem Mut, mit mannhaftem Mut!" brüllte er, als er hinausstürzte. Abigail konnte gerade noch rechtzeitig ans Fenster humpeln, um zu sehen, wie er die Straße hinunterstürmte und die Leute auseinanderstoben.

„Wow!" rief Abigail. Sie ging hinunter in den Laden.

Dovey war bleich und verängstigt. „Ich hab' keine Ahnung, wo er den Rum her hat, Großmama, ehrlich! Er muß ihn versteckt haben. Er hat den ganzen Karamel verschüttet, der so gut wie fertig war, und überall die Zitronenbonbons verstreut!"

Abigail sah dann, daß Dovey am Arm eine lange

Brandwunde hatte. Aber das Mädchen verlor kein Wort darüber, also sagte auch Abigail nichts. Sie erfaßte jetzt die Lage: Mr. Bow war ein friedlicher, zurückhaltender Mann, solange er nicht trank, aber wenn er einen Tropfen getrunken hatte, bildete er sich alles mögliche ein und fing an zu toben.

Mrs. Tallisker nahm ihre Schürze ab. Ihr entschlossenes braunes Gesicht wirkte ruhig, aber streng, ihre Lippen waren zusammengepreßt.

„Ich such ihn, Mädchen. Sorgt ihr hier für Ordnung."

Sie nahm Doveys Stock, der an der Wand lehnte, und ging hinaus.

Sie schenkte dem Soldaten, der von oben bis unten mit Sirup bekleckert war und pausenlos Flüche ausstieß, keine Beachtung.

Abigail humpelte zu ihm. „Sie!" befahl sie. „Halten Sie den Mund!"

Er hielt mitten im Fluchen inne und knurrte: „Ich kriege zehn Tage Kittchen dafür, daß meine Uniform so zugerichtet ist. Der Sergeant wird sagen, ich sei ein verkommener Lump und wohl total besoffen."

„Das sind Sie auch", sagte Abigail mutig. „Sie stinken wie ein Faß Bier. Sagen Sie Ihrem Offizier, es war ein Unfall."

„Und wer bist du, daß du einen Soldaten der Königin herumkommandierst, du verdammtes, unverschämtes Gör vom Lande? Tatsächlich, bist so häßlich wie 'ne Kuh von hinten."

„Mag sein", erwiderte Abigail, „aber eins sage ich Ihnen – verschwinden Sie, bevor Mr. Bow zurückkommt, oder er hält Sie für einen Russen und schneidet Ihnen den Kopf ab, Kürbiskopf, den Sie haben!"

Der Soldat verdrückte sich, allerdings nicht, ohne vorher zu brüllen: „Bow landet noch in Bedlam, wenn er nicht die Finger vom Alkohol läßt!"

„Aber er trinkt doch nur aus Kummer, der arme Mann", sagte Dovey. „Wenn er auch nur 'nen Tropfen anrührt, verliert er den Verstand ... Aber 's ist wahr ... früher oder später wird man ihn holen kommen. Oh, wenn nur Judah da wär – er weiß ihn zu nehmen und kann ihn auch vom Trinken abhalten!"

Abigail lugte aus der Tür. Unten an der Ecke kam es zu einem Durcheinander. Über den Menschenauflauf hinweg sah sie Großmamas großen weißen Hut.

„Großmama hat ihn geschnappt", rief Abigail Dovey zu, „und da sind zwei Männer, die ihn an den Armen festhalten."

„Oh, der liebe Gott steh uns bei", keuchte Dovey. „Doch nicht etwa Gendarmen?"

Dovey rannte ebenfalls die Straße hinunter. Abigail, deren Knöchel rasend weh zu tun begann, hielt sich am Türsturz fest und sah sich ungeduldig und hastig um. Der Laden lag an einer Ecke. Fünf wie mit einem Schöpflöffel ausgehöhlte, ausgetretene Steinstufen führten zu den in den Boden eingesunkenen Holzbrettern auf der Erde, die teils gepflastert waren und teils groben Kies aufwiesen. Zu ihrer Rechten lag der Argyle Cut. Sie war erstaunt, darüber einen Felshang voll wunderschöner Villen zu sehen. Die letzten Winterrosen schwankten im Wind an den dicken Steinmauern. Es schien unglaublich, daß dort oben wohlhabende

Leute wohnten, bei all dem Gestank und der von Ratten bevölkerten Ärmlichkeit der Rocks, die wie eine eklige Flut bis an die hinteren Zäune ihrer Häuser angespült wurden. Aber sie hatte keine Zeit, jetzt darüber nachzudenken. Durch die Verstrebungen der Holzbrücke, die den Cut überspannte, sah sie das niedrige spitze Dach der Garrison-Kirche. *Das* war unverändert geblieben. Abigails Herz machte vor Aufregung einen Sprung. Jetzt wußte sie, wo sie war. Der Süßwarenladen befand sich an der Ecke Cambridge Street/Argyle Street. Rechts lagen der Circular Quay und die George Street, und zwischen den beiden Straßen und Mr. Bows Laden war die Harrington Street, wo sie das allererste Mal versehentlich ins neunzehnte Jahrhundert gestolpert war.

Als sie dort hinunterschaute, erkannte sie undeutlich den Hafen, und sie sah Großmamas große Gestalt und ihren weißen Hut und Mr. Bow, der zwischen einem kräftigen blaubeschürzten Fleischer mit einem Filzhut und einem mehlgesichtigen Bäcker mit einer steifen weißen Papiermütze schlaff herabhing. In Mr. Bow war jeder Funke Leben erloschen.

Abigail zitterte vor Erleichterung und Freude. Was die Zeit anging, war sie vielleicht weit von zu Hause entfernt, aber räumlich gesehen war sie ganze fünf Minuten von der Straße entfernt, die sie vom „Mitchell“ und dem Kinderspielplatz aus hochgegangen war.

„Ich bin auf Beaties Hilfe also gar nicht angewiesen“, dachte sie. „Der armen war es sowieso zuwider, mir zu helfen, und sich damit gegen ihre Großmama zu stellen und so. Aber ich muß abwarten, bis mein

Knöchel verheilt und die Schramme im Gesicht verschwunden ist. Das darf meine arme Mutter nicht zu sehen bekommen – sie wird ohnehin schon durchdrehen. Ich muß nur den richtigen Moment abwarten, das ist alles, und wenn nötig aus einem Fenster klettern."

Dovey und Großmama setzten sanft den zusammengesunkenen Mr. Bow auf einer Bank im Laden ab.

Der Fleischer, der sich den rostigen alten Säbel über die Schulter gehängt hatte, sagte rauh: „Sie sollten dieses alte Schlachtmesser wegwerfen, Misses. Weckt in dem armen dummen Kerl nur Erinnerungen. Besser man vergißt Kriege und all das, das ist meine Meinung. So, Barney und ich gehn, alter Hahnenkämpfer. Geh wieder an deine Teigklumpen."

Dovey schloß schnell die Tür hinter ihnen und verriegelte sie. Der kleine Laden war ein einziges Durcheinander: Überall auf dem Boden war Sirup und halb festgewordene Karamelmasse; haufenweise heruntergeworfene glänzende Dosen lagen herum; die großen Kessel, die über dem Feuer hingen, blubberten und gluckerten unaufhörlich vor sich hin.

„Ich helfe", sagte Abigail, „gebt mir eine Schürze."

Während Großmama die Kessel herunternahm und das Feuer wieder anblies, bis es glühte, kniete Abigail sich mit Besen und Schaufel auf den Boden und kratzte das klebrige Zeug ab.

Mr. Bow saß fahlgelb und ruhig wie in Trance da. Er roch stark nach Rum.

Gibbie schleppte sich aus der Stube und sagte kläglich: „Ich bin so schlimm krank, und keiner hat nach mir gesehen, ob ich noch lebe oder schon tot bin!"

„Geh du ins Bett, wenn dir nicht gut ist", sagte Dovey tröstend. Sie strich dem Kleinen mit der Hand über die Stirn.

„Nee, nee", sagte Gibbie verärgert, „ich bin nicht bei Kräften, um all die Stufen raufzugehen. Ich warte, bis mich jemand hochträgt."

Als er sich wieder in die Stube schleppte, dachte Abigail: „Kleiner Heuchler! Nützt es aus bis zum Gehtnichtmehr."

Während sie weiterscheuerte, bot sich ihr die Gelegenheit, sich den Laden näher anzusehen. Die Wände waren weiß getüncht, und die Einfassung des großen offenen Kamins war karmesinrot gestrichen. Der Feuerrost, die Spieße und Drehhaken glänzten. Nur die vier großen Kessel, die von den Haken und Ketten herabhingen, waren außen mit Ruß überzogen. An der Wand über einem Eisenhaken hing festgewordene Karamelmasse, die Dovey gezogen hatte, um sie cremig und geschmeidig zu machen.

„Sie ist wohl hinüber", sagte Dovey traurig. „Da war der Teufel am Werk, Abby. Hat's mit der Schere in sechs Zoll große Streifen geschnitten. Und all der gute Sirup, der dafür verlustig gegangen ist."

„Nicht doch, Kleines", sagte Mrs. Tallisker. Sie hob die große, ungleichmäßig geformte Karamelmasse auf eine marmorne Arbeitsbank und schlug mit einem kleinen Schlegel sanft darauf. Sie zerbrach in Tausende durchsichtiger bernsteinfarbener Teilchen.

„Leg's auf das große Brett, Mädchen, und ab damit ins Fenster. Wir verkaufen das Viertel für 'nen Halfpenny."

Die Fenster waren keine Schaufenster, sondern hatten viele kleine Scheiben, wie Fenster in kleinen Häusern, und Fensterbänke, auf denen die Waren ausgelegt wurden. Als die Mädchen den Boden gesäubert und sich selbst gewaschen hatten, zeigte Dovey Abigail die vielen verschiedenen Süßwaren, die Mr. Bow herstellte. Gewürzplätzchen mit Zimt oder Anis; Feigen- und Mandelplätzchen – das war Karamel mit Zitronengeschmack, der über die Früchte oder die Nüsse gegeben wurde und dann fest werden mußte; Peggys Beine; Lakritz; und das Lieblingsgebäck, eine Art Honigwaffel. Abigail hatte nie zuvor eine dieser Sorten gesehen.

Schließlich war alles wieder tipptopp. Gibbie erschien im Vorraum und starrte alle, wie sie da waren, vorwurfsvoll an.

„Und was ist mit dem armen kleinen Gibbie?" erkundigte er sich.

„Oh, Gibbie-Schatz", sagte Dovey verteidigend, „wir müssen warten, bis Beatie von der Schule kommt, damit sie Großmama hilft, dich nach oben zu tragen. Du weißt doch, daß ich da keine Hilfe bin, und Abby kann auch kaum laufen."

„Mein Vater versündigt sich mit seiner Trinkerei gegen Gott", verkündete Gibbie streng wie ein Pastor. „Kann nicht mal sein sterbendes kleines Söhnchen nach oben ins Bett bringen!"

Wie auf ein Stichwort gab Mr. Bow einen langen dröhnenden Schluchzer von sich, ließ den Kopf in die Hände sinken und weinte bitterlich. „Meine 'Melia, meine 'Melia, wie soll ich die Kleinen ohne dich großziehen? Warum hast du mich verlassen, Frau?"

„Weil Gott sie zu sich gerufen hat, Samuel", sagte Großmama sanft. „Willst du dich gegen seinen heiligen Willen auflehnen?"

Gibbie fing an zu krächzen und zu ächzen, weil ihm der Hals weh tat und er sich schwach auf den Beinen fühlte. Abigail kniff ihn fest in den Nacken. Er schrie einmal auf und schoß brüllend die Treppe hinauf. Dovey folgte ihm hinkend.

„Das war nicht nett, Abigail", sagte Großmama mit solcher Strenge, wie Abigail sie bisher in der schönen Stimme der alten Frau noch nicht gehört hatte.

„Mag sein", sagte Abigail, „aber es hat funktioniert, nicht wahr? Wenn Beatie sich von dem Fieber erholt hat und wieder zur Schule gehen kann, warum nicht er?"

„Ach", sagte die alte Frau mit einem Seufzer, „Beatie ist anders. Sie hat einen eisernen Willen. Gott allein weiß, was aus ihr werden soll, bei all ihren verrückten Gedanken. Aber du sollst den Fuß doch ausruhen. Ich bring' nur schnell Mr. Bow ins Bett, dann mach' ich dir einen Verband."

Der Verband enthielt zerstampfte und gekochte Schmerzwurzblätter, die Mrs. Tallisker „Wasserdost" nannte. Auch die Schramme in Abigails Gesicht wurde mit Schmerzwurzsalbe eingerieben. Die Salbe schien zu helfen, denn mit jedem Tag wurde die Schramme kleiner.

Jetzt wo ihr Plan zu fliehen, sobald sie dazu in der Lage war, feststand, begann Abigail die Bows und Talliskers näher in Augenschein zu nehmen.

Anfangs war sie sich in dieser anderen Zeit vorgekommen wie ein Flugzeugpassagier, der ohne Gepäck und Ausweis im falschen Land gelandet war. Aber jetzt wußte sie, wo sie war. Sie wußte, sie konnte gehen.

Ihr war klar, daß es da eine Menge Probleme gab. Ihre Eltern würden vor Sorge halb wahnsinnig sein. Bestimmt hatten sie die Polizei verständigt. Sie hatte keine Ahnung, was sie ihnen, zurück in ihrer Zeit, erzählen sollte. Kein Mensch würde ihr glauben.

Dann gab es da das Problem mit den Kleidern: Doveys Bluse und Kleiderrock, die so schwer waren, eine so seltsame Form und die verkehrte Länge hatten, die scheußlichen Strümpfe, die sogar Abigails dünne Beine wie gestreifte wollene Tischbeine aussehen ließen – wie sollte sie es ihnen erklären? Selbst in Sydney, in dem jeder trug, was ihm gefiel, wirkten Doveys Sachen so plump, daß sie kaum jemandem gefallen hätten.

„Na ja", dachte Abigail, „ich stelle mich diesen Problemen, wenn es soweit ist. Erst muß ich wieder halbwegs laufen können, und mein Gesicht sollte so weit in Ordnung sein, daß es nicht so aussieht, als hätte ich es mir in einer Tür eingeklemmt."

Sie begann, diese Leute, unter denen sie jetzt lebte, aufmerksamer zu beobachten. Schließlich, dachte sie, gab es nicht viele Mädchen des zwanzigsten Jahrhunderts, die aus eigener Erfahrung über die viktorianische Zeit mitreden konnten.

Da war vor allem ihre Freundlichkeit. Wie ausgesprochen nett sie alle waren ... der Fleischer und der Bäcker, die den tobenden Mr. Bow eingefangen hatten; sogar der mit Sirup bekleckerte Soldat, der bestimmt nicht Mr. Bow die Schuld für das Versehen gab, wie sie es tat. Angenommen, irgendein fremdes Mädchen wäre vor dem Trödelladen zusammengeschlagen worden, was hätte ihre eigene Mutter getan? Sie hereingeholt, den Notdienst angerufen, ihr Blumen ins Krankenhaus geschickt, vielleicht sich ein paar Gedanken gemacht, ob die Trödelladen-Versicherung einen derartigen Unfall abdeckte. Dabei war Kathy Kirk die weichherzigste Frau der Welt. Wie anders waren diese Leute, die vor kurzem einen schmerzlichen Verlust erlitten hatten: Sie hatten sie gefunden, hatten beschlossen, daß sie schlimmer daran war, als sie es waren, ein einsames Mädchen, das nur die paar Sachen hatte, die es am Leib trug. Sie hatten sich für sie verantwortlich gefühlt, sie gepflegt und ihr Sachen zum Anziehen gegeben. Jemand hatte sein Bett geräumt, vermutlich Beatie; niemand hatte geklagt, als sie über Doveys beste Kleider und die fehlenden sanitären Einrichtungen bissige, gemeine Bemerkungen gemacht hatte. Niemand hatte sie ihrer unfreundlichen Art Gibbie gegenüber verurteilt.

„Ich bin nicht nett", sagte Abigail mit einem elenden Gefühl. „Nimmt man nur mal, wie ich mit Mum geschimpft habe, als sie sagte, sie wollte, daß wir wieder mit Dad zusammenziehen. Bedenkt man mal, was ich Dad angetan habe, als ich klein war – habe ihm eins auf die Nase gegeben, daß er Nasenbluten hatte. Vielleicht bin ich in meinem ganzen Leben nicht ein einziges Mal wirklich nett gewesen."

Mit einem bohrenden Stich in der Herzgegend erinnerte sie sich, was Kathy an jenem furchtbaren Tag gesagt hatte: daß sie nie, weder als Kleine noch als Vierzehnjährige, auch nur ein mitfühlendes Wort für ihre Mutter gehabt hatte.

„Diese Leute dagegen, glücklich und dankbar, Lesen und Schreiben und mehr schlecht als recht ihren Lebensunterhalt verdienen zu können ... Sie haben alles mit mir geteilt, was sie haben, mit jemandem, den sie überhaupt nicht kennen."

Die Menschen in der viktorianischen Zeit lebten in einer gefährlichen Welt, in der ganze Familien durch Typhus oder Pocken ausgelöscht wurden, in der ein Soldat sich eine handgroße Kopfverletzung zuziehen konnte, in der es weder Renten noch freie Krankenhäuser, noch Penicillin, noch eine anständige Ausbildung für Mädchen gab, für Jungen aus armen Familien wohl ebensowenig. Und doch, irgendwie, war es eine menschlichere Welt, als Abigail die ihre bezeichnet hätte.

„Ich wünschte, ich könnte ein Weilchen bleiben", dachte sie, „um herauszufinden, warum es so ist. Aber ich kann über all das erst nachdenken, wenn ich zu Hause bin. Nach Hause zurückkehren – das muß ich planen."

Kapitel 6

An dem Tag, an dem Abigail wegzulaufen versuchte, um zurück in ihre Zeit zu gelangen, trug sie nicht Mrs. Talliskers beste Knöpfschuhe, weil ihr Knöchel jetzt wieder seine normale Größe hatte. Großmama hatte ihr am Schuhverkaufskarren gebrauchte Schuhe gekauft. Es waren sehr unbequeme Sandalen aus Ziegenleder, und der Schuhverkäufer hatte freche Bemerkungen über Abigails Schuhgröße gemacht. Das war auch so etwas, was sie nicht gewußt hatte: daß die Frauen in der viktorianischen Zeit kleinere Füße hatten.

Beatie machte sich auf den Weg zur Armenschule. Sie war aufgeregt, weil Judahs Schiff im Hafen lag. Er würde am Abend nach Hause kommen.

„Ich kann sechs lateinische Verben deklinieren“, erzählte sie Abigail freudig. „Hat Judah mir beigebracht.“

„Hat Judah denn Latein gelernt?“

„Aber ja doch!“ sagte Beatie stolz. „War schon mit dreizehn Klassenprimus. Mr. Taylor hat ihm als ‚Ersten Preis für Gelehrsamkeit‘ ein dickes Buch überreicht, *Reisen in Afrika,* und sein Name wurde auf einer Kupfertafel verewigt. Mr. Taylor wollte unbedingt, daß Judah in die Fort-Street-Schule für Jungen geht. Aber Judah, den zog's auf See, und er ist nicht hin zur Schule.“

„Wer ist Mr. Taylor?" fragte Abigail.

„Oh, er ist Direktor von der Trinity-Parish-Schule, weißt du, er hat Judah in die Sonderklasse für besonders begabte Jungs genommen. Ja, begabt, das hat er von Judah gesagt. Blitzgescheit ist er, und eines Tages wird er Kapitän auf seinem eigenen Schiff sein."

Mr. Bow war seit seinem letzten Ausbruch sehr mürrisch und schweigsam gewesen. Er war ein bedauernswerter Mann, und er tat Abigail leid. Es mußte schlimm für ihn gewesen sein, innerhalb eines einzigen Tages seine Frau und seinen kleinen Sohn zu verlieren. Es war nicht das einzige Kind, das Amelia Bow und er verloren hatten. Drei Töchter waren an Pocken gestorben. Sie kamen zwischen Judah und Beatie. Judah war auch an Pocken erkrankt, aber nur leicht. Die Pockennarbe auf seiner Backe, die aussah wie ein Grübchen, zeugte als einziges noch davon.

Abigail hatte sich Judahs Gesicht nicht näher angesehen: An jenem ersten Abend hatte sie zu große Angst gehabt und war zu verwirrt gewesen. Aber sie erinnerte sich an seine drollige Art, wie er ihr ihren Namen entlockt hatte, und wie er sie mühelos ans Fenster getragen hatte, damit sie hinausschauen konnte – um dann festzustellen, daß wie durch Zauberei ihre Welt verschwunden war. Sie versuchte Mr. Bow dazu zu bringen, von seinen Kindern zu erzählen, aber er sah sie nur mitleiderregend aus seinen grotesk schielenden Augen an, und sie ließ es bleiben.

Sie half Großmama, Bonbons zu machen. Das waren kleine Quadrate aus Orangen- und Zitronenschale, die auf eine dünne Stricknadel aus Eisen gespießt wurden.

Abigail tauchte die Nadel in einen Topf mit heißem Zucker, der mit geriebener Zitrone und einem Tropfen reinstem Walfischtran versetzt war.

„Damit sie nicht bröckeln", erklärte Großmama. Die Bonbons wurden dann behutsam auf eine mit Butter bestrichene Marmorplatte gelegt, damit sie abkühlen konnten und schön knackig wurden, bevor sie zum Verkauf in Spitztüten aus Papier verpackt wurden.

Abigail fand es interessant, wie sie ohne weitere Nachfragen in den Rocks aufgenommen worden war. Die rein erfundene Geschichte – sie wäre die Tochter eines Einwanderers, hätte eine gute Ausbildung, sei ohne Familie und auf dem Weg zu einer Stelle in den High Rocks und wäre in einem seiner Anfälle von Mr. Bow umgerannt und dabei verletzt worden, hätte seither das Gedächtnis verloren und stünde ohne Hab und Gut da – wurde von den Kunden, durch ihre gelegentliche Anwesenheit im Laden neugierig gemacht, für bare Münze genommen. Sie war jetzt seit zwei Wochen bei den Bows, und nach Großmamas und Doveys seltsamer Unterhaltung über ihr verschwundenes grünes Kleid war man weder noch einmal auf dieses Thema zu sprechen gekommen, noch beantwortete Beatie Fragen nach „der Fremden". Sie schloß den Mund wie eine Rattenfalle und gab offen zu: „Ich hab' so Angst vor Großmama. Sie würd' mich umbringen, wenn sie wüßte, was ich dir schon alles erzählt hab'. Sie hat die Gabe, das rauszufinden, das hab' ich dir schon tausendmal gesagt!"

„Du spinnst!" sagte Abigail. „Großmama würde

weder dir noch sonstwem etwas antun. Sie ist die liebste von der Welt."

„Nicht, daß sie mir was antun würde", erklärte Beatie widerstrebend. „Aber sie würd' ein Auge auf mich haben, und das will ich nicht."

Mehr wollte sie nicht sagen.

Beatie jedoch fragte Abigail unbarmherzig nach der Zukunft. Abigail erzählte ihr von Düsenflugzeugen, daß Menschen auf dem Mond gelandet waren und daß jedes Wort, das sie sagten, und Bilder vom Mond klar und deutlich zur Erde gesandt wurden. Sie erzählte ihr von neuen Staaten, die es zu Beaties Zeit nicht gab.

„Aber was ist mit dem Empire?" fragte Beatie verwirrt.

Abigail wußte es nicht. „Es muß sich wohl aufgelöst haben und auseinandergebrochen sein", räumte sie unzulänglich ein.

„Aber wer kümmert sich um die Schwarzen?"

„Das tun sie selbst", sagte Abigail. Doch Beatie wollte es nicht in den Kopf. „Das können die Schwarzen nicht. Sei nicht albern."

Abigail war ein ums andere Mal erstaunt, was Beatie ihr auf Anhieb glaubte und was sie nicht einen Augenblick für wahr hielt. Daß Menschen auf dem Mond landeten, ja. Daß Leute nackt an öffentlichen Stränden badeten, nein. Sie mokierte sich über die Vorstellung, daß es auf der Welt nur noch drei, vier Königinnen und Könige gab, glaubte aber auf Anhieb, daß viele Ehepaare sich scheiden ließen und sich wieder verheirateten.

„Weil die Reichen heutzutage es genauso machen", sagte sie in ihrer nüchternen Art.

Immer endeten diese Unterhaltungen gleich:

„Aber woher wußten die Kinder meinen Namen? Kannst du's dir denn wirklich nicht denken, Abby? Aber das sag' ich dir, ich find's raus, komme was da wolle!"

Die älteren Kinder auf der Armenschule hatten nach dem Mittagslärm Unterricht, einem mittäglichen Konzert scheußlicher Geräusche von Dampfkränen, Fabriken und Schiffen, die beladen wurden. Auf der Armenschule nahm man es als selbstverständlich hin, daß die Kinder zum Lebensunterhalt beitrugen. Manche arbeiteten als Schuhputzer oder Zeitungsjungen in der Stadt; andere machten Botengänge für Büros oder lieferten Waren für Kaufleute aus; viele waren „Abfallsucher" oder Straßenkehrer. Jedes Kind tat irgend etwas, egal was, um ein paar Pennies zu verdienen, und viele der Eltern ärgerte es, daß sie die Nachmittage auf der Armenschule vergeudeten.

An diesem schicksalhaften Nachmittag war Beatie längst in der Schule und saß nörgelnd und mit feurigen Blicken über dem „Mädchenkram", den man ihr beibrachte. Großmama und Dovey waren oben bei Gibbie. Mr. Bow machte sich wortlos und mürrisch an einem Kessel zu schaffen und hatte Abigail den Rücken zugekehrt.

Abigail legte vorsichtig den letzten Bonbonspieß zum Trocknen auf eine Marmorplatte und ging ohne Hast aus dem Laden.

Es war Spätnachmittag. Die Schiffsmasten ragten kahl wie Bäume nach einem Waldbrand kerzengerade und kreuz und quer wie tausend Stäbchen im Hafen auf, waren mit Spieren versehen und wenig Geschirr. Die im Westen untergehende Sonne schien auf leuchtende Metallstellen auf den Masten und ließ sie wie Sterne funkeln. Abigail ging geradewegs die Argyle Street hinunter.

Nicht einen Augenblick zweifelte sie daran, daß sie nicht nach Hause ging, zu ihrer Mutter, ihrem Vater, dem Bärensessel, dem Trödelladen, der Schule. Sie brauchte nur in die Harrington Street abzubiegen, die Treppe wiederzufinden und die Straße hochzugehen, die Beatie und sie entlanggelaufen waren. Dann würde sie Richtung George Street und Circular Quay hinuntergehen und den „Mitchell“ aufragen sehen in seiner stählernen, gläsernen Pracht.

„Mein Vater hat ihn entworfen“, hatte sie Beatie erzählt, die sie ansah, als hätte Abigail sie angelogen.

In der Argyle Street standen Bäume, Eichen, belaubt mit dickem Grün. Viele Gassen führten spindelförmig hinauf und endeten in Treppen steil wie Kajütstreppen, wo sie über aufragende Sandsteinberge und Felsen führten. Hier und da standen auf diesen Erhebungen Häuser wie ans Ufer gezogene Archen. Dann wieder waren sie in den Fels gebaut, so daß die Rückwand des Hauses aus lebendem Sandstein bestand.

„Halt, Kleine!“ Es war ein älterer Soldat mit einem Rostbraten-Gesicht. Er hielt seine Muskete waagerecht, so daß Abigail nicht vorbei konnte, und sie sah eine Gruppe Sträflinge, die unter Geklirr die Straße überquerten. Manche trugen gelbe Jacken mit großen Buchstaben und schwarz und rot daraufgemalten Zahlen. Andere hatten grobe, graubraune Leinenanzüge an, wie grotesk wirkende Harlekine. Diejenigen, die angekettet waren, hatten die Ketten mit Seilstücken oder Lumpen am Gürtel festgemacht, damit sie laufen konnten. Aber sie gingen langsam, schlurften krummbeinig dahin.

„Ich dachte, die Verbannungsstrafe wäre schon vor hundert Jahren abgeschafft worden!" sagte Abigail.

„Die Kanarienvögel da sind Lebenslängliche, Kleine. Sie ham da hinten Kohle geschippt."

„Schrecklich, schrecklich", flüsterte sie.

Mit rauher Freundlichkeit sagte der Soldat: „Kommste frisch aus England, Kleine? Tja, Neusüdwales ist kein Ort voller Harfen und Engel, das steht fest."

Er nahm Haltung an. Abigail erblickte einen ausgesprochen stutzerhaften, gelangweilten jungen Offizier, der unter einem der abgeflachten Bogen hervorgeritten kam, die die vielen Höfe und Gassen kennzeichneten.

Jetzt befand sie sich bei der Armenschule. Sie ging vorsichtig daran vorbei, denn sie wollte nicht unvermutet auf Beatie treffen. Von drinnen hörte sie das Gemurmel vieler Stimmen, die ein Gebet aufsagten, dann das plötzliche peitschenähnliche Zischen einer Weidenrute.

Aber gerade als sie der armen Kinder da drinnen wegen einen Seufzer ausstieß, vernahm sie hinter sich Beatie Bows rauhe Stimme.

„He, das ist Abigail! Abby, komm zurück. Wo willst du hin?"

Abigail stürzte über die Straße. Abigails erster Gedanke war, daß Beatie aus einem der Fenster der Schule gerufen hatte, aber jetzt erblickte sie sie und den kräftigen Judah, der vom Kai herbeigerannt kam.

Sie hatte nicht gedacht, daß Beatie die Schule schwänzen würde, um sich mit ihrem Bruder zu treffen. Aber da waren sie, schlüpften durch die Menge und holten mit jeder Minute zu ihr auf.

Sie konnte den Laternenpfahl nicht finden, der die Treppe anzeigte, die sie an jenem ersten Abend hinaufgekommen war. Es war zu spät, um nach der richtigen Straße Ausschau zu halten. Also tauchte sie in die nächste Gasse. Die Gasse war so schmal, daß sie sie mit den Armen hätte abmessen können. Über die unebenen Pflastersteine rann träge dicker grüner Schlamm. An die Mauer gepreßt, sah sie, wie Beatie und Judah vorbeirannten.

Plötzlich umklammerte eine Hand ihren Knöchel. Sie sah hinunter und erblickte eine furchterregende Gestalt mit einer Zahnlücke, die sie angrinste. Es war ein Mann mit einer großen vorstehenden Stirn und Fingern krumm wie Stahl.

„Laß mich los!" keuchte Abigail. Mit dem freien Fuß trat sie nach dem Mann, aber er wich ihr wendig wie ein Affe aus. Lachend zog er sie näher heran.

Sie schrie um Hilfe: „Beatie, Judah, Hilfe, Hilfe!"

Das war alles, was sie sagen konnte, denn ein Sack, der nach Fisch stank, wurde ihr über den Kopf gestülpt und festgezurrt. Sie wurde, halb getragen, halb gezerrt, irgendwohin gebracht. Abigail war kräftig, und ihre Hände waren frei. Sie hämmerte und schlug, kratzte und tobte. Einmal packten ihre Finger einen Bart: Sie merkte es an den Stoppeln. Sie zog daran mit einem kräftigen Ruck und hatte eine Handvoll Barthaare herausgezogen. Der Bartträger versetzte ihr Ohrfeigen und fluchte dabei in einem Akzent und mit Ausdrücken, die sie noch nie gehört hatte.

„Da hast dir aber nicht grade 'ne zahme Hauskatze eingefangen, Hannah!" sagte eine rauhe Stimme mit einem Lachen. Abigails Hände wurden flink in eine Schlinge gelegt, auf dem Rücken festgebunden, und der Sack wurde ihr hastig vom Kopf gezogen. Sie befand sich in einem dunklen, übelriechenden Raum.

Vor ihr stand eine Frau. Sie mußte an die hundert Kilo wiegen. Sie schien kein Ende zu nehmen in ihren weiten Röcken und ihrer riesigen Bluse aus glänzender, gestreifter Seide. Aus den Ärmeln ragten Wursthände voller Ringe. Frettchen-Augen funkelten Abigail an. Die Wurstfinger packten sie an den Haaren und zogen grob daran.

„Ich rupf dir die Haar aus!" rief sie. Abigail schrie aus Leibeskräften und stieß feste nach allem, was sie sah und in Reichweite war.

Eine Hand fuhr ihr über den Mund.

„Halt sie fest, Hannah", sagte die rauhe Stimme. „Einen schönen kleinen Kanarienvogel haben wir da. Die bringt ein nettes Sümmchen, fünfzehn Pfund, wenn nicht mehr. Allerdings nicht, wenn du ihr mitsamt den Wurzeln die Haare ausreißt."

Abigail starrte über die Hand hinweg auf die Frau. Sie hatte in ihrem ganzen Leben nicht so etwas Groteskes gesehen. Mochte die Kreatur auch aus einem Zirkus stammen, sie war furchterregend.

Doch jetzt, da der erste Schreck vorüber war, spürte

Abigail eher rasende Wut als Panik. Die Panik wurde überlagert von Wut, wie bei einer schnell steigenden Flut. Ihr wurde deutlich bewußt, daß sie in einer Gefahr steckte, wie sie es im Traum nicht geahnt hätte. Denn in dem Zimmer waren viele Leute, und es gab keine Möglichkeit, selbst wenn sie die Hände frei bekäme, sich hinaus ins Freie zu kämpfen.

Bei dem Zimmer handelte es sich offenbar um eine unter der Erde liegende Küche. Es glich einem Lager oder einer Höhle und war stockdunkel bis auf das Licht von ein paar Kerzenstummeln, die in Flaschen steckten oder im eigenen Talg, und dem trüben Schein eines großen offenen Feuers. Es stank entsetzlich.

Die rauhe Stimme sagte jetzt fast freundlich: „Kommst grade aus der guten alten Heimat, was, mein Lämmchen?"

Abigail nickte.

„Hannah paßt schon auf dich auf", fuhr die Stimme fort. „Hat 'nen Herz aus Gold, die Hannah, auch wenn's 'nen langer Weg darein ist, was, Hannah?"

Die dicke Frau knurrte. Aber es war offensichtlich, daß sie vor dem Mann mit der rauhen Stimme Angst hatte. Jetzt sagte er: „Wenn ich meine Hand loslasse, bist du dann still, wie's sich für'n liebes Kind wie dich gehört?"

Abigail nickte, und er nahm die Hand von ihrem Mund. Sofort schrie sie: „Ju ..." Aber weiter kam sie nicht. Ein Tuch wurde ihr zwischen die Zähne gesteckt und hinten am Kopf verknotet. Dann wurde ihr ein Stoß versetzt, daß sie in einer Ecke landete. Jetzt konnte sie erkennen, daß der Besitzer der rauhen Stimme ein ansehnlicher Mann war, ein feiner Herr, wie Beatie gesagt hätte, in gut sitzenden Hosen, einem maßgeschneiderten kakaofarbenen Mantel und mit einem dazu passenden feschen großen Zylinderhut.

Er hielt sich einen kleinen Strauß Narzissen und Farn an die Nase, vermutlich um den Gestank nicht riechen zu müssen.

„Sie muß versteckt werden", befahl er der bärtigen Frau und wies mit dem Kopf zur Decke. Er holte eine goldene Uhr hervor, ließ den Deckel aufspringen und schloß ihn wieder. „Morgen früh, Hannah, und daß mir die Ware nicht beschädigt wird."

Ohne noch einen Blick auf Abigail zu werfen, schlenderte er hinaus.

Jetzt brach Abigail vor immer größer werdender Angst der Schweiß aus. Wenn Judah und Beatie nicht gesehen hatten, daß sie in der kleinen Gasse verschwunden war, welche Chance hatte sie dann? Die bärtige Frau kam herüber und sagte giftig: „Glück für dich, daß der Herr dich leiden konnte."

Abigail schluckte unter Mühen. Ihr Hals war trocken. Das Tuch war salzig vor Dreck und Schweiß. Sie würgte leicht. Verzweifelt dachte sie: „Ich darf nicht den Kopf verlieren, egal was ich auch unternehme."

Sie zwang sich, ruhig zu atmen.

Ein Mädchen kam zu ihr herübergeschlendert. Sie war seltsam gekleidet, mit vielen Volants, vielen Schleifen und einem großen Hut mit einer roten Straußenfeder. Unter dem Hut steckte ein junges rundliches Gesicht, das hübsch und freundlich aussah. Abigail fiel auf, daß sie, wie Dovey, ungemein einer viktorianischen Puppe ähnelte.

„Das muß ihre Vorstellung von gutem Aussehen sein“, dachte Abigail verschwommen. „Kein Wunder, daß alle dauernd sagen, ich wäre häßlich.“

Abigail wurde auf den Speicher gezerrt. Die Tür wurde zugeschlagen, und sie hörte, wie ein Schlüssel herumgedreht und klirrend ein Riegel vorgeschoben wurde.

Sie wollte rufen, aber sie wußte, wenn sie es tat, daß sie am Knebel ersticken würde. Um sich abzulenken, sah sie sich auf dem Dachboden um.

Der Dachboden hatte nicht die Ausmaße und Schrägen wie ein gewöhnlicher Dachboden, wie der, auf dem Gibbie schlief. Auch das Fenster war fast so groß wie eine Tür. Und dann diese Treppe ... das war keine Treppe, wie man sie in einem normalen Haus bauen würde. Abby versuchte, so vernünftig wie sie konnte zu überlegen.

War anzunehmen, mochten sie auch noch so heruntergekommen sein, daß in einer so engen Gasse Wohnhäuser standen? Die Wände des Dachbodens schienen aus nackten Steinblöcken zu bestehen. Auch das war ungewöhnlich. Es gab keinen Kamin, dabei hatte in Sydney, wie sie inzwischen von Beatie erfahren hatte, fast jedes Zimmer in einem Haus einen Kamin, egal wie arm die Bewohner waren.

Verzweifelt wurde ihr bewußt, daß sie zu große Angst hatte, um dem Ganzen einen Sinn zu entnehmen. Ihre Gedanken fingen an, sich im Kreis zu jagen.

Ab und zu zitterte sie krampfhaft am ganzen Körper, so als läge sie auf einer Eisscholle. Sie war sich auf grauenhafte Art der großen Gefahr bewußt, in der sie steckte. Es war möglich, daß sie nie wieder im Jahre 1873 gesehen wurde, geschweige denn in ihrer eigenen Zeit. Ihr blieb nur die Hoffnung, daß Judah und Beatie ihren ersten gellenden Hilfeschrei gehört hatten.

Sie zwang sich, ruhig zu liegen. Da war niemand, der ihr helfen konnte, nicht einer. Aber sie konnte nicht kampflos aufgeben. Was immer sie tun konnte, um zu fliehen, mußte sie tun.

Plötzlich fiel ihr ihre Großmutter ein, wie sie resigniert zu ihrer Dauerwelle redete: „Sie ist verschlagen, Katherine. Nicht dein nettes, aufrichtiges, offenes Mädchen. Du bist zu nachgiebig und beschützerhaft. Der Himmel möge ihr beistehen, wenn sie sich je allein durchs Leben schlagen muß."

„Das werden wir ja sehen", dachte Abigail. Aber ihre Tapferkeit war aufgesetzt. Wäre ihre Großmutter zur Tür hereingekommen, Abigail hätte sie willkommen geheißen wie einen rettenden Engel.

Aber Großmutter würde nicht zur Tür hereinkommen. Großmutter war noch nicht geboren.

Abigail fing an, an dem Stoff zu ziehen, mit dem ihre Hände zusammengebunden waren. Es schien sich um ein anderes Tuch zu handeln. Sie drehte es geduldig, bekam schließlich einen Daumen frei und, nach einer halben Stunde, die eine Hand.

Es ist ein Lagerhaus oder eine Unterkunft für Fronarbeiter, das ist es, dachte Abigail plötzlich. Ein Gebäude, das nicht mehr in Gebrauch ist. Und hinter dem Fenster befindet sich vielleicht eine Bühne mit einer Rolle und einem Seil, mit dem man Mehlsäcke und Sachen heraufholt.

Sie bekam auch die andere Hand frei und löste hinten am Kopf den Knebel.

Abigail ließ sich auf die Füße gleiten. Da waren zwei Eisenriegel quer vor den Läden vor dem Fenster. Sie brauchte lange, bis sie sie aus der rostigen Fassung gearbeitet hatte. Als sie den Laden zu öffnen versuchte, quietschte er beunruhigend.

Abigail hatte furchtbare Angst. „Mum!" dachte sie. „Ich will dich bei mir haben, Mum!" Sie wollte beten, aber nicht ein Gebet fiel ihr ein, statt dessen nahm sie all ihre Kraft zusammen und rief leise: „Großmama! Hilf mir, hilf mir!"

Aber es war Großmama Tallisker und nicht ihre eigene Großmutter, auf die ihre Gedanken gerichtet waren. Der Fensterladen bewegte sich und ließ sich öffnen, und ins Zimmer strömte eine feuchte, von Petroleum erfüllte Luft. Helles gelbes Licht, durchbrochen von tanzenden Schatten, drang von dem kleinen Hof herauf.

Sie hatte recht gehabt. Da war ein kleiner hölzerner Vorbau vor dem Fenster, gestützt von moderigen schwachen Pfeilern, und darüber ragte eine rostige Rolle mit einem ausgefransten Seil hervor. Sie schloß den Laden hinter sich und kauerte sich auf die Plattform. Sie ächzte und senkte sich unter ihrem Gewicht.

Nervös blickte sie über den Rand. Dunkle Gestalten wankten um ein Feuer. Krächzende, durchdringende Musik von einer Zinnflöte und einem mit Papier versehenen Kamm sickerte zu ihr hoch. Über die niedrigen Dächer hinweg konnte sie die Gaslaternen der George Street sehen, und sie hörte das Klitsch-Klatsch der Schaufelräder der Fähre, die vom Quai ablegte.

Sie sah jetzt, daß die fadenförmige Gasse, in die sie eingetaucht war, um sich vor Beatie und Judah zu verstecken, von der Harrington Street zur George Street führte. Auf der Hälfte dieser unglückseligen Abkürzung war ein Hof, auf den hinaus die Hintertüren von zwei Wirtshäusern führten.

Die Plattform quietschte und wankte. Abigail konnte weder hinunter- noch hinaufklettern, es sei denn, die Rolle und das Seil waren noch verwendbar. Irgendwann gegen Morgen würden die Zecher da unten bestimmt entweder schlafen oder sturzbetrunken sein, und sie konnte sich in den Hof hinunterlassen.

Nach einer Weile überlegte sie, daß sie das herabbaumelnde Seil testen sollte. Vorsichtig stellte sie sich auf die Zehenspitzen und ergriff es. Die ausgefransten Enden zerfielen unter ihren Händen fast zu Staub. Das Seil war seit Jahren nicht benutzt worden und völlig hinüber.

Tränen traten ihr in die Augen. Es gab keine Hoffnung. Als sie dastand und schräg an der rostigen Rolle und der Dachkante darüber hinaufsah, verschwanden an einem kleinen Fleckchen Himmel plötzlich die Sterne.

Jemand lag auf dem Lagerhausdach und sah zu ihr herunter.

Kapitel 7

Abigails erster, entsetzter Gedanke war, zurück ins Zimmer zu gelangen und die Läden zu verriegeln. Sie hatte die Hand schon am Griff, als eine Stimme sehr leise sagte: „Hab' keine Angst, Mädchen – ich bin's, Judah.“ Sie konnte nur den Umriß eines Kopfes erkennen. Sie stand regungslos da.

„Na, wie nett“, sagte die Stimme. „Das Ding da, auf dem du stehst, könnte jeden Augenblick einkrachen. Also, kannst du mich hören?“

„Ja“, flüsterte sie.

„Ich hab' ein paar Jungs vom Schiff mitgebracht. Ich werf dir 'ne Leine mit 'ner Schlinge dran zu. Stell deinen Fuß in die Schlinge und halt dich mit aller Kraft fest.“

Ein Seil wurde ihr zugeworfen. Sie ergriff es, tat, was man ihr gesagt hatte, und flüsterte: „Ich bin soweit.“

Als sie sich mit dem Kinn oberhalb der Dachschiefern befand, langten kräftige Arme nach ihr und packten sie unter den Achseln. Kurz darauf lag sie schlaff und schwitzend auf dem feuchten Schieferdach.

Auf dem Dach befanden sich mehrere Jungen, zwei von ihnen waren so klein wie Beatie. Sie hatten das Seil unten um einen Schornstein gewickelt, banden es jetzt schnell los und rollten es auf. Barfuß und leise bewegten sie sich mit der affenähnlichen Gewandtheit, die den Matrosen eigen ist.

„Woher wußtest du, wo ich bin?“ fragte sie.

„Großmama wußte es“, sagte Judah nüchtern. „Weiter, Jungs, und paßt auf, das Dach ist so modrig wie die, denen es gehört.“

Geduckt, aus Angst, jemand könnte sehen, wie sich ihre Umrisse gegen den Himmel abhoben, krochen Abigail und die Jungen über die Kante des Lagerdachs und den steilen glitschigen Giebel des nächsten Terrassenhauses hinunter. Wäre Abigail von ihren jüngsten Erlebnissen nicht wie abgestumpft gewesen, sie hätte Angst gehabt hinunterzufallen. Sie hatte ihre Schuhe verloren und klammerte sich mit ihren Strümpfen an den Füßen in den moosbedeckten Unebenheiten der Schiefern fest.

Die Jungen schoben und zogen sie über sechs oder sieben Hausdächer und störten dabei hin und wieder Ratten auf, die in den Dachrinnen spielten, oder Vögel, die in Schornsteinen, die nicht mehr in Gebrauch waren, nisteten. Abigail kam sich immer unwirklicher vor. Ein paarmal dachte sie, sie müßte auf dem Dachboden eingeschlafen sein und würde träumen.

Schließlich kamen sie an einen hohen, üppig von Efeu überwucherten Fels. Ein winziger Pfad zwängte sich zwischen Haus und Fels hindurch. Abigail überwand ihn mit Leichtigkeit.

„Nanu, sie ist geschickt wie ein Junge!“ sagte einer der Jungen. „Meine Schwester Mabel hätte einfach nur dagestanden wie ’ne Katze, der man auf den Schwanz getreten hat.“

Abigail, die auf den Weg hinuntergerutscht war, wollte schon sagen, daß man Mabel daraus keinen Vorwurf machen konnte. Da passierte ihr etwas Seltsames. Eine Hitzewelle stieg ihr von den Füßen hoch und ließ sie zusammensacken.

Kraftlos sagte sie: „Es tut mir schrecklich leid ... mir sind die Beine weggesackt ... Vielleicht bin ich krank ...“

Zitternd und beschämt lag sie da. Aber Judah sagte nur herzlich: „Schon gut, Abby. Es grenzt an ein Wunder, daß du nicht tot umgefallen bist, nach dem, was du heute durchgemacht hast.“

Undeutlich hörte sie den Matrosen über seine Schwester sagen: „Meine Schwester Mabel würde platt auf dem Rücken liegen und treten und kreischen und wirres Zeugs daherreden.“

„Arme Mabel“, versuchte sie zu sagen, aber sie brachte nichts heraus. Judah hob sie auf, und sie kam erst wieder zu sich, als sie durch die Tür von Mr. Bows Laden getragen wurde. Die anderen Matrosen waren verschwunden. Sie machte nicht einmal die Augen auf; sie fühlte sich an Judahs Brust zu sicher und zu behaglich. Wenn sie nur – dachte sie schläfrig – für immer dort ausruhen könnte. Flüchtig hatte sie Dovey und Beatie wahrgenommen, die sich besorgt in der Nähe aufhielten, und Gibbie in seinem langen schmutzigen Nachthemd, der überdreht vor Neugierde wie ein kleiner grauer Geist umherschwirrte.

Judah brachte sie nach oben und legte sie auf ihr Bett. Zu Dovey sagte er: „Großmama?“

Dovey schüttelte den Kopf. „Schlecht.“

Abigail versuchte zu sprechen, zu fragen: „Ist Großmama Tallisker krank?“ Aber obwohl sich ihr Mund öffnete, ihre Zunge sich bewegte, kam kein einziges Wort heraus. Entsetzen packte sie. Was war jetzt? Sie lenkte Doveys Blick auf sich, zeigte auf ihren Mund und mühte sich zu sprechen.

„Das ist der Schock“, sagte Dovey tröstend, „ganz bestimmt. Morgen früh bist du wieder bei Stimme. Aber das kann ich Großmama ja sagen, wenn sie wieder auf dem Damm ist: Haben die Schufte dir was Schlimmes angetan?“

Abigail hätte am liebsten gesagt, sie haben mich entführt und mich geschlagen, aber nein, sie haben nicht getan, was du denkst. Doch sie konnte nichts sagen. Sie blickte hilflos von Dovey zu Judah und schüttelte den Kopf.

„Dann geh' ich jetzt zu Großmama“, sagte Judah. Er kam an ihr Bett, strich ihr sanft die zerzausten Haare aus der Stirn, als wäre sie ein Kind, und sagte: „Ist alles überstanden, Abby. Reg dich nicht mehr auf. Schlaf und träum was Schönes, das hast du verdient.“

Abigail fand, er hatte das wunderschönste Lachen, das sie je gesehen hatte. Sein rotbackiges, vor Gesundheit strotzendes Gesicht unterschied sich so sehr von den fürchterlichen Gesichtern der Bewohner der Gaunerküche, daß sie am liebsten gesagt hätte: „Danke, danke, Judah, für alles, nicht nur für meine Rettung. Danke, daß du da bist.“ Aber sie konnte nur seine Hand drücken.

Er lachte, tätschelte ihre Wange. „Du bist ein mutiges Mädchen, da gibt's nichts.“

Abigail fühlte sich noch immer, als hätte sie Pudding in den Knochen. Wieder einmal wurde sie von Dovey ausgezogen, bekam einen heißen Molkentrank und wurde zugedeckt. Dovey gab ihr einen Kuß auf die Stirn und ging schnell hinaus.

Abigail dachte: „Mabel hat recht. Mich auf den Rücken legen und treten und hysterisch kreischen – genau das würde ich jetzt tun, wenn ich noch die Kraft dazu hätte."

Sie merkte, daß Beatie wie ein boshafter Zwerg auf dem Fußende des Bettes hockte.

Abigail, die schon benommen war von dem Molkentrank, hatte sie nie zuvor so grimmig dreinschauen sehen.

„Was fällt dir ein, runter zum Suez-Kanal zu gehen. Hast du nicht gesehen, daß es die Absteige von Halsabschneidern und Bastarden ist? Was sollte das, einfach so wegzulaufen, wo ich dir mein Ehrenwort gegeben hab', daß ich dir in deine Zeit zurückhelfe? Ja, und ich steh' zu meinem Wort, obwohl meine arme Großmama wegen dir halb tot ist."

„Wieso? Warum?" wollte Abigail fragen. Sie brachte nur einen mitleidsvollen Krächzer heraus.

„Hör auf zu jammern, du Dummkopf! Oh, am liebsten würd' ich dich grün und blau schlagen!"

Abigail konnte nur einen schwachen Protestschrei herausbringen. Sie vergrub ihr Gesicht in dem nach Huhn riechenden Kissen und schlief sofort ein. Sie wurde früh wach und fühlte sich steif, alles tat ihr weh. Schwaches Tageslicht fiel durch die Fenster, die ersten Marktkarren rollten über die Pflastersteine. Dovey kniete neben ihrem Bett, das Gesicht in die Hände gestützt.

„Oh, lieber Gott im Himmel, mach meine Großmama wieder gesund, vergib Abby ihre Sünden und mach ihre Seele wieder rein wie an dem Tag, als wir sie in unsere Obhut genommen haben.“

Abigail stieß einen schwachen Krächzer aus. Dovey sprang auf und kam zu ihr herüber. Abigails Stimme klang noch immer wie die von jemand anderem, aber sie flüsterte: „Großmama?“

„Sie wird wieder gesund werden, aber es geht ihr gar nicht gut“, sagte Dovey ausweichend.

Abigail konnte nicht anders. Tränen rannen ihr die Wangen hinunter.

„Ich bin es einfach leid, daß ich das alles nicht verstehe“, sagte sie traurig. „Es wäre egal, wenn ich nichts damit zu tun hätte, aber ich habe etwas damit zu tun, und keiner erklärt mir irgend etwas. Es ist einfach gemein.“

Dovey schaute zweifelnd und von Gewissensbissen gepeinigt drein. Ihr kindliches Gesicht spiegelte ihre widersprüchlichen Empfindungen.

„Armer Schatz, armes Kind. Großmama selbst sollte es dir sagen, wie sie's vorhatte. Es hat sie furchtbar angestrengt gestern abend, dich ausfindig zu machen. Ja, zwei Stunden lang war sie wie tot.“ Sie seufzte. „'s ist ein Jammer, denn es hat nie eine Hellseherin gegeben wie Großmama in jungen Tagen. Die Vergangenheit und Gegenwart standen ihr klar wie Wasser vor Augen. Und Beatie und ich – wir haben die Kraft nicht. Nur Beatie mal, als sie im Fieberwahn war.“

„Ich bin die Fremde, nicht wahr?“ sagte Abigail.

„Ja“, sagte Dovey. „Großmutter ist sich da sicher. Die Anzeichen stimmen.“

„Erzähle es mir“, bat Abigail. „Es macht mir angst, Dovey. Daß ich es bin, meine ich. Und daß ich nichts begreife.“

Aus dem Augenwinkel sah sie Beatie hereinkommen, die sich auf den Flickenteppich neben Doveys Bett setzte. Ihr fahles Gesicht war gespannt und abweisend zugleich. Dovey sah sie warnend an.

„Ich mach keine Scherze, Beatie“, sagte sie und war für ihre Begriffe sehr ernst. „Wir alle wissen ganz genau, weil du's uns tausendmal gesagt hast, daß du die Gabe nicht willst und sie nicht hast. Aber bei dir und deinen Kindern, solltest du je welche haben, da wär's möglich.“

„Babys!“ rief Beatie angewidert. „Wer will denn solche plärrenden nichtsnutzen Dinger?“

Die Gabe lag nicht in der Bow-Familie, sondern in der Familie der Talliskers. Großmamas Mutter war eine Tallisker gewesen. Sie hatte ihren Cousin, ebenfalls einen Tallisker, geheiratet, denn auf den Orkneys gab es nur wenige junge Männer, weil so viele auf See blieben. Und so war die Gabe nun doppelt stark in der jetzigen Familie, da Großmama von beiden Seiten mit jener Frau verwandt war, die für Jahre nach Elfenland verschwunden und dann ebenso rätselhaft wieder aufgetaucht war.

„Weißt du, Abby“, erklärte Dovey, „die Orkneys sind eine merkwürdige alte Inselgruppe, auf der vor langer Zeit Zwerge und das Volk der ‚Bemalten‘ –

man nennt sie auch Pikten – gelebt und große Festungen und ringförmige Steinwälle gebaut haben. Dort konnte es passieren, daß ein Schäfer mit seiner Herde umherzog und nie wieder auftauchte. Und da gibt's Trolle und Zaubersprüche gegen sie, und die Kinder des Meeres, die am St.-Johannes-Abend am Strand tanzen ... es war Großmamas Großmutter, Osla, sieben Generationen zurück, die von den Elfen mitgenommen wurde, als sie Schafe hütete, und die kurz vor der Geburt ihres Kindes aus Elfenland zurückkam. Und mit dem Kind kam die Gabe."

Das kostbare Vermächtnis war die Gabe, in die Zukunft sehen und heilen zu können und geheime Weisheiten zu kennen. Die Gabe konnte von den Männern der Familie weitervererbt werden. Sie selbst besaßen sie jedoch nicht.

Großmama war die größte Wahrsagerin und Heilerin von ihnen allen, erklärte Dovey. Aber als sie älter wurde, schwand die Gabe und blitzte nur noch in unberechenbaren, verwirrenden Eingebungen auf, die sie nicht immer zu deuten vermochte. Sie konnte zum Beispiel nicht genau die Prophezeiung auslegen, daß Abigail die Fremde war, auch wenn sie sich dessen ganz sicher war.

„Es ist so", erklärte Beatie schroff. „Immer wenn's so aussieht, als würde die Gabe aus der Familie verschwinden, taucht ein Fremder auf. Man erkennt den Fremden daran, daß er was besitzt, was den Talliskers gehört."

„Nun, so was besitze ich nicht", dachte Abigail. „Diesmal ist Großmama auf der falschen Spur. Mein

Kleid kann es nicht sein, denn Mum hat gesagt, ich hätte es mir aus einem Vorhang geschneidert, der aus der Zeit Edwards stammt, und was Stoffe angeht, irrt sie sich nie."

„Der Fremde läßt die Gabe wieder wirksam werden", sagte Beatie. Ihr ungestümes, verdrießliches Gesicht war ernst. „Dies verfluchte Zeug!"

„Beatie", rügte Dovey sie, „wie kannst du so was sagen?"

„Weil ich weiß", sagte Beatie ärgerlich, „daß es die Gabe gibt, auch wenn ich sie nicht will. Oh, ja, ich hab' Todesangst davor. Aber ich weiß, es gibt sie."

Einen Augenblick lang dachte Abigail, Beatie wollte zugeben, daß sie mehrfach ohne es zu wollen ins nächste Jahrhundert gelangt wäre, aber statt dessen murmelte sie: „Du erinnerst dich doch, Dovey, als ich krank war und von Mutters Beerdigung und dem gelben Fieber-Stoffetzen an der Tür geträumt hab' …" An dem Punkt fuhr Abigail zusammen, denn auch sie hatte von einer Tür geträumt, an deren Klopfer ein gelber Fetzen gebunden war.

„Und meine drei Schwestern, die an Pocken gestorben sind, sind mir erschienen. Sie waren schön wie Engel."

„Ja, ich erinner' mich an den Traum", sagte Dovey. „Ich hatte schon Angst, sie wollten dich holen."

„Das war nur geträumt", sagte Beatie. „Aber in der Nacht hatte ich eine Vorhersehung, klar wie der hellichte Tag, und ich wußte, ich würde nicht sterben. Ich wollt's dir nicht erzählen, weil du sonst vielleicht gedacht hättest, ich hab' die Gabe."

„Was hast du gesehen, Beatie?“ warf Abigail ein.

„Meine Hände“, sagte Beatie. „Es waren die Hände einer Frau, und es war kein Ring daran. Sie hielten ein Buch, ein sehr dickes Buch mit einem Ledereinband. Ein Gelehrtenbuch. Da dachte ich, vielleicht bleib ich doch nicht mein Leben lang ein dummes Mädchen, sondern lern' was, wie Judah, vielleicht sogar noch mehr. Ich hab's für mich behalten, Dovey. Aber jetzt wo's Großmama so schlecht geht, muß es ans Licht.“

Dovey und Beatie schienen Abigail vergessen zu haben, und die dachte wütend: „Was spricht auch dagegen? Sie ist klug und entschlossen wie ein kleiner Teufel. Dieser Mr. Taylor, der die Klasse mit den besonders begabten Jungen unterrichtet ... wenn Beatie zu ihm geht, ihm erzählt, was sie schon alles gelernt hat, und wie sehnlich sie sich eine ordentliche Ausbildung wünscht ...“

Von oben war ein durchdringendes Wimmern zu hören.

„Ich muß auf den Nachttopf, Dovey. Komm schnell!“

Beatie sprang auf. „Ich geh' schon, Dovey, aber wenn er uns nur quälen will, dann steck' ich ihm den Kopf rein!“

„Ich möchte zu Großmama“, sagte Abby. „Bitte, Dovey.“

Die alte Frau, die jetzt in dem schmalen Eisenbett lag, war kaum wiederzuerkennen. Sie wirkte alt und unbeschreiblich müde, so als wäre all ihre Kraft erloschen. Abigail sah ihre Augen unter den seidig braunen Augenlidern zucken.

„Großmama“, sagte Dovey sanft, „Abby ist hier, damit du selbst siehst, daß sie gerettet ist.“

Die Augen öffneten sich. Das Leuchten war auch erloschen. Die funkelnde Lebenskraft und Klugheit, die auch Judahs Augen ausstrahlten, waren verschwunden. Das dunkle Blau war verblaßt zu einem fahlen Schiefergrau. Abigail war schockiert und traurig.

„Oh, Großmama“, rief sie, „geht es Ihnen sehr schlecht? Oh, Großmama, es tut mir so leid, aber ich mußte einfach den Versuch machen, nach Hause zu gelangen.“

Die krumme alte Hand zitterte. Abigail legte ihre hinein. Der Griff der Finger war schwach und doch fest. Großmama faßte Abigails Hand nur leicht. Aber Abigail spürte, daß, auch wenn sie ihre Hand hätte zurückziehen wollen, sie es nicht geschafft hätte.

„Sie besitzt nicht die Kraft, Dovey“, sagte die matte, rasselnde Stimme. „Sie ist keine von uns. Aber da ist was, irgendwas ... ich fühle, wie's mich kräftiger macht. Nun, Abigail, ist dies nicht die Stunde der Wahrheit? Für dich und für uns genauso? Du kommst nicht aus einem anderen Land, sondern aus einer anderen Zeit?“

Abigail hörte, wie Dovey nach Luft schnappte. Abigail nannte Mrs. Tallisker ihr Geburtsjahr, und Dovey keuchte: „Lieber Himmel, ist das möglich?“

„Pst, Dovey. Sag mir ehrlich, Abigail, in der fernen Zeit, die die deine ist und nicht die unsere, hast du da je den Namen Tallisker oder Bow gehört?“

„Nein, nie“, sagte Abigail wahrheitsgetreu.

„Dein Vater heißt Kirk? Ist ein schottischer Name.“

„Ja, aber er ist halb norwegischer Abstammung. Er wurde in Narvik geboren und kam als Baby nach Aus ... nach Neusüdwales."

„Seine Mutter hieß?"

„Emma Rasmussen."

Großmama Tallisker stellte dieselben Fragen über Abigails Mutter. Aber Kathys Familie lebte seit der vierten Generation in Australien, und Abigail wußte nur, daß unter den Vorfahren ihrer Mutter Engländer und Deutsche waren.

„Trotzdem bist du die Fremde", murmelte die alte Dame. „'s ist sehr rätselhaft, Dovey."

„Das bin ich nicht, das wissen Sie", sagte Abigail mit Nachdruck. „Sie haben sich geirrt. Ich bin ganz zufällig hier gelandet. Nämlich weil ...", sie hielt inne. Sie hatte Beatie feierlich versprochen, daß sie niemals erzählen würde, daß Beatie eine Stippvisite im 20. Jahrhundert gemacht hatte.

„Doch, doch", sagte die alte Frau beinahe ungeduldig. „Du bist die Fremde. Ein Irrtum ist ausgeschlossen."

Ihre Stimme klang kräftiger. Ihre Augen wurden zusehends wieder hyazinthfarben.

Abigail fragte sich beklommen, ob die alte Frau die Lebenskraft aus ihren, Abigails, Händen zog. Sie versuchte sie wegzuziehen, aber es gelang ihr nur mit einem festen harten Ruck.

Plötzlich sprach Dovey schnell in dem breiten Orkney-Dialekt. Abigail verstand kaum ein Wort außer „Ja" und „Beatie" und „ledig". Mrs. Tallisker war aufgeregt.

„Dann muß sie also nicht sterben, mein kluges kleines Schätzchen! Gott sei's gedankt."

„Ich hab' Großmama grade erzählt, was Beatie vorausgesehen hat", erklärte Dovey. „Die Frauenhand ohne Ring und ein Buch in den Händen. Und sie sagt, daß sich der erste Teil der Prophezeiung erst noch beweisen muß."

Abigail war verwirrt. Die Prophezeiung interessierte sie nicht. Was sie wissen wollte, war, woher Großmama gewußt hatte, wo sie gefangengehalten wurde. Aber es schien nicht der Augenblick, um danach zu fragen.

„Um die Prophezeiung", erklärte Mrs. Tallisker, „geht's in jeder fünften Generation, weil dann die Gabe auf dem Spiel steht. Seit meinem Großvater ist dies die fünfte Generation, als es nach den Kriegen der Stuarts in Schottland nur noch einen Tallisker gab, nämlich ihn. Sag Abby den Spruch, Dovey, damit ich wieder zu Puste komme."

Dovey sagte mit leiser, zögernder Stimme: „Es ist eine Orkney-Redeweise, aber sie bedeutet: ‚Einer bleibt ohne Nachkommen, einer muß sterben.'"

„Meine Güte", sagte Abigail, „was ist daran so schlimm?"

„Sieh mal, Abigail", erklärte Dovey, „ich bin das einzige Kind von Großmamas Sohn Robert Tallisker, der ertrunken ist, möge er ruhen in Frieden. Von den Kindern meiner Tante Amelia sind vier gestorben. Von denen, die die Gabe weitergeben können, sind jetzt nur noch vier am Leben."

„Judah, Beatie, Gibbie und du", sagte Abigail leise.

„Und von denen bleibt Beatie ohne Nachkommen und gibt die Gabe nicht weiter", sagte Mrs. Tallisker.

„Aber das wissen Sie doch gar nicht!" wandte Abigail ein.

„Die Hand ohne Ring", erinnerte Dovey. „Sie hat's selbst gesehen. Sie wird nicht heiraten und wird keine Kinder haben."

„Ich finde es einfach widerlich", rief Abigail, „über Leute zu reden, als wären sie nur ein Teil irgendeines Aberglaubens. Es ist doch in Ordnung, wenn Beatie nicht heiratet, wenn sie es nicht will, oder? Aber das heißt, daß einer von euch übrigen sterben wird."

„Und zwar jung", sagte Dovey.

„Ist dir das egal?" rief Abigail. „Schließlich könnte es dich treffen! Es könnte Judah treffen!" Dann ging ihr schlagartig auf: „Gibbie! Du glaubst, Gibbie wird sterben, nicht wahr?"

„Es könnte durchaus den armen Kleinen treffen", sagte Dovey sanft. „Er hat überhaupt keine Fortschritte gemacht, seit er das Fieber gekriegt hat, und das ist jetzt sieben Monate her. Seine kleinen Knochen sind wie Stecken. Er hat nicht ein Gramm zugenommen, wo wir ihn doch so päppeln. Andererseits, Abigail, könnte es mich selbst treffen, wie du gesagt hast. Dein Kommen wird's entscheiden."

„Ich habe nichts damit zu tun!" rief Abigail. „Ich bin hergekommen, ohne daß ich es wollte, und ich will nach Hause. Ich habe ein eigenes Leben, und ich will mein Leben leben. Meine Mutter, ich vermisse sie, versteht ihr das nicht?" sagte sie mit erstickter Stimme. Wütend dachte sie: „Ich will nicht weinen, nein." Sie hielt einen Moment inne und sagte dann ruhig: „Ich bin nicht eure geheimnisvolle Fremde. Ich bin nur jemand, der auf sehr rätselhafte Weise in euer Leben geraten ist. Aber ich muß nach Hause, ich gehöre nicht hierher. Das müßt ihr verstehen."

„Wir können dich nicht gehen lassen", sagte Mrs. Tallisker. Sie hatte Abigails Hand losgelassen und setzte sich, die Kissen im Rücken, auf. Bis auf die eingefallenen Augen hatte sie fast wieder ihr würdevolles, strenges Aussehen.

Abigail blickte finster drein. „Ich werde wieder und wieder weglaufen, bis ich die Stelle gefunden habe, an der ich in dies schreckliche Jahrhundert geraten bin. Ich werde gehen, das schwöre ich."

„Aber wir können dich nicht eher gehen lassen, als bis du getan hast – was immer das auch sein mag, was die Fremde tun muß –, um die Gabe zu erretten." Dovey war bekümmert. „Oh, liebe Abby, vielleicht mußt du nur ein kleines Weilchen bleiben, und dann helfen wir dir an deinen Ort zurück. Wir verstehen, wie dir zumute ist, daß du dich nach deinen Leuten sehnst, aber wir können dich nicht gehen lassen ... du bist unsere einzige Hoffnung, verstehst du."

Abigail sagte ungläubig: „Diese Sache ... ist sie so kostbar für euch, daß ihr mir das antun würdet? Es ... ist nicht christlich."

„Die Gabe hat mit dem Christenglauben nichts zu tun", sagte Mrs. Tallisker. „Aber ja, du hast recht, Mädchen. Sie ist so kostbar für uns, daß wir dich auf ewig hierbehalten würden, wenn das Schicksal es so will."

„Judah würde das nicht zulassen!" platzte Abigail heraus. „Er hat gesunden Menschenverstand. Er ist Matrose, ein erwachsener Mann ..." Aber an ihren mitleidsvollen Gesichtern konnte sie ablesen, daß Judah ebenso fest an die Gabe glaubte wie sie.

„Entweder sie sind alle übergeschnappt, oder ich träume", dachte Abigail. Ihr schlotterten die Knie. „Aber ich träume nicht. Hier bin ich, in einem kleinen viktorianischen Haus voller Petroleumlampen, eiserner Töpfe, seltsamer Kleider und Bilder von Leuten, die gelebt haben, bevor Königin Viktoria geboren wurde. Es ist wirklich, wirklicher als der Trödelladen oder sonstwas."

Bei dem Gedanken, daß sie so fest in der Falle saß, wie sie in der düsteren Höhle Suez-Kanal in der Falle gesessen hatte, weinte sie traurig.

„Ich kann nicht weiterleben, ohne noch einmal meine Mutter und meinen Vater wiederzusehen", flüsterte sie. „Ihr irrt euch wirklich. Ich bin nicht die Fremde, von der ihr dauernd redet. Ich habe nichts besessen, was der Familie gehörte. Ich habe nicht einmal etwas Ungewöhnliches angehabt: nur mein grünes Kleid."

„Ja", sagte Mrs. Tallisker, und ihre Stimme klang so weich, so liebenswürdig, daß Abigail Schauer über den Rücken liefen.

„Mein Kleid? Hatte das etwas zu tun mit ...?"

Auf einmal erinnerte sie sich an die traumähnliche Unterhaltung, die sie an jenem ersten schrecklichen verwirrten und qualvollen Abend mit angehört hatte. Dovey und Großmama. Geflüster. Irrtum ausgeschlossen. Muster. Noch nicht einen Nadelstich daran getan.

„Nicht das Kleid, die Häkelspitze! *Die Häkelspitze!*" schrie sie.

Sie blickte schnell von einer zur anderen und sah, daß sie recht hatte.

„Das Muster ... die Parnassia ..."

„Auf den Orkneys ist sie eine häufige Moorpflanze", sagte Dovey.

„Die Initialen", keuchte Abigail. „A. T. Nicht Anastasie Tassiopolis, sondern Alice Tallisker ... Ich bin sprachlos. Diese Häkelspitze – Sie haben sie entworfen, Sie haben sie gemacht ... aber noch nicht jetzt."

Mrs. Tallisker nickte. Sie war wieder erschöpft.

„Der Häkelspitze wegen bin ich irgendwie hierher gelangt. Es war eine Art Verbindungsglied zwischen Beatie und mir ... und ihr habt das Kleid verbrannt, so daß ich jetzt nie mehr zurück kann, nie."

Sie fühlte sich viel älter als vierzehn. Sie fühlte sich wie eine alte Frau.

Es war wie das schreckliche Gefühl der Verlassenheit und Hilflosigkeit, das sie empfunden hatte, als ihr Vater fortging. Die Leere in ihr hatte sie verschlungen. Sie stand auf, um aus dem Zimmer zu gehen. Dovey versuchte sie aufzuhalten, aber Abigails steinernes, haßerfülltes Gesicht ließ sie zurückschrecken. Sie ging nach unten, Dovey folgte ihr hinkend.

Mr. Bow blickte überrascht von der Marmorplatte auf, auf der er Lakritz formte.

„Was um Himmels willen tust du hier, Mädchen? Du hast ja noch dein Nachthemd an!"

Abigail sah teilnahmslos an ihrem steifen Kalikonachthemd hinunter. Dann fiel ihr ein, daß sie ein solches Kleidungsstück tragen würde, bis sie eine alte Frau war, und schließlich übergehen würde zu einem Flanellnachthemd und einer Babynachtmütze, wie Mrs. Tallisker sie trug. Das hieß, falls sie den Scharlach, die Cholera, die Pest überlebte und all die Sachen, wogegen sie nicht geimpft war.

„Zum Glück bin ich gegen Kinderlähmung und Pocken geimpft", bemerkte sie freundlich Mr. Bow gegenüber. Der Mann schaute verblüfft. Er wischte sich die Hände an der Schürze ab und führte sie sanft von der Tür weg. Er legte ihr die klebrige Hand auf die Stirn und sagte besorgt zu Dovey: „Kann sie sich nicht was holen bei dem Aufzug, in dem sie hier rumläuft?"

Dovey versuchte, die Arme um Abigail zu legen, aber sie schob sie weg. „Ihr gebt euch nett, aber ihr seid grausam. Dein Vater ist gestorben, deine Mutter ist gestorben, und du weißt, wie schlimm das ist. Aber du läßt mich nicht nach Hause, nicht zu meinen Freunden und nicht zu meiner Mutter, und ich werde sie nie wiedersehen."

Irgendwo im Innern, das spürte sie, weinte sie verzweifelt, aber nach außen hin gab sie sich ruhig.

„Ich traue keinem von euch, außer Judah."

Dann dachte sie an Judah, der wie ein Fels in der Brandung war. Seine Kraft, seine Offenheit, seine klare Sprache und sein Verständnis dafür, wie sehr Beatie sich eine Ausbildung wünschte – warum brachte er ihr sonst Latein bei und, soweit Abigail wußte, auch Geometrie?

„Abby, Großmama will mit dir reden. Komm bitte."

„Ich will nicht.“

„Es geht um dein Kleid.“ Dovey zögerte. „Ich hab’ dich angelogen, Abby, und mich sehr geschämt dafür. Aber Großmama hielt’s so für besser. Dein Kleid ist nicht verbrannt, ’s ist versteckt, ganz sicher.“

Abigail sprang immer zwei Stufen auf einmal nehmend die Treppe hinauf. Sie stürzte in Großmamas Zimmer. Beatie half der alten Frau in ein frisches Nachthemd.

Abigails Zorn kannte keine Grenzen. Sie machte den Mund auf, um Mrs. Tallisker anzubrüllen, aber die alte Frau sah sie fest an. Es war, als würde sie von diesen blauen Augen verschlungen. Ihre Wut schmolz dahin, und nett und freundlich sagte sie: „Stimmt es, daß mein Kleid nicht hinüber ist?“

„Stimmt wirklich“, erwiderte die alte Frau ruhig. „Wenn du getan hast, wozu du gesandt bist, geb’ ich’s dir wieder, und du kannst nach Hause zurückkehren.“

„Aber ich habe keine Ahnung, was ich tun muß“, sagte Abigail verzweifelt.

„Das wird sich beizeiten schon zeigen“, sagte Großmama.

Abigail bat und bettelte, aber Mrs. Tallisker war unerbittlich.

„Die Gabe ist kostbarer als du oder irgend jemand von uns. Es muß nicht länger als ein paar Tage dauern, bis sich herausstellt, was du tun mußt.“

„Sagen Sie mir, was es ist, und ich tue es!“ flehte Abigail.

Aber Großmama schüttelte den Kopf. „Das wissen wir nicht, Kind. Es wird sich von allein herausstellen.“

„Warum wissen Sie es nicht, wo Sie die Gabe haben?" rief Abigail.

„Weil ich alt bin, und die Gabe schwindet", antwortete Großmama mit Würde, „wie meine Sehkraft und die Kraft meiner Hände. Könnte ich noch heilen, würd' ich dann nicht den armen Gibbie so gesund machen wie seinen Bruder?"

„Alles gut und schön", dachte Abigail verächtlich, „aber woher wußten Sie, daß ich da in der Absteige war, gefesselt und hilflos?"

„Weil du nach mir gerufen hast", antwortete die alte Frau prompt. „Ich hab' all meine Gedanken auf dich gerichtet, um dich zu finden."

Von ferne war Gibbies unglückliche, piepsende Stimme zu hören.

„Ich sehe nach ihm", sagte Abigail zu Beatie. Sie war schon halb auf dem Dachboden, ehe ihr auffiel, daß Mrs. Tallisker eine Frage beantwortet hatte, die sie gar nicht laut gestellt hatte. Sie erschauerte. Glaubte Judah an all dies Zeug? Glaubte Mr. Bow daran?

Gibbie legte sich zurück aufs Bett und sah fromm drein.

Abigail betrachtete ihn prüfend. Keine Frage, er war eine elende kleine Sprotte von einem Kind, innerlich wie äußerlich ein Schwächling. Er machte ein Auge einen Spalt auf, schaute sie durch die Wimpern hindurch an und begann bühnenreif zu keuchen.

„Spar dir dein Theater", sagte Abigail.

„Theater zu spielen ist das Werk des Teufels", sagte Gibbie in seinem Pfarrerston. „Man fällt auf der Stelle zehn Meilen tief und geradewegs in die Hölle."

„Klingt lustig", sagte Abigail. Gibbie wurde blaß.

Es war kein Wunder, dachte Abigail, daß Großmama und Dovey ihn für denjenigen hielten, der sterben würde. Und dieses Ende, das wußte sie, würde ihnen schwer zu schaffen machen. Sie rief sich Doveys Aufopferung für dieses Kind in Erinnerung, ihre schlaflosen Nächte und ihre grenzenlose Geduld mit einem Kleinen, den Abigail für so wenig liebenswert und so abscheulich hielt, wie ein Kind nur sein konnte.

Der Dachboden hatte schräge Wände mit geblümten Tapeten. An den Wänden hingen gerahmte Gebete. Im Winkel zwischen Decke und Wand war ein kleines Flügelfenster.

„Mach's nicht auf", sagte Gibbie vor Schreck. „Ich würd' an Verkühlung sterben, auf der Stelle!"

„Ich sehe es mir nur an", sagte Abigail. Das Dachbodenfenster befand sich auf der Rückseite des Hauses und zeigte auf winzige Hinterhöfe, „Aborte" und wahre Berge von Abfall: alte eiserne Bettgestelle, kaputte Hühnerkäfige, rostiges Wellblech. Das Dach der Bowschen Küche verlief unterhalb des Fensters und reichte halb über den angrenzenden Hof, wo jemand eine Leine gespannt hatte, an der tiefgraue gewaschene Kleiderlumpen hingen. Ein kleines Schwein war am Dach angebunden und wühlte lustlos in einem Haufen verfaulter Kohlblätter herum. Im nächsten Hof arbeiteten eifrig zwei Chinesen mit Haarzöpfen über einem dampfenden Kupferkessel. Ihre Wäsche war blendend weiß. Verwundert darüber, ging Abigail zurück ans Bett. Gibbie musterte sie mit großen Augen.

„Warum siehst du so anders aus als wir?"

„Du hast gerufen", sagte Abby. „Hast du nichts anderes zu tun, als in der Nase zu bohren? Hast du nichts zu lesen?"

„Ich kann nicht gut lesen, aber manchmal erzählt Großmama mir Geschichten von Fischern und schweren Stürmen und so. Wenn Judah von einer Reise nach Hause kommt, erzählt er mir von Schiffswracks, Treibgut und dem Wald, wo Zedern geschlagen werden, und daß er Kapitän auf einem eigenen Schiff werden, nach den Salomonen segeln und sich die Eingeborenen ansehen will."

„Klingt interessant", sagte Abigail. Das Gesicht des kleinen Jungen hatte sein verkniffenes, affenähnliches Aussehen verloren und wirkte munter und aufgeregt. Dann sagte er in düsterstem Tonfall: „Aber dafür komm ich zu Mama und den Engeln in den Himmel, und ich finde, das wiegt die Salomonen auf."

„Arme kleine Ratte", dachte Abigail.

Dann ertappte sie sich bei dem Gedanken: „Ich tu so, als würde ich genau wie die anderen auch glauben, daß er stirbt."

Laut sagte sie: „Kennst du die Geschichte *Die Schatzinsel*?"

Gibbies Augen leuchteten. „Kenn ich nicht. Erzählst du sie mir?"

Abby fing an: „Es gab einmal einen Piraten namens Long John Silver ..."

„Aber wenn nicht er stirbt", dachte sie, „dann kommen nur noch Dovey und Judah in Frage."

Das Zimmer schien sich mit Judahs Wärme und Lebendigkeit zu füllen, seiner jungenhaften Heiterkeit und seinem großen Verantwortungsgefühl für die Familie. Sie hörte förmlich, wie er diesem kranken Kind von tropischen Wäldern und Korallenriffs erzählte, ohne je all die Nöte und Gefahren, denen ein Matrose auf einem Segelschiff ausgesetzt war, zu erwähnen.

„Erzählst du nicht weiter?" bettelte Gibbie. „Ich bin ganz versessen drauf, mehr über den Piraten zu hören."

„Er hatte ein Holzbein", sagte Abigail abwesend.

„Oh", dachte sie, „nicht Judah. Es darf nicht Judah treffen!"

Kapitel 8

Irgendwie fühlte sie sich genauso, wie sie sich gefühlt hatte, als ihr Vater weggegangen war und sie zurückgelassen hatte. Angst, Wut und Hilflosigkeit, das Gefühl, nichts mehr in der Hand zu haben, etwas geschehen zu lassen. Aber damals war sie erst zehn gewesen.

Nach der ersten Verzweiflung dachte sie: „Ich gebe mich nicht geschlagen. Wenn das Kleid irgendwo im Haus versteckt ist, dann werde ich es finden. Oder ich besteche Beatie oder überrede Judah, mir zu verraten, wo es ist."

Sie hatte viel über sich gelernt in dieser neuen harten Welt. Ihre eigenen Überlegungen und Schlußfolgerungen von vor noch einem Monat erfüllten sie mit betretenem Staunen, wenn sie jetzt daran dachte.

„War ich ein Dummkopf! Ich wußte nicht mehr vom Leben wie die gute kleine Natty."

Sie war nicht länger schweigsam und bestürzt, sondern fragte Großmama, ob sie ihr im Haus und im Laden helfen könne, bis sie getan hatte, was das Schicksal bestimmt hatte – was immer das sein mochte.

Großmama legte die Arme um sie. Leute von den Orkneys waren zurückhaltend, wie ihr klargeworden war, und Großmamas Verhalten rührte sie. „Du tust mir von Herzen leid, Abby, aber es ist es wert, für dich so gut wie für uns. Es ist meine Pflicht, dafür zu sorgen, daß die Gabe weitergegeben wird. Ich kann nicht anders."

Abigail nickte ernst. Großmamas Augen blitzten. „Falls du vorhast, dein Kleid zu suchen, Kleines, das hat keinen Zweck. Es ist an einer Stelle, wo du nie und nimmer suchen würdest."

„Oh, zum Teufel mit euch allen!" Abigail war wütend.

„Schon recht", sagte Großmama, und ihre Augen blitzten.

Still, statt zu jammern und tatenlos herumzustehen, fügte sich Abigail in die alltäglichen Haushaltsdinge. Sie lernte, wie man das Feuer im Laden ausmachte und die Asche in einem Eimer zur Aschengrube im Hof trug. Ein Teil der Asche wurde aufbewahrt, durchgesiebt und zum Seifemachen verwendet. Obwohl viele Bewohner der Rocks sich bei ihren seltenen Waschprozeduren mit der rauhen Laugenseife wuschen, verwandten die Talliskers und Bows sie nur als Wäscheseife und nie, um sich selbst damit zu waschen.

„Innerhalb einer Woche wär deine Haut rissig wie eine erfrorene Kartoffel, Mädchen", erklärte Großmutter. Alle, auch die Männer, rieben sich mit Hafermehl ab, das in Musselinsäckchen gefüllt war. Nach ein paar Tagen fiel Abigail auf, daß ihre braune Haut so zart war wie die der anderen in der Familie auch.

Sie schrubbte und wischte Staub, reinigte und polierte die Lampenzylinder und lernte, wie man einen Docht so anbrachte, daß das Paraffin (das sie Petroleum nannte) gut und ohne zu stinken brannte.

Sie wandte sich an Beatie wegen des Kleids, aber die sagte geradeheraus, sie hätte keine Ahnung, wo es wäre, und wenn sie es wüßte, würde sie es nicht verraten.

„Aber Beatie, wenn ich in meine Zeit gelangen könnte, vielleicht könntest du ja mitkommen, zur Schule gehen und alles lernen, was du wissen willst, niemand würde dich daran hindern."

Ein Ausdruck heftigen Verlangens huschte über das Gesicht des jüngeren Mädchens.

„Meine zehn Zehen würde ich dafür geben, wie du genau weißt", sagte sie. „Aber wie könnt' ich Dovey verlassen? Sie ist mein ein und alles, jetzt wo meine Mutter tot ist. Ja, eher würd' ich im Leben auf alles verzichten, als Dovey zu verlassen."

Abigail half am liebsten im Laden. Mr. Bow, der sehr ruhig und freundlich war seit seinem letzten Tobsuchtsanfall, war eine angenehme Gesellschaft, auch wenn er hin und wieder in Tränen ausbrach, sich dann unvermutet abwandte und sich mit dem Schürzenzipfel die Augen wischte.

„Ich bin so rechtschaffen wie jeder andere auch, wenn ich keinen Alkohol anrühr", erklärte er. „Aber die Schmerzen in meinem Kopf werden so schlimm, wie soll ich da nicht in Versuchung geraten, 'nen Schluck zu trinken, damit's bißchen besser wird? Ich hab' dir aber doch nicht schlimm weh getan, Mädchen, eh, oder?"

„Nur ein bißchen", versicherte Abigail ihm. Frei heraus fragte sie: „Ich denke, Sie wissen, daß Mrs. Talisker mich für die geheimnisvolle Fremde hält?"

„Nicht so richtig", erwiderte er, „aber dir muß es

hundsgemein vorkommen, hier unter fremden Leuten gefangengehalten zu werden. Aber ich sag' nichts dazu, Mädchen, weil ich Angst hab', wenn du's genau wissen willst. Weil es gibt sie, weißt du, die Gabe und das."

„Aber, Mr. Bow", wandte Abigail ein, „Sie sind Engländer. Sie glauben doch nicht an dieses Orkney-Märchen."

Er sah sie traurig an. „Doch, meine Liebe, da gibt's nichts dran zu rütteln. Hat meine hübsche 'Melia, als ich um ihre Hand anhielt, etwa nicht gesagt, sie würde vor mir sterben und mich mit so vielen Sorgen zurücklassen, daß ich dran zerbreche? Ich hab' mich kaputtgelacht, denn wie du weißt, war ich fast zwanzig Jahre älter als 'Melia, und dem Lauf der Natur nach war anzunehmen, daß ich vor ihr abberufen werde. Aber ich sagte, zwei Jahre deine Gesellschaft, meine hübsche Liebe, ist ein Leben lang Tränen wert. Dabei ist's mir ja noch viel besser ergangen. Fast neunzehn Jahre waren wir verheiratet, und nicht ein finsterer Blick."

Dann drehte er sich schnell weg.

„Haben Sie je Florence Nightingale gesehen?" warf Abigail hastig ein.

Er wischte sich die Augen und wandte sich einmal mehr dem geduldigen Ziehen und Schlagen der schnell fest werdenden Karamelmasse zu. „Nee", sagte er, „mag mich nicht erinnern. Ich erinner mich nur an Dreck und grünes Wasser. Dann an das Schiff und an England. Nach einer langen Zeit hab' ich mich wieder meinem Regiment angeschlossen, und weil ich für den aktiven Dienst untauglich war, wurde ich zum Garnisonsdienst nach Neusüdwales kommandiert. Da hab' ich den Rest meiner Zeit abgedient, sind jetzt vier Jahre her. Aber was ich ohne Großmama und Dovey gemacht hätte, nicht auszudenken, weil da ist Beatrice, sie braucht 'ne Mutter, und Gibbie, der immer schwächer wird, und ich selbst, manchmal so wirr, daß ich nicht weiß, ob ich nicht auf dem Kopf stehe."

Abigail wurde schmerzlich bewußt, daß Mr. Bow sich niemals Großmama widersetzen würde, um ihr zu helfen.

Aber das hieß nicht, daß sie nicht heimlich jeden zugänglichen Winkel im Haus nach ihrem versteckten Kleid absuchte. In dem winzigen Häuschen war sie selten allein, und sie war verlegen und ärgerlich, als sie erwischt wurde, wie sie hinter den Zuckersäcken im Keller unter dem Laden herumsuchte.

„Das ist nicht anständig von dir, Schätzchen", sagte Großmama ruhig. Abigail war puterrot.

„Es ist alles Ihre Schuld", erwiderte sie. „Sie haben mein Kleid genommen und es versteckt. Ich habe noch nie in anderer Leute Sachen herumgeschnüffelt!"

„Du brauchst es nicht noch mal tun", sagte Mrs. Talisker milde, „denn ich sag' dir, wo das Kleid ist. In Doveys Brauttruhe, die abgeschlossen ist."

Abigail ächzte. „Sie wissen ganz genau, daß ich nie den Deckel von Doveys Brauttruhe aufgemacht, geschweige denn das Schloß aufgebrochen hätte. Sie sind listig wie ein Fuchs, Sie sollten sich schämen!"

„Ja", gab Großmama ruhig zu, „aber es hat alles seinen guten Grund."

„Ich will doch nur nach Hause", flüsterte Abigail.

„Du bist rastlos wie eine Wanderdrossel, Kind", sagte Mrs. Tallisker. „Aber es wird jetzt nicht mehr lang dauern.“

Mit Mrs. Tallisker war eine große Veränderung vorgegangen. Sie war mit einemmal älter und schmächtiger geworden. Nur ein paar Wochen zuvor hatte sie Abigail noch überragt, oder jedenfalls hatte es den Anschein gehabt. Jetzt war Abigail fast gleich groß. Ihre Haut hatte noch mehr und noch tiefere Runzeln bekommen, wie eine langsam verwelkende Blume. Sie konnte nicht mehr so schwer arbeiten wie vorher, saß häufiger bei Gibbie in der Stube und strickte dicke graue Socken für Judah.

„Ja“, sagte sie mit ihrem süßen Lachen, wobei Abigail sie verstohlen anschaute, „'s kostet eine furchtbare Anstrengung, die Kraft wirken zu lassen, wenn sie einen einmal verlassen will. Nachdem ich alles in meiner Macht Stehende für dich getan habe, Kind, kannst du mir da nicht ein wenig von deiner Zeit abgeben, wär' das nicht nur zu gerecht?“

„Ja, sicher“, sagte Abigail, aber innerlich war es ihr zuwider. Manchmal saß sie grübelnd vor Doveys Brauttruhe. Es war eine kleine grüngestrichene Zinntruhe mit einem gewölbten Deckel, verziert mit verblaßten Tulpen und Röschen. Darin befand sich der Schlüssel, um nach Hause zu gelangen, aber ihr Anstand hielt sie davon ab, ein Messer zu nehmen und den Deckel aufzubrechen.

„Es ist albern“, dachte sie, „aber es ist wahr. Ich kann die Truhe einfach nicht anrühren. Oh, diese Großmama! Sie kennt mich besser, als ich selbst mich kenne.“

Sie war nicht neugierig, was in Doveys Brauttruhe steckte, weil sie wußte, daß von ihrem siebten Geburtstag an alle Mädchen von den Orkneys anfingen, für den Tag, an dem sie heiraten würden, Haushaltswäsche zu sammeln. Wahrscheinlich war die Truhe voller Handtücher, Bettücher und kleiner Musselinsäckchen für Hafermehl.

In den Rocks herrschte um diese Jahreszeit unangenehmes Wetter. Wie häufig in Sydney gab es gewaltige Gewitterstürme und launenhafte Sommerregenschauer. Heftige Winde brausten und wirbelten vor den Pazifik-Inseln, ihre Ausläufer fegten über die australische Küste wie die Fransen eines aus Wolken bestehenden Schals.

Judahs Schiff, die *Brothers*, war in der Walsh Bay auf Sand gelaufen und mußte ausgebessert werden. Obwohl er über Tag auf dem Schiff arbeitete, durfte er die Nächte zu Hause verbringen. Daher bekam Abigail ihn nun viel häufiger zu sehen als vorher.

Jetzt da sie mit dem Haushalt vertraut war, stellte sie fest, daß sich alle nach Judahs Kommen und Gehen richteten, ihrem Dreh- und Angelpunkt. Er kam ins Haus gestürmt wie ein steifer Nordostwind, und alle, vom traurigen Vater bis zu Gibbie, der schlaff vor dem Feuer in der stickig-heißen Stube saß, schienen Lebenskraft von ihm aufzusaugen. Er war anders als alle Jungen, die Abigail in ihrer Zeit je gekannt hatte. Er war einfach ein gutgebauter, kräftiger mittelgroßer Junge, und hatte er auch Muskeln wie aus Eiche, im Denken war er tiefgehend und beweglich.

Anfangs beobachtete Abigail ihn mit freundlicher

Neugierde. Im Vergleich zu Achtzehnjährigen ihrer Zeit war Judah ein Mann. Sie dachte an die zwar reizenden, aber planlos vor sich hin lebenden Brüder von vielen ihrer Freundinnen. Sie hatten keine Disziplin und keinen Ehrgeiz. Sie fragte sich beklommen, woran es lag, daß sie so anders waren als dieser Sohn aus einer armen Familie, der seit seinem vierzehnten Lebensjahr die Arbeit eines Mannes verrichtete und dies eher als sein Anrecht als eine Last ansah.

Er war offen und direkt und hatte nicht das geringste Interesse an der Welt, aus der Abigail auf so seltsame Weise gekommen war.

Zuerst meinte sie, er glaubte ihr nicht, wenn sie ihm von atombetriebenen Schiffen – die teils sogar unter Wasser fuhren – erzählte und daß auch Fährschiffe nicht mehr mit Dampf, sondern mit Öl angetrieben wurden.

„Oh, doch“, sagte er unbeteiligt. „Ich glaub dir. Hab' ich etwa nicht schon oft erlebt, daß die Gabe wirkt, seit ich zur See fahre? Meine Mutter kannte die genauen Tage, an denen ich wieder im Hafen anlegen würde, ob's gutes oder schlechtes Wetter war, und kochte einen Topf voll Mehlpudding mit Rosinen, weil ich ganz verrückt nach Korinthenpudding war. Aber was du mir da erzählst, Abby-Liebes, na ja, es ist wie all das Papperlapapp, wie's die Männer von der Regierung daherschwatzen – Henry Parker und der ganze Haufen –, von Staatenbund und freiem Handel und republikanischer Staatsform. Ich weiß, daß es stimmt, aber es ist mir nicht wichtig. Ich lebe jetzt, verstehst du, im Jahre 1873, ich hab' hier meine Arbeit und meine Zeitgenossen, und ich danke Gott dafür. Damit bin ich zufrieden."

„Aber Menschen sind auf dem Mond gelandet!" rief Abigail. „Findest du das etwa nicht phantastisch?"

„Verdammte Torheit, nenn' ich's", sagte er und wurde rot. „'tschuldigung, Abby, Großmama würd' mir für den Ausdruck eins hinter die Löffel geben, aber genau das ist es, nicht mehr und nicht weniger. Wozu ist der kahle Brocken Fels da oben Mensch oder Tier nütze?"

„Immerhin verursacht er die Gezeiten", fuhr Abigail ihn an, „und wo wären wir ohne die?"

Er lachte. „Schon wahr, aber kein Mensch muß da oben hingehen und einen Hebel drücken oder an einem Rad drehen!"

Nachdem es ihr nicht gelungen war, sein Interesse für die Zukunft zu wecken, wandte sie sich der Vergangenheit zu und fragte ihn, ob er je Heimweh nach den Orkneys gehabt hätte, so wie sie es von Dovey wußte.

„Ich nicht", sagte er. „Warum auch, es ist Vergangenheit, aus und vorbei. Ich bin jetzt ein Bewohner von Neusüdwales und froh darüber, ja, sehr froh!" Seine Augen tanzten. „Ah, ich bin froh, daß ich lebe, und zwar hier und jetzt, das kann ich dir sagen! So ein Glück wie ich haben nur wenige – in einem Monat oder so werd ich Vollmatrose, mit einer anständigen Heuer und guten Aussichten. Oh, gewiß", fügte er hastig hinzu für den Fall, daß sie sich geringschätzig behandelt fühlte, „die Zeit, aus der du gekommen bist, ist sicher ganz großartig, aber nicht für mich, nicht für allen Tee Chinas."

Im Haus ging es immer sehr geräuschvoll zu, wenn Judah da war. Entweder tanzte er einen Seemannstanz mit Beatie, wirbelte Großmama herum wie einen Schürhaken, spielte auf einer kleinen Zinnflöte oder ritt mit Gibbie huckepack die gewundenen Stufen hinauf und hinunter, daß sich dem Kleinen die Haare sträubten. Sie begann auf sein Lachen zu lauschen, auf sein „Ahoi! Wer zu Hause bei den Bows?", wenn er hereinkam, denn er hatte dieselbe weiche, volle, angenehme Stimme wie Dovey und seine Großmutter. Andere Male traf sie ihn spät am Abend an, wie er mit seinen glänzenden blonden Haaren im Lichtkegel der Petroleumlampe gebeugt über Beaties Lateinaufgaben saß und sie korrigierte, oder Bücher über Schiffahrtskunde las.

„Weil ich eines Tages mein eigenes Schiff haben will", sagte er heiter. „Was Captain Cook kann, kann ich auch, nach den Kannibalen-Inseln segeln und eine Ladung Sandelholz mitbringen."

„Und was machst du, wenn du reich bist?" fragte Abigail lachend.

Er blickte sie in der ihm eigenen offenen Art an. „Ich bring' meinen Vater zu einem guten Doktor, der ihn gesund macht, und bezahl' einen guten Lehrer, der Beatie all das beibringt, was sie lernen will, und Dovey kauf' ich ein feines Seidenkleid, wie das Kleid einer Prinzessin, und dir könnt' ich als Haustier eine weiße Maus schenken."

„Nicht etwas Größeres oder Schöneres?" fragte sie neckend.

„Ah, willst du lieber eine Ratte? Dann fang ich dir

gleich heute eine. Auf der *Brothers* gibt's an die tausend davon, und die Schiffskatzen sind schon ganz abgemergelt von der harten Arbeit."

„Oh, Judah", lachte sie, „du bist ein Clown. Du wirst mir fehlen, wenn ich nach Hause zurückgehe."

Es traf sie wie ein Schlag. Es war wie ein körperlich spürbarer Schlag, daß es ihr den Atem nahm und sie nur mühevoll keuchend ein „Gute Nacht" herausbrachte, ehe sie zur Treppe stürzte.

Dovey lag schon im Bett und schlief. Abigail zog sich schnell im Dunkeln aus, warf sich ins Bett und vergrub ihr Gesicht im Federkissen.

Es war nicht möglich.

Die Liebe traf einen nicht wie ein Pfeil, hüllte einen nicht ein wie ein unlöschbares Feuer, wie es in alten Liedern hieß, wie die Mädchen in der Schule es beschrieben: „Ich habe ihn aus dem Bus aussteigen sehen, und mir zitterten die Knie. Ich wußte nicht, was ich tat. Ich bin in die falsche Straße gebogen und habe meine Schultasche an der Bushaltestelle liegenlassen." Oder: „Ich stand regelrecht in Flammen. Es war unwirklich. Ich hätte nicht antworten können, wenn er mich angesprochen hätte, ich war wie versteinert." Oder Mum, wenn sie erzählte, wie sie Dad kennengelernt hatte: „Wir sind beide geschwommen. Er ist durchs Wasser geknüppelt und hat mich voll getroffen. Rums! Mir blieb die Luft weg. Er hat mich aus dem Wasser gezogen wie einen nassen Sack. Ich lag keuchend auf dem Sand ... Es war fürchterlich, das kann ich dir sagen. Er sagte: ‚Wieso kannst du nicht aufpassen, wo ich langschwimme, du Knalltüte?' Typisch meine Schuld. Die Haare klebten ihm am Kopf wie gelber Seetang. Ich hab' nur dagelegen, Geräusche von mir gegeben wie eine sterbende Katze, in seine blauen, blauen Augen geschaut und gedacht: ‚Ich habe ihn endlich getroffen, den Mann fürs Leben. Wie er wohl heißt?'"

Der Mann fürs Leben! Als ihre Mutter das gesagt hatte, so spontan und fröhlich, war Abigail so verlegen gewesen, daß sie sich wunderte, daß sie nicht am ganzen Körper Nesselfieber gekriegt hatte. Die Vorstellung, daß die eigene Mutter sich einer Phrase eines alten mit Gold ausgezeichneten Oldies bediente!

Aber jetzt stellte sie fest, daß es dafür nur diese eine blöde alte Phrase gab.

Sie konnte es sich selbst kaum eingestehen. Das allerschönste, zarteste Gefühl ergriff sie, Körper und Kopf. Die Leere in ihrem Herzen öffnete sich wie eine Blume und war ausgefüllt.

„Ich liebe ihn", dachte sie. „Ich liebe Judah. Ich habe ihn schon die ganze Zeit geliebt, seit er mich an dem ersten Abend ans Fenster getragen hat. Ich ahnte es nur nicht."

Stunden lag sie wach, in einem Schleier von Glück.

Es war, als wenn man ein fremdes Land betrat und völlig fremde Landschaften sah. Dennoch hatte sie gewußt, daß es diese Landschaften gab: Darum hatte sie sich immer leer gefühlt, unvollkommen, weil sie wußte, daß es sie gab und sie dareingehörte, weil sie aber nicht wußte, wo sie danach suchen sollte.

Das dunkle Zimmer schien voller Diamanten und Glitzerschmuck, als ob in ihr so überreichlich Licht war, daß es aus ihren Augen, Fingern und Zehen erstrahlte.

Die am Kai vertäuten Schiffe knarrten und ächzten, auf den Pflastersteinen einer nahen Straße ertönten eilige Schritte. In der Chinesen-Wäscherei war dumpf die Mangel zu hören. Diese Geräusche wurden erstickt vom Krachen des Donners, und die Dunkelheit wurde plötzlich von einem Blitz erhellt. Sie hörte oben Gibbie schrill schreien, und sofort rührte sich Dovey.

„Ich bin wach, Dovey", sagte sie. „Ich gehe hoch zu ihm."

„Nimm den Krug mit, Schatz", sagte Dovey schläfrig und dankbar, „und zieh meinen roten Morgenmantel über."

Abigail stolperte die Treppe hinauf. Der ausgebeulte rote Flanellmorgenmantel roch nach Schweiß und dem Essig, mit dem Dovey immer den Kragen und die Ärmelaufschläge reinigte. Normalerweise wäre Abigail übel davon geworden. Aber jetzt war sie wie verwandelt. Solche Nebensächlichkeiten schienen nicht mehr von Belang.

„Ich will nicht, daß du kommst", wimmerte Gibbie, der aufrecht im Bett saß wie eine bleiche Eule mit seinem dünnen Haarflaum. „Meine Dovey soll kommen."

„Dovey ist so müde", sagte Abigail. „Sei ein lieber Junge und laß sie schlafen, ja?"

„Ich hab' so Angst vorm Blitz", schluchzte er. „Er kommt und fängt mich und läßt mich schmoren wie einen Räucherlachs."

„Nicht wenn ich da bin", sagte Abigail zuversichtlich. Sie setzte sich zu ihm. Er stank ekelhaft und sah in dem Kerzenlicht erschreckend fahl aus. Abigail ertappte sich bei dem Gedanken: „So ist es schon gut. Dann sind Dovey und Judah gerettet."

Einen Moment lang sah sie die dunklen Augen ihrer Mutter vor sich, wie sie sagte: „Du hast keine Ahnung, wie überwältigend die Liebe sein kann", und sie fand es seltsam, daß die Liebe sie zugleich gefühllos und empfindsam gemacht hatte. Es interessierte sie nicht, wenn dieses Kind starb. Auch wenn sie ihn nie hatte leiden können, sie hatte ihm nicht den Tod gewünscht. Aber jetzt, wo sein Tod bedeutete, daß Judah am Leben blieb, da scherte es sie kein Jota, wenn er starb.

Zugleich tat sie etwas, was ihr einen Tag oder so vorher eine Gänsehaut verursacht hätte: Sie legte die Arme um seinen zitternden, knochigen kleinen Körper und hielt ihn tröstend fest.

„Ich glaube", dachte sie, „so könnte ich auch zum gemeinen Vincent sein, so wie ich jetzt empfinde."

„Ich muß mal", sagte Gibbie. Sie brachte ihm den Nachttopf und stellte ihn zurück an den Waschtisch.

„Leg dich jetzt hin und schlafe. Ich paß auf den Blitz auf, daß er dir nichts tut", sagte sie.

„Bist du eine Hexe?" fragte Gibbie mit großen Augen. „Beatie hat gesagt, du wärst keine."

Abigail überlegte. „Nein, bin ich auch nicht. Aber ich verstehe mich auf Blitz und Donner. Soll ich dir noch etwas von Long John Silver und den anderen Piraten erzählen?"

Aber der kleine Junge war im Nu eingeschlafen. Der Gewittersturm war Richtung Meer gezogen. Sie sah den letzten Fetzen Licht über den düsteren Wolken am Horizont. Das Barometer war gefallen, Judah hatte das am Abend gesagt. Würde der Regen sein Schiff am Auslaufen hindern? Sie wünschte, ein Hurrikan käme auf und würde dafür sorgen, daß er eine Woche zu Hause blieb. Sie stand ein Weilchen vor dem Zimmer, in dem Judah und sein Vater schliefen. Es verlangte sie nicht danach, bei ihm zu sein. Es reichte zu wissen, daß er da war.

Es goß in Strömen. Das Wasser floß plätschernd die Hänge des Flagstaff Hill hinunter, und manch einer befürchtete, das neue Observatorium würde hinabrutschen und sich wie die Arche Noah an der Kante der Klippe niederlassen. Der Regen strömte in Sturzbächen von den High Rocks herab und floß in die von Ratten heimgesuchten Häuser, die über die Straße hinausragten. Die Straßen selbst waren wie tosende Flüsse. Nach dem Regen würde für ein, zwei Tage die Sonne herabbrennen. Die Luft würde dampfen und von Gestank erfüllt sein. Die Leute würden mit Besen aus Zweigen oder dicken Reisern, die zu einem Büschel gebunden waren, hinausgehen und den Unrat wegkehren.

Zu einem anderen Zeitpunkt wäre Abigail empört gewesen, daß eine große blühende Stadt auf den Eingangsstufen der Häuser so einen Unrat duldete. Jetzt jedoch bedeutete so viel Regen einzig und allein, daß Judah viel zu Hause war. Sie sprach wenig mit ihm. Sie half Dovey, seine nassen Sachen zu waschen, die nach Teer und Algen stanken, und hängte sie regelmäßig um, während sie vor dem Küchenfeuer trockneten.

„So'n Wetter war's auch, als Tante 'Melia und die andern sich das Fieber geholt haben", sagte Dovey. „Weil das Wasser modrig wird, und sogar die Vornehmen sterben."

Aber der Tod erschien Abigail weit weg. Ihre Tage waren angefüllt mit Reichtum. Sie stellte sich selbst keine Fragen, warum sie sich so verzaubert ruhig fühlte, warum sie sich nicht mehr um ihre Mutter Sorgen machte, um ihr Zuhause an jenem anderen Ort. Sie dachte kaum nach. Sie spürte sich und lebte in den Tag hinein.

Zum einen lag es an der Liebe. Ja, sie hatte sie getroffen wie ein Blitzstrahl, so wie andere Mädchen und ihre Mutter es beschrieben hatten. Aber was sie als Liebe empfand, schien anders zu sein als das, was sie darüber gehört und gelesen hatte. Sie sehnte sich nicht danach, ihn zu berühren oder von ihm berührt zu werden. „Vielleicht", dachte sie, „kommt das noch."

Ihr ganzer Körper, ihr Denken und ihre Gefühle waren höchst empfindsam und zart geworden. Die schlichte Tatsache seiner körperlichen Anwesenheit genügte, daß ihre Welt verändert war. Ihm zuzuhören, ihn anzusehen, hin und wieder in den schmalen Fluren des Hauses an ihm entlangzustreifen, das reichte aus. Mehr wäre unerträglich gewesen. Sie betrachtete mit großer einfacher Freude den goldenen Schimmer auf seinem Kinn, seine eng anliegenden Ohren, die große Spannweite zwischen Daumen und Zeigefinger. All das erschien ihr wunderbar.

Sie begnügte sich damit zu lieben. Sie hatte nicht angenommen, wiedergeliebt zu werden, obwohl sie es für ein Naturgesetz hielt, daß er früher oder später aufblicken und sie sehen würde, wie sie ihn sah, als den einzigen, den Teuren.

Es schien keinen Anlaß zu geben, mit den anderen zu reden, also schwieg sie, es sei denn, es ließ sich nicht vermeiden. Vielleicht meinten sie, sie wäre schlechter Laune, weil sie gefangengehalten wurde.

Dovey tat bei dem nassen Wetter ihr zertrümmerter Oberschenkel sehr weh. Großmutter hatte sie daher zu sich ins Zimmer genommen, damit sie ihr das Bein massieren konnte, wenn die Schmerzen ganz schlimm wurden.

„Weil ich noch immer Heilkräfte hab'", erklärte sie.

Beatie schlief wieder in ihrem eigenen Bett. Sie sollte Abigail bei Gibbies Pflege zur Hand gehen, wenn er in der Nacht jemanden brauchte. Aber das kleine Mädchen schlief wie eine Tote. So vergingen die Tage, und in vielen Nächten stieg Abby die Treppen zum Dachgeschoß zu dem kranken Kind hinauf und bemühte sich, nett und geduldig mit ihm zu sein. Sie konnte sich des Eindrucks nicht erwehren, daß sein unersättliches Verlangen nach Zuneigung und Aufmerksamkeit nichts mit seiner Krankheit zu tun hatte, sondern mit dem Verlust seiner Mutter und weil er fortwährend über den Tod nachsann. Aber wie sollte sie das Leuten klarmachen, die noch keine Psychologie kannten?

Beatie und sie waren unten auf dem Markt gewesen, um Gemüse und Fleisch zu kaufen. Es war ein schöner Tag, und es wimmelte von Leuten. Sie hatte den Ausflug genossen, sich die Trödelläden mit den Rollständen davor angesehen, an denen alte Kleider hingen, den Flickschuster mit dem großen Stulpenstiefel als Erkennungszeichen über der Tür, die umherziehenden Köche mit ihren Holzkohlepfannen – sie bereiteten darin Würstchen, Jakobsmuscheln, gebackene Kartoffeln, Schellfisch, Innereien und verkauften sie –, die alle paar Meter entlang der Argyle Street und Windmill Street standen.

Dann war aus fast heiterem Himmel wieder ein sommerlicher Platzregen niedergegangen. Die Mädchen waren gerannt wie Hasen, aber sie waren völlig durchnäßt worden, weil sie ihre Tücher abgenommen hatten, um damit die Waren vor dem Regen zu schützen.

Sie waren in ihrem gemeinsamen Schlafzimmer und zogen sich um, als Beatie plötzlich sagte: „Ich muß mit dir reden, Abigail."

„Nur zu", sagte Abigail heiter. Ihr war aufgefallen, daß Beatie während der letzten paar Tage noch schwieriger gewesen war, sie kriegte Koller, war bitter über die Schule und sogar grob gegen Dovey.

Judah hatte gedroht, er würde ihr die Ohren langziehen, auch wenn er es mit seinem üblichen sonnigen Lächeln sagte.

„Was dir guttäte, mein Mädchen, wär' ein Ausflug. Hör zu, ich weiß, was wir machen. Dovey und Gibbie nehmen wir auch mit, falls der Junge soweit auf dem Damm ist. Nächsten Sonntag gehen wir Muscheln sammeln ... Ich leih' uns das kleine Beiboot vom Schiff aus. Wir könnten ganz bis nach Billy Blue's Point fahren!"

Aber Großmutter lehnte es rundweg ab, Gibbie nach draußen an die Luft zu lassen, noch dazu bei dem Wind auf See, und Dovey murmelte, daß sie mit ihrem steifen Bein nie und nimmer die Jakobsleiter an der Walsh Bay hinunterklettern könnte.

„Das ist eine großartige Idee, Judah. Abby wird's genießen, nicht wahr, Liebes? Und Beatie wird glatt verrückt werden, sie macht so gern Ausflüge."

Aber jetzt, im Schlafzimmer, sagte Beatie schroff: „Du! Du bist in ihn verschossen, stimmt's etwa nicht?"

Abigail hatte glücklich vor sich hin gesummt. Jetzt war ihr zumute, als würde ihr Blut rückwärts fließen, so furchtbar war das Gefühl, daß das Geheimnis gelüftet, die Ehre befleckt war. „Ich weiß nicht, wovon du redest", stammelte sie.

„Brauchst gar nicht versuchen, es zu verheimlichen", sagte Beatie. „Ich hab's deinem Gesicht angesehen. Schau dich doch an, rot wie 'ne Tomate. Du bist in ihn verschossen, in meinen Bruder Judah."

„Kümmere dich um deine eigenen Angelegenheiten", rief Abigail.

„Verflixt noch mal, als ob mich das nichts anginge!" erwiderte Beatie.

Abigail zog sich das Unterhemd über den Kopf. Als sie mit dem Kopf darinsteckte, gelang es ihr, wieder eine gefaßte Miene aufzusetzen, ihren Ärger zu bezwingen.

Sie schlüpfte in das Hemd und machte die Bänder an ihrem Schlüpfer fest.

„Angenommen, du hättest recht, na und? Nicht daß ich sage, du hast recht!"

„Weil Judah dich noch für ein Kind hält, wie mich. Das ist das eine. Und zum andern ist er versprochen."

„Versprochen", flüsterte Abigail. „Was heißt versprochen?"

„Bist du trottelig? Er wird Dovey heiraten. Er war ihr von Anfang an versprochen."

Es war, als wäre das Licht verschwunden. Abigail zog sich zu Ende an, kämmte sich die nassen Haare und band sie hinten zusammen. Sie tat das alles mechanisch, ihre Augen waren auf Beaties Gesicht geheftet.

„Hör auf, mich so anzustarren!" befahl Beatie gereizt. „Was hast du gedacht? Hat nicht Judah sie zum Krüppel gemacht, als sie noch klein war, unachtsam, wie er war? Nicht jeder will einen Krüppel zur Frau, also hat er was gutzumachen. Aber darum geht's gar nicht. Wie könnte er Dovey nicht lieben, schön und gut, wie sie ist?"

„In meiner Zeit würde sie nicht als schön gelten", sagte Abigail und schämte sich sofort dafür.

„Und in dieser gibst du nicht grade was her für 'n Ölgemälde", fauchte Beatie zurück, „ich genausowenig, wenn du das meinst. Aber das sag' ich dir, ein für allemal: Judah gehört Dovey, und sie werden heiraten, sobald er alt genug ist."

„Aber ich habe nicht ein einziges Mal gesehen, daß er sie geküßt hätte oder so was", sagte Abigail halb zu sich. „Wie hätte ich ahnen sollen, daß sie einander versprochen sind?"

„Küssen! So was tun Orkney-Leute nicht", rief Beatie hochmütig. „Wir behalten unsere Gefühle für uns."

„Du nicht, merke ich!" schoß Abigail zurück.

„Jedenfalls", fuhr Beatie fort, „so was macht man erst nach der Heirat. Wenn Judah seine Zeit um hat und alt genug ist zum Heiraten und ihr einen Ring schenkt. Sie kriegt einen Granat, eingefaßt mit Gold – echtem Gold."

„Irre", sagte Abigail starr.

„Keine Ahnung, was das heißen soll", sagte Beatie schroff, „aber an deinem Gesicht kann ich ablesen, daß es kein Kompliment ist. Ich sag' dir frei raus, ich will nicht, daß du dich zwischen sie stellst. Eher schlag' ich dir den Schädel ein."

„Sei still!" sagte Abigail mit so kalter Stimme, daß Beatie unsicher wurde. Ihr glühender Blick senkte sich zu Boden, und sie murmelte: „Ich hab' kein Recht, so zu reden. Ich poltere immer gleich los, Abby, weil das die Art der Leute hier ist."

Abigail schwieg.

„Niemand macht Dovey unglücklich", hakte Beatie nach. „Niemand. Nicht, solange ich hier bin. Großmama würde zulassen, daß sie Judah verliert, wenn dadurch die Gabe errettet würde. Für Großmama steht die Gabe obenan, aber nicht für mich! Und Dovey ist so sanft – sie würd' nie für ihre Rechte streiten, und wenn's ihr das Herz bräche."

„Hat Dovey denn auch etwas gemerkt?" fragte Abigail.

Beatie schüttelte den Kopf. „Jedenfalls hat sie nichts gesagt. So", sagte sie dann in ihrer alten aggressiven Art, „was willst du also tun?"

„Das", sagte Abigail. Sie packte Beatie bei den Schultern und schüttelte sie so heftig, daß sie zu Boden fiel, als sie sie losließ.

Beatie starrte Abigail an und war unschlüssig, ob sie

sie beschimpfen oder sich wie ein wütender Affe auf das ältere Mädchen stürzen sollte.

„Du bist eine Aufwieglerin, sonst nichts", sagte Abigail. „Kein Wort davon zu Dovey, oder ich schlage *dir* den Schädel ein. Du weißt, daß kein Wort davon wahr ist."

„Großmama weiß es", sagte Beatie halb weinend, halb triumphierend.

„Ja, und ich gehe zu ihr, auf der Stelle", sagte Abigail.

Kapitel 9

Großmama nahm ihre messinggefaßte Brille ab und legte ihr Strickzeug beiseite.

„Ah, da bist du ja, Schatz", sagte sie. „Ich hab' schon die vergangenen paar Tage mit dir gerechnet."

Abigail setzte sich neben Mrs. Talliskers Stuhl und lehnte den Kopf an ihre Knie. Die von der Arbeit rauhe Hand strich ihr lieb und vertraut übers Haar.

„Dir ist zumute, als wär' was sehr Zerbrechliches und Kostbares, so was wie 'ne chinesische Tasse, angeschlagen und gesprungen, stimmt das, Abby?"

Abigail dachte darüber nach.

„Nein", sagte sie schließlich, „es wurde nichts kaputtgemacht oder angeschlagen. Ich wollte einfach nicht, daß Beatie oder irgend jemand es sieht, weil es sich um eine persönliche Angelegenheit dreht."

Die Hand streichelte sie weiter.

„Ich bin wohl zu jung, als daß ich verstehe, was es heißt ... sich zu verlieben", sagte Abigail bescheiden. Sie wußte, daß sie so nie mit ihrer Mutter geredet hätte. Sie wäre auch lieber vor Qualen gestorben, als so etwas einem der Mädchen in der Schule zu erzählen. Jetzt kam es ihr vor, als wären sie nur ein frecher, schnippischer Haufen von Kindern, zu alt, um unschuldig, und zu jung, um anspruchsvoll zu sein.

„Aber das ist wohl nicht fair", dachte sie. „Woher will ich wissen, was sie fühlen? Sie reden so daher, weil die anderen Kinder sie sonst für Mißgeburten halten."

„Ich kann schlecht behaupten, du wärst zu jung, um zu wissen, was wahre Liebe ist, Abby", sagte Großmama ruhig. „Ich hab' schließlich schon mit fünfzehn geheiratet."

„Sie haben nicht vergessen, wie das war?" fragte Abigail erstaunt.

„Sieh mir in die Augen", sagte Großmama. Sie nahm Abigails Kinn in die Hand und ließ das Mädchen sie fest ansehen. Das trübe Blau der Augen der alten Frau hellte sich auf, dehnte sich aus und wurde zu einem Himmel, an dem Wolken dahinhuschten wie Eidechsen über eine Mauer, und tief unten zu einem wogenden brausenden Meer in einem wundervollen Blaugrün.

„Wie die Kopffärbung der Stockente." Sie hörte Großmamas Stimme aus weiter, weiter Ferne. Sie war kaum herauszuhören aus dem schrillen Geschrei der Vögel, weißer und dunkler Vögel, die an den wie Wälle und Festungsmauern aufragenden Klippen ein und aus flogen.

„Lummen, Krähenscharben und Meerschwalben", sagte Großmutter. „Sieh dich an, Mädchen."

Abigail war nicht mehr sie selbst. Sie war eine andere. Ein dunkelbrauner Zopf, durchzogen mit hellen Strähnen, fiel über ihre linke Schulter und reichte bis fast zur Taille. Ihre Hände waren rot und rissig. Sie trug ein grobes, knöchellanges schwarzes Kleid und eine weiße Schürze. Ihre Augen schauten anders – klarer, weitblickender und, wie sie unwillkürlich wußte, verzweifelt und irr.

„Wie meine Augen", sagte Großmama, „als ich achtzehn und grade Witwe geworden war."

Jenen schwindelerregenden Abhang hinunter starrte Abigail. Ihr ganzer Körper lechzte danach, sich in den wütenden Sturm zu werfen, der die Vögel hinunter zum Meer wirbelte und einzeln und in Schwärmen wieder hinauftrug.

„Ich kann nicht, ich kann nicht!" schrie Abigail, und ihre Stimme klang anders, ihre Worte waren in einem Dialekt gesprochen, den sie weder kannte noch verstand. „Die Kinder, deine und meine alten Eltern, Bartle. Ich kann nicht mit dir kommen und sie allein zurücklassen, ich muß weiterleben, trotz des Schmerzes."

„Ich ertrage es nicht", flüsterte Abigail. „Ich ertrage es nicht!"

Im nächsten Augenblick war sie wieder in der Stube. Mrs. Tallisker, deren Augen leuchteten, ergriff ihre Hand.

„Alles in Ordnung, Großmama?" keuchte Abigail. Das Gefühl hielt unvermindert stark an; ihr war, als hätte sie soeben ein Leben voller Glück und Leid durchlebt.

„Ja", sagte die alte Frau. Sie schien wieder mit Leben erfüllt, ihr gebeugter Rücken war wieder gerade, ihre verblaßten Augen funkelten vor Triumph und Erregung.

„Ja, das war eine gute Eingebung, wie ein Himmel voller Blitze! Wie in alten Tagen, wenn die Vergangenheit und Zukunft vor mir lagen wie ein Feld voller Blumen."

„War ich Sie?" hauchte Abigail. „Ja, ich war Sie! Und Bartle war Ihr Mann."

„Vor Noup ertrunken, wie sein Sohn Robert. Fast neunzehn Jahre war er, wie sein Enkel Judah Bow jetzt. Ja, die Jugend kann wahre Liebe erfahren, und wahres Leid, und auch wahre Selbstlosigkeit."

„Ich glaube, das könnte ich nicht", sagte Abigail unschlüssig, „selbstlos sein, meine ich."

Mrs. Tallisker sah sie mit einer Art Verachtung an.

„Wer wirklich liebt, der kann auch ohne den Angebeteten leben, gleichgültig ob man ihn durch den Tod verliert oder an eine andere."

Abigail fühlte sich hilflos und angstvoll. „Dazu wäre ich wohl nicht fähig. Vielleicht wenn ich älter bin ..."

„Mit dem Alter hat das nichts zu tun, Abby", erwiderte Mrs. Tallisker.

„Aber", zögerte Abigail, „ich bin jetzt schon eifersüchtig auf Dovey." Sie schämte sich. „Als ich Beatie gepackt und geschüttelt habe ..."

Die alte Frau lachte von Herzen. „Du hast Beatie gepackt und geschüttelt? Das kann ihr nur guttun."

„Ja", gestand Abigail. „Ich habe sie geschüttelt, daß ihr die Kiefern geklappert haben. Aber die ganze Zeit über habe ich mir gewünscht, ich hätte Dovey vor mir. Es war schrecklich. Ich fürchte, Großmama – daß ich eklig zu Dovey sein werde, etwas Grausames sage. Und das will ich nicht."

„Aber warum, Abby? Weil du Dovey so gern hast, die immer nur nett zu dir war?"

„Ja, zum einen“, sagte Abigail, „aber vor allem, weil ich Judah nicht unglücklich machen will, niemals, und das würde der Fall sein, wenn jemand Dovey verletzen würde.“

Mrs. Tallisker beugte sich herüber und gab Abigail einen leichten Kuß auf die Wange.

„Du schaffst es schon, mein Schatz.“

Mehr sagte sie nicht, bat Abigail jedoch, die Lampe zu holen und sie anzuzünden.

„Und schick Beatie zu mir, Kleines.“

Beatie ging mit finsterem Blick hinein und kam weinend wieder heraus. Sie trat zu Abigail an den Küchentisch, die in einer Schüssel mit Wasser Kartoffeln wusch.

„Großmama hat gesagt, ich muß nett zu dir sein, und das werd' ich. Aber nicht dir zuliebe! Wenn ich dich also anlach', dann nur rein äußerlich!“

Abigail seufzte. „Hoffentlich regnet es am Sonntag, damit wir nicht zum Muschelsammeln gehen müssen. Weil es die Hölle wäre, wenn du nur dasitzt und mich anstarrst und dir die Wut förmlich aus den Ohren herausquillt.“

„Das ist gemein!“ sagte Beatie rot vor Wut und Tränen. „Großmama hat gesagt, wenn ich nicht lieb und nett zu dir bin, würde sie mir einen Blick zuwerfen. Wenn der so ist wie der vor zehn Minuten, dann will ich ihn lieber nicht erleben. Außerdem hat sie mir verboten, Dovey auch nur den kleinsten Wink zu geben, daß du in Judah verschossen bist.“

„Wenn du Dovey damit weh tun willst, dann hast du sie nicht so gern, wie du behauptest“, sagte Abigail scharf. „Halt ja deine Zunge im Zaum, ich habe deine Bemerkungen endgültig satt.“

Beatie drehte sich ihr verzweifelt zu. „Ja, ich weiß, daß ich ein loses Mundwerk hab’, aber du bist nicht viel besser, Abby. So.“

„Was hat Großmama zu dir gesagt“, fragte Abby, „daß du ganz aufgelöst warst?“

„Sie hat gesagt“, gestand Beatie verzweifelt, „daß Judah am Sonntag feststellt, wen er liebt. Oh, Abigail, ich fürchte, das könntest du sein.“

Einen Augenblick lang war Abigails Herz von Freude erfüllt. Die Freude flammte auf und war wieder erloschen. Sie wußte nicht, warum. Alles was sie dann fühlte, war eine warnende Traurigkeit, nicht die enttäuschte Traurigkeit eines Kindes, sondern eine grausamere Traurigkeit, wie die eines Erwachsenen. Aber darüber konnte sie mit Beatie nicht reden. Das war genau wie die Liebe eine persönliche Angelegenheit. Sie wußte jetzt, warum ihre Mutter all die Jahre über ihre Betroffenheit und Einsamkeit geschwiegen hatte.

„Na ja“, sagte sie ruhig zu Beatie, „zumindest steht fest, daß wir am Sonntag zum Muschelsammeln gehen, wenn es schön ist.“

„Versprichst du mir hoch und heilig, daß du Dovey nicht verletzt?“ flehte Beatie.

Abigail dachte darüber nach. „Das kann ich sowenig versprechen, wie Großmama es versprechen kann. Aber ich lege es nicht darauf an, ganz ehrlich.“

Beatie ließ es sich durch den Kopf gehen. „Na gut“, sagte sie murrend. „Aber ich behalt’ dich im Auge. Und zwar scharf!“

Dovey bereitete für sie einen Picknickkorb vor. Vor lauter Aufregung über den schönen Tag, die Vergnügen, die er bereit hielt, und den Muschel-Festschmaus, den es morgen und übermorgen geben würde, tobte sie trotz ihrer Behinderung fast ausgelassen herum, weil sie sich über das Glück der anderen aufrichtig freute. Abigail empfand eine bittere Demütigung. Wenn Judah sie für ein Kind hielt, wie Beatie einmal gesagt hatte, dann hielt Dovey sie um so mehr dafür. Selbst wenn Dovey ihre Liebe zu Judah erahnt hatte, so zeigte sie ihr gegenüber keine Eifersucht. Aber vielleicht ahnte sie auch nichts. Freundlich und gütig wie sie war, war sie nicht so scharfsinnig wie Beatie oder Gibbie.

Abigail trat gehässig gegen Doveys Brauttruhe. Aber genau das verlieh ihr das Gefühl, daß sie tatsächlich noch ein Kind war. Niedergeschlagen ging sie die gewundenen Stufen hinunter und durch den Laden. Mr. Bow hatte das große offene Feuer mit Asche belegt, wie er es jeden Abend tat. Eine Daunendecke aus grauer Asche bedeckte das leise flackernde Feuer, das tief in einem riesengroßen Holzstamm hinten im Kamin vor sich hin schlummerte. Einmal im Monat wurde mit Ketten durch eine eigens gebaute kleine Falltür in der Hauswand ein Stamm hereingehievt.

Mr. Bow saß auf der Bank neben seinem erloschenen Feuer, seine Hände baumelten zwischen seinen Beinen herab. Abigail verabschiedete sich, aber er antwortete nicht.

„Er gefällt mir gar nicht", gestand Judah, als sie durch den Cut und über das Grün gingen. „Seine Anfälle nehmen zu, da gibt's nichts. Aber im Haus ist kein Tropfen, und er läßt sich von Großmama was sagen. Komm schon, Beatie, zieh nicht so 'nen Flunsch. Sei fröhlich, Mädchen, wird schon alles werden!"

Aber Beatie war unruhig und launisch, rannte ihnen voraus durch die leeren Sonntagsstraßen, war kurz angebunden zu Abigail und frech zu Judah; mal war sie mürrisch, mal machte sie Bocksprünge und stolzierte wie ein Wicht daher, verschwand in Seitengassen und tauchte hüpfend wieder auf, bis Judah sie am Schürzenzipfel packte und sagte: „Hörst du endlich auf damit, Kleine? Ich bin dein Rumgehopse endgültig leid. Gib Ruhe, im Boot kannst du auch nicht so rumspringen, also übst du das am besten schon mal."

Beatie nahm besänftigt seine Hand. Sie gingen Abigail voraus auf Darling Harbour zu, das die Bewohner der Rocks jener Zeit jedoch noch Cockle Cove nannten.

Hin und wieder drehte Beatie sich um und blickte Abigail warnend an. Wenn Judah nicht hinsah, warf Abigail ihr ebenfalls einen Blick zu. Ihr war klar, was Beatie ihr sagen wollte.

„Affengesicht", dachte Abigail. „Verfluchter kleiner Wachhund!"

Mehrere leiterähnliche Holztreppen führten hinunter an die Strände und Uferwege unterhalb von Miller's Point. Das Ufer war übersät mit Schiffsteilen: kaputtes Gerät, alte Taue, rostige Eisendinge, die halb in den Sand eingesunken und mit Kies bedeckt waren. Es stank nach verfaultem Fisch und Gemüse. Der Geruch kam von einem Berg von Müll, auf den die Schiffe aus Pittwater, die die Erträge der Bauern aus dem Norden auf die Märkte brachten, die Waren abluden, die sie auf dem Markt nicht losgeworden waren. Kinder und alte Frauen wühlten in dem Müll nach Eßbarem.

Das kleine Boot schaukelte in ungefähr dreißig Zentimeter tiefem Wasser. Die Mädchen zogen ihre Schuhe und Strümpfe aus und wateten ins Wasser. Judah war schon barfuß.

„Steigt ein, aber vorsichtig!“ befahl er.

Abigail und Beatie kletterten hinein. Judah stieß das kleine Boot längs des sandig-flachen Ufers ab, bis es gut im Wasser lag, dann sprang er hinein und nahm die Ruder. Mit ein paar kräftigen Schlägen waren sie weiter draußen in tieferem Wasser. Die Cockle Bay erstreckte sich nach Süden hin, und über den Bug hinaus sah man bronzegrün und bewaldet die Landzungen des North Shore. Dünner kreidefarbener Qualm stieg aus Häusern auf, wobei es sich Abigails Empfinden nach um einzeln liegende Ansiedlungen handelte. Nur Nord-Sydney schien ganz bebaut zu sein, obwohl es ohne den mächtigen Vorderbogen der Brücke, der am Miller's Point endete, ein unheimlicher Anblick war.

Aber nicht das majestätische, halb wüstenartige North Shore, das sie als einen Stadtteil gekannt hatte, in dem gleich hohe Gebäude aufragten wie in Sydney selbst, zog Abigails Aufmerksamkeit auf sich, sondern der Hafen.

„Schiffe, Schiffe!“ rief sie. „Hunderte ... Tausende von Schiffen!“

Der Hafen lag voller Schiffe: Kähne mit rostbraunen Segeln, schnelle kleine Flußfähren, aus deren hohen Schornsteinen stoßweise Rauch quoll, Fischerboote und Vergnügungsdampfer mit Heckschaufelrädern, Schnellboote, Kohlenschiffe, Schonerbarken mit turmhoch aufragenden Masten und ordentlich gefalteten Segeln – einfach alle nur vorstellbaren Schiffstypen. Sie lagen kreuz und quer an kleinen Buchten und entlang der Ufer und Strände, schossen vor ihnen übers Wasser dahin, schaukelten munter oder behäbig und imposant an Ankerbojen und Kaianlagen.

„Was hast du denn gedacht?" fauchte Beatie. „Kühe?"

Abigail, hingerissen von dem großartigen Anblick, hörte sie kaum. Aber Judah sah seine Schwester finster an.

„Schluß jetzt, Mädchen, was ist los mit dir? Ist das 'ne Art, so was zu 'nem Gast zu sagen, noch dazu zu unserer Abby? Benimm dich, verstanden!"

Beatie wandte das Gesicht ab, ihre Lippen waren vorgestreckt, ihre Augen voll wütender Tränen, die Judah nicht beachtete. Abigail kniete sich hin und rief: „Wundervoll! So hätte ich es mir nicht einmal im Traum ausgemalt!"

„Setz dich hin!" befahl Judah. „Oder wir landen noch alle im Wasser. Schaut doch mal über Bord und seht euch den Burschen da an."

Abigail setzte sich vorsichtig hin und schaute, wohin er zeigte. Sie erblickte einen großen Hai, der in drei Metern Tiefe unter ihnen dahinschwamm, sein Auge sah aus wie ein Weidenblatt. Ein Schwarm Sprotten ergriff die Flucht. Aber das grüne Auge war auf das Boot gerichtet. Beatie betrachtete den Hai mit Schaudern und zugleich mit einer gewissen Befriedigung.

„Klar", überlegte Abigail, „sie stellt sich vor, wie ich über Bord falle."

„Da ist die *Brothers*", sagte Judah und wies mit dem Kopf auf eine stattliche, arg heruntergekommene Brigg. „Beide Masten führen Rahsegel. Eignet sich gut für den Küstenhandel."

Abigail fragte, was mit den vielen Küstenschiffen befördert wurde.

„Kohle aus Newcastle", sagte Beatie sofort, „Walöl von der Walstation in Eden und Wolle, von überall entlang den Küsten, die mit Klippern nach England befördert wird."

Sie sah Abigail triumphierend an. „Und was für Fracht befördert man in deiner Zeit?"

„Man verwendet meist keine Schiffe mehr", sagte Abigail. „Wolle und so was wird mit Zügen befördert."

„Wir haben Dampflokomotiven", sagte Beatie stolz.

„Die werden bei uns mit Strom oder Öl betrieben", sagte Abigail, „und dann werden noch eine ganze Menge Güter mit Sattelschleppern über Land transportiert ... das sind sozusagen Kutschen ohne Pferde", fügte sie schnell hinzu.

Judah hörte freundlich zu. „Ist 'ne ganz schön traurige Geldverschwendung, wo das Meer und der Wind doch für alle umsonst sind", bemerkte er.

Judahs völliges Desinteresse an den Wundern der Zukunft heiterte Beatie gleich auf. Abigail, die sich nicht mehr über Beaties mürrische, üble Laune ärgerte, gab sich den Freuden des Tages hin.

Sie trieben an zahllosen kleinen Buchten vorbei,

manche waren üppig grün von Mangrovenbäumen und völlig unbelebt – bis auf eine, in der ein großer weißer Reiher im Schlamm pickte –, und an anderen Buchten, in denen es bereits eine kleine Werft oder eine lange Anlegestelle gab. In wieder einer anderen lag ein Walschiffwrack auf den Schlippen, bei dem halb das Schiffsgerippe zu sehen war.

Obwohl Abigail den Hafen und seine unzähligen Buchten von ihrem Krähennest aus oben im „Mitchell" kannte, hatte sie längst die Orientierung verloren, als sie mit dem kleinen Boot um die Felsen bogen. Von warmen Luftströmungen getragen, kam hin und wieder ein Wanderfalter und einmal eine Zikade angeflogen, ein mit Flittergold durchwirktes Geschöpf, das sich mit angewinkelten Beinen am Bug festklammerte, ein paarmal zirpte und dann schnell in Richtung Land davonschoß.

Unter Felsvorsprüngen entlang, von denen Wasser herabtröpfelte, steuerte Judah auf einen halbmondförmigen Strand zu, zog das Boot ein Stück an Land und bohrte den Anker in den Schlamm.

„Ich hab' Hunger, ich hab' Hunger!" rief Beatie und sprang aus dem Boot.

„Nein, solang's Ebbe ist, werden erst Herzmuscheln gesucht", befahl Judah. Er nahm drei Holzeimer aus dem Boot. „Schlagt die Kleider hoch. Ich will auf dem Nachhauseweg nämlich nicht klatschnaß werden."

Er zeigte Abigail, wie sie bei den Muscheln das Luftloch finden konnte, und ab und zu zeigte er ihr die Spur von einer Muschel, die er dann mit einem Stock ausgrub. Beatie hielt sich nah bei ihrem Bruder auf, und die meiste Zeit wanderte Abigail allein über den kühlen, nachgiebigen Sand. Eine Art Gewißheit hatte sich ihrer bemächtigt, daß dies ihr letzter Tag im Jahre 1873 war. Sie zog die Gabe nicht mehr in Zweifel, und Großmama hatte zu Beatie gesagt, daß Judah heute herausfinden würde, wen er liebte. Sie wußte nicht, wie es geschehen würde, aber sie wußte, daß es geschehen würde.

„Und er wird nicht mich lieben", dachte sie. Ihren jetzt vollen Eimer stellte sie in den Schatten eines Baums und ging allein zwischen den Felsen und flachen Abhängen der Klippen herum, deren Spalten voller Treibholz, leerer Krabbengehäuse, toter und vertrockneter Seesterne und Fischeier waren.

In der Hitze lag eine unheimliche Stille, so als wäre das Meer selbst zu erschöpft, um zu seufzen oder zu murmeln. In diese Stille hinein vernahm sie Abschiedsworte.

Sie saß zwischen den verfallenen Felsstädten und sah Judah und Beatie oben am Strand zu, wie sie ein Lagerfeuer anzündeten. Beatie füllte einen Feldkessel an einem kleinen Rinnsal auf der Klippe, und einige Male ging Judah und zog das wieder im Wasser liegende Boot weiter ans Ufer. Die Flut stieg schnell mit einem langen wispernden *Hahhhhh.*

Das Wasser im Kessel mußte gekocht haben, denn Beatie kam angerannt, um Abigail zu holen. Das Gesicht des kleinen Mädchens war von der Sonne verbrannt, obwohl sie wie Abigail und Judah einen breitrandigen Palmbasthut trug.

„Du hast's schon wieder getan!" beschuldigte sie sie.

„Was getan?“

„Ihn angeschaut. Ich hab' gesehen, wie du wie 'ne Meerjungfrau auf dem Felsen gesessen bist, ihn erst angestarrt und dann regelrecht angeglotzt hast.“

Abigail sagte nichts, sondern sah sie nur stirnrunzelnd an und stolzierte voraus den Strand entlang. Ein großer alter Eukalyptusbaum, der fast genau dieselbe Farbe hatte wie der Sandsteinfelsen, bot ihnen beim Essen Schutz vor der Sonne. Sie zogen sich die Hüte über die Augen, um nicht vom Schimmern des Meeres geblendet zu werden. Judah plauderte über seine Arbeit: „Zehn Schilling im Monat und Verpflegung, aber das große Geld gibt's, wenn ich Vollmatrose bin.“

Abigail rechnete es in Dollars um und konnte es nicht glauben. Dann erinnerte sie sich, daß ein Brot einen Penny kostete und daß Großmama oft für einen ganzen frischen Fisch nur zwei Pence bezahlte. Sie bemerkte, daß man als „Schiffsjunge“ zwar die Arbeit eines Mannes verrichten mußte, daß man aber eben nur den Rang eines Schiffsjungen hatte. Judah lachte.

„Tja, Schiffsjunge ist Schiffsjunge, ganz klar, ihm werden die Schranken gewiesen. Ich zum Beispiel, als ich vor vier Jahren anfing, ich mußte das Essen aus der Kombüse tragen und, so wahr ich hier steh, warten, bis die Männer ihren Teil genommen hatten. Erst dann durfte ich mir was nehmen. Mußte das Vorderdeck fegen, das Geschirr zurück in die Kombüse tragen, kapierte nach ein paar Ohrfeigen von einem von der Mannschaft schnell, wo's langging.“

Abigail fand es ein hartes Leben, auch für einen großen kräftigen Jungen, wie Judah es mit vierzehn gewesen sein mußte. Ein Junge schleppte Lasten genau wie die übrige Mannschaft, mußte oben die höchsten Segel zusammenrollen und durfte es nicht wagen, bei Unterhaltungen auf dem Vorderdeck seine Meinung abzugeben. Andererseits erwartete man, daß er Pfeife rauchte oder Kautabak kaute.

„Grrr!" sagte Abigail.

„Und flößen dir dein Quantum Rum ein, wenn man mit den Männern an Land ist", fügte Judah hinzu. „Aber Großmama – die würd' mir bei lebendigem Leib das Fell abziehen, wenn sie mich dabei erwischen würde, und überhaupt, Rum schmeckt mir nicht. Außerdem hab' ich's Mutter versprochen, und damit ist die Sache entschieden."

Er gähnte. „Kommt, Mädchen, gehn wir. Ich zeig' dir noch paar schöne Stellen, Abby, wenn du Lust hast."

Aber Beatie wollte die Felsen hinaufklettern und auf eine kleine grasbewachsene, mit rosa Blumen bestandene Halbinsel, um der König des Schlosses zu sein, wie sie sich ausdrückte.

„Du tust, was ich dir sage. Zeit aufzubrechen", sagte er, löschte das Feuer aus und sammelte ihre Sachen zusammen, um sie in den Korb zu legen.

„Ich will hierbleiben und im Wasser planschen", sagte Beatie. „Ich hab' das Bootfahren satt, auf und ab, auf und ab, und nichts zu sehen außer Wasser und menschenleere Buchten. Ich will Robinson Crusoe spielen!"

„Von mir aus können wir noch ein Weilchen bleiben ..." begann Abigail, aber Beatie fuhr sie barsch an:

„Du bist nicht gefragt worden! Auf dieser Reise bist du nur der Schiffsjunge.“

Abigail lachte, aber Judah schnappte Beatie, schüttelte sie leicht und sagte streng: „Was ist heute los mit dir, du kleiner Giftzwerg! Du hast gemurrt und geknurrt, kaum daß wir aus der Tür sind. Ist dir nicht gut?“

„Ich will nur Robinson Crusoe spielen“, brummte Beatie. Plötzlich trat sie Judah gegen sein bloßes Schienbein.

„So, jetzt reicht's“, sagte ihr Bruder. „Du hast heute 'ne Laune wie'n Frettchen, ich halt's nicht mehr aus. Bleib hier und spiel Robinson Crusoe, ich ruder' mit Abby ein wenig raus. Steig ein, Abby.“

Er deckte die Muscheln mit einem nassen Sack ab und warnte Beatie: „So, gib acht, daß die Sonne nicht draufscheint, oder sie sind hinüber, bis wir damit zu Hause bei Großmama ankommen. Oder willst du's dir anders überlegen und doch mitkommen?“

Beatie sah ihn finster an, und er sagte: „Dann bleib hier, du störrisches Gör. Dovey behandelt Gibbie und dich viel zu sanft. Wir sind schon weg – wie findest du das?“

„Ist mir völlig schnuppe!“ schrie Beatie, watete ein Stückchen ins Wasser und drohte ihnen mit der Faust. „Ich hoffe, das Boot sinkt.“

„Nein, tust du nicht“, brüllte Judah lachend zurück. „Spiel du hier 'ne Weile Robinson Crusoe, solange ich Abby den Hafen zeige. Wir kommen zurück, bevor der treue Diener kommt und dich auffrißt!“

Beatie setzte sich an den Rand des Wassers, die Arme um die Knie geschlungen, und zog einen Flunsch.

„Wenn sie Blitz und Donner ausschleudern könnte, dann würde sie's tun", lachte Judah. „Nur die Ruhe, Abby. Bis wir wiederkommen und sie holen, ist sie süß wie Torte."

Das Boot glitt sanft über das Wasser, das aussah wie eine Glasmurmel, hier ein deutlich zu sehender klarer Streifen und eine sonnengefleckte Sandbank, da dunkelblau wie geschliffener Stein.

„Vielleicht hätten wir sie nicht zurücklassen sollen …", begann Abigail, aber Judah gebot ihr Ruhe. Er steuerte hinaus und um die Biegung zu der kleinen Halbinsel, auf die Beatie hatte klettern wollen. Alle möglichen Wasservögel flogen auf von den braun gepockten Terrassen, auf die sich durchsichtiges Wasser ergoß. Eine glitzernde Biene setzte sich auf Judahs Hand, und Abigail beugte sich vor, um sie wegzuwischen.

„Nein, nicht, sie fällt ins Wasser. Sie sticht nicht, du brauchst keine Angst haben."

Er ruderte weiter, und im nächsten Moment schoß die Biene zurück ans Ufer.

„Ich mag dies Land sehr", sagte er. „Bis jetzt hat der Mensch es noch nicht verdorben, auch nicht mit den rauchenden Fabriken und all dem Dreck, den die Reichen drum herum abladen."

Er holte die Ruder ins Boot, saß da und schaute sich um. Abigail lugte unter ihrer Hutkrempe hervor und betrachtete sein braunes Gesicht, das vor Schweiß glänzte, und seine kräftigen Waden und schwieligen Füße. Als sie so schaute, wobei sie sich im Schatten ihres Hutes unbeobachtet wähnte, streckte er den Fuß vor und griff wie zum Spaß ihren Fuß mit seinen Zehen.

Sie fuhr zusammen und wurde rot.

„Was ist los, Abby? Du bist heute so traurig."

„Ich glaube ... ich glaube ..." Sie schluckte. Sie würde doch wohl nicht weinen? Sie sah weg. „Ich glaube, dies ist mein letzter Tag."

„Hat Großmama das gesagt?"

„Nein."

„Ja, wer dann?"

Abigail brachte ein Lächeln zustande. „Ich habe selbst auch die Gabe, weißt du."

„Ah, Abby-Liebes, geh nicht! Nicht in die schreckliche Welt, von der du erzählt hast. Bleib hier bei uns."

Er hatte seine Arme um sie gelegt. Ihr Hut fiel ins Wasser und schwamm davon. Seine Wange berührte ihre Wange, und sie streckte die Hand aus und schlug ihm ins Gesicht.

„Aber, Abby, wein nicht, brauchst nicht weinen, was gibt's zu weinen an einem herrlichen Tag wie heute?"

Doch sie konnte nicht aufhören. Sie bekam einen großen Schluckauf und schämte sich. Judah lachte.

„Lach mich nicht aus, verdammt!" schrie Abigail.

„Aber, Abby ...", sagte er, als wäre er erstaunt. „Meine Kleine, meine Abby."

Nun hatte Abigail, auch wenn sie keinen festen Freund hatte, durchaus schon geküßt.

Aber dies war ganz anders. Ihr Körper gab seinem nach, überließ sich ihm und klammerte und schmiegte sich an Judahs Körper. Ihr wurde schwindlig, und im

Bauch hatte sie ein Gefühl, als würde sie schmelzen, daß sie schon dachte, sie würde sterben. Der Kuß hätte ewig andauern können, aber Judah war es, der sich heftig atmend zurückzog. Er war rot im Gesicht, seine Augen waren gesenkt. Er schien sie nicht ansehen zu mögen.

„Oh, Abby", sagte er heiser, „es war falsch von mir, dich so zu küssen."

Er hielt inne und sagte unter Mühen: „Einen Augenblick hab' ich gefühlt ... ich weiß nicht, was ich gefühlt hab'. Da bist du, noch ein Kind, und doch hab' ich einen Augenblick lang geglaubt, du wärst eine erwachsene Frau. Das warst du auch."

Er schaute sie hilflos an. „Es war falsch von mir, und trotzdem tut's mir nicht leid."

„Ich liebe dich, Judah", flüsterte sie.

Er schaute sie wortlos und verwirrt an, und an seinem offenen Blick sah sie, daß er keine Antwort wußte.

Dann erinnerte sie sich daran, was Mrs. Tallisker gesagt hatte, daß man, wenn es wirkliche Liebe war, auch ohne den Angebeteten leben konnte. Ihr ganzer Körper schrie nach den wenigen zarten Wonnen, die sie erfahren hatte – ihn ansehen zu können, ihm zuzuhören, von ihm geküßt zu werden, als wäre sie eine Frau und kein Kind.

Unter Qualen dachte sie: „Wenn ich älter wäre, wüßte ich, was ich sagen muß. Aber ich weiß es nicht."

Sie konnte nur sagen, was sie im Herzen fühlte. „Mach dir keine Sorgen, Judah. Ich weiß wegen Dovey Bescheid. Was ich für dich empfinde, tja ... das ist mein Problem, nicht deins."

Er nahm ihre Hand in seine großen Hände. „Aber es ist auch mein Problem, Abby, weil ich jetzt im Zwiespalt bin. Ich weiß nicht, was ich fühle ..."

Von der kleinen Halbinsel, vor der das Boot trieb und sich im Kreis bewegte, kam ein Geräusch wie von einem wütenden Seefalken. Abigail fuhr erschreckt und verrenkt hoch. „Beatie. Sie hat es gesehen."

Beatie war oben auf dem Felsgeröll. Sie schien einen Kriegstanz aufzuführen. Sie nahm einen Stein auf und schleuderte ihn mit aller Kraft nach ihnen. Er erreichte das Boot nicht, aber Judah sah verstört drein. Er nahm die Ruder auf.

„Sie erzählt's der armen Dovey nicht, bestimmt nicht", murmelte er. „Ich will weiß Gott nicht die gute kleine Dovey quälen."

Sie schwiegen, bis sie zum Strand zurückkamen. Die Flut hatte mittleren Stand erreicht, klares grünes Wasser umfloß den Stamm des Eukalyptusbaums, wo Beatie stand und mit den drei Eimern voll Muscheln wartete. Judah warf den Anker aus und sprang an Land.

„Du!" sagte Beatie mit vor Zorn schriller Stimme. „Ich hab's gesehen!"

„Dann behalt's für dich", sagte er kurz. „Ich will nicht, daß Dovey sich aufregt. Bring einen Eimer ins Boot, sei ein braves Mädchen."

„Mach's selbst!" fauchte Beatie.

„Gut, mach' ich", sagte er. Er nahm alle drei Eimer, hievte sie ins Boot und sagte zu Abigail: „Geh zur Seite, während ich diese Wildkatze an Bord schaffe."

Er streckte Beatie die Hand hin, um ihr behilflich zu sein. Sie ging auf ihn los, hämmerte gegen seine Brust und schlug ihm gegen den Arm, mit dem er sie von sich fernhielt. Halb zornig, halb lachend sagte er: „Hörst du auf damit, du kleiner Teufel? Hör auf!"

„Ich schlag' dich grün und blau!" kreischte Beatie. „Dovey das anzutun, die dir vertraut, wie sie Gott vertraut!"

Er packte sie hinten am Kleid, hielt sie wie eine tretende und sich windende, toll gewordene Katze fest und sagte: „Du irrst dich, Beatie. Zwischen Abby und mir ist nichts, Abby kann's dir bestätigen."

Er legte sie ins Boot. Sie brach in heftiges Weinen aus.

Abby wagte es und legte ihr die Hand auf die Schulter, aber Beatie stieß sie weg.

„Du bist ein schlimmes Mädchen! Wir hätten dich in der Absteige lassen sollen. Da hättest du wunderbar hingepaßt."

Judah holte die Ruder ins Boot, beugte sich vor und schüttelte Beate heftig.

„Sprich nicht so von Abby, wo du keinen Schimmer hast, ob zwischen uns was war. Denn du irrst dich. Ich sag die Wahrheit, Kleine!"

Beatie war blaß. „Daß du so ein Judas bist, mein eigener Bruder! Dovey, die damit rechnet, daß ihr im Januar heiratet, mit ihrer vollen Brauttruhe und dem Ring, den ihr schon ausgesucht habt, und das Geld, das dafür schon gezahlt ist! Laßt mich in Ruhe, alle beide. Mir ist speiübel vor Ekel."

Kapitel 10

Es war ein langes, elendes Zurückrudern gegen die Flut.

Beatie saß zusammengekauert da, hatte sich die Hände über die Ohren gelegt und wollte nichts hören.

„Das ist nichts Neues", sagte Judah kläglich. „Sie ist das störrischste Kind, das man sich vorstellen kann, seit sie den ersten Atemzug gemacht hat. Noch schlimmer geworden ist's, seit sie das Fieber hatte und Mutter tot ist. Kommt auf die tollsten Ideen und ist störrisch wie 'n Maulesel, wenn sie sich was in den Kopf gesetzt hat."

„Dovey dagegen", seufzte er, „sie ist so vertrauensvoll und unschuldig wie ein Kind. Ich will ihrer empfindsamen Seele nicht weh tun, wo ich ihr sowieso schon soviel Leid zugefügt hab', unbesonnener junger Tunichtgut, der ich war."

Beatie, die durch die Finger zugehört hatte, grollte: „Dovey will dich jetzt nicht mehr. Du bist nicht ehrlich zu ihr!"

„So ein Getue wegen einem Kuß!" sagte Abigail verärgert.

„Ein Kuß mag in deiner Zeit nichts weiter bedeuten. Weiß der Himmel, was ihr für gut und anständig haltet", rief Beatie. „Wir sehen das anders. Und mach mir nicht weis, daß es ein Bruderkuß war, ich hab's genau gesehen!"

Sie legte wieder die Hände über die Ohren.

„Sie erzählt nichts", sagte Abigail. „Sie bewundert Dovey. Sie würde nichts sagen, was sie verletzen könnte. Du wirst sehen."

„In der Laune", sagte Judah, „brächte sie alles fertig. Sie würde glatt aus dem Fenster springen, wenn sie damit jemandem eins auswischen könnte."

Damit kehrten sie zum Anlegeplatz unterhalb von Miller's Point zurück. Sobald der Bug den Sand erreichte, sprang Beatie, die noch immer mürrisch und entschlossen dreinsah, aus dem Boot.

„Ich muß meinem Maat Bescheid sagen, daß wir heil wieder zurück sind mit dem Boot", sagte Judah. „Mit ihm zusammen bring ich dann die Muscheln nach Hause. Hör zu, Beatie, du bleibst bei Abigail, und mach mir keinen Blödsinn. Geht jetzt, ab mit euch beiden."

Beatie drehte sich ohne ein Wort um. Die beiden Mädchen kletterten die steile Jakobsleiter hinauf.

„Auf dem Nachhauseweg rede ich mit ihr", dachte Abigail. „Sage ihr, wie es ist, daß Judah vielleicht gar nicht klar ist, daß er Dovey liebt, daß aber feststeht, daß er nicht mich liebt."

Als sie oben auf der Klippe ankamen, schoß Beatie davon wie eine Rakete.

Das kleine Mädchen war flink, und sie war kräftiger geworden, seit Abigail sie das allererste Mal gesehen hatte. Sie schlang sich die Schuhe an den Schnürbändern um den Hals und stürzte einen schmalen Felsweg zwischen zwei hochaufragenden Lagerhäusern entlang, über einen Zaun und eine Reihe von abgewetzten Treppen hinunter. Abigail, die vermutete, daß sie Abkürzungen nahm, folgte ihr und schloß mit ihrem weit ausholenden Schritt schnell zu Beatie auf.

„Beatie!“ brüllte sie. „Du darfst Dovey nichts erzählen. Hast du verstanden?“

„Halt die Klappe, Judas!“ schallte es zurück zu Abigail.

In der Nähe des Parks hatte sie Beatie fast eingeholt. Im Park gingen einige Musikanten ihrer Arbeit nach: Der alte Bettler mit dem Affen in Husarenuniform spielte eine leise Melodie, zu der der Affe hin und her hüpfte; ein Blinder sang Lieder; ein Mann spielte Dudelsack. Der Argyle Cut direkt dahinter war voller Kutschen und Fußgänger im Sonntagsstaat.

Plötzlich kam es zu einem Tumult. Pferde bäumten sich auf, Menschen schrien laut, ein Kutscher fuhr auf den Fußweg neben der Kirche, so daß einige Damen mit Sonnenschirm zusammenschreckten und aufkreischten.

„Oh, lieber Gott, mein Vater!“ keuchte Beatie, als Abigail sie gerade einholte. Aus dem Cut kam Mr. Bow gestürmt, der unverständlich etwas brüllte und mit dem Säbel helle Kreise über seinem Kopf beschrieb. Er hieb nach dem Dudelsack. Die vielen abgetrennten Pfeifen flogen in die Luft wie Stöckchen, und die Luft entwich mit einem teuflischen Gewinsel. Der Dudelsackpfeifer sank ins Gras und stieß hysterische Schreie aus.

Ein Schutzmann, der seine Gehilfen herbeiwinkte,

verfolgte Mr. Bow. Als er an Beatie vorbeikam, keuchte er: „Er hat den Laden in Brand gesteckt, Mädchen! Hol die Feuerwehr!"

Beatie stand unschlüssig da, das Gesicht fahl vor Angst.

Abigail jedoch schlug den Rock hoch und stürzte zum Laden, kurz darauf folgte Beatie ihr. Der Laden war voller Qualm, und Großmama schlug mit einem nassen Sack auf die in Flammen stehende Bank und die Tische ein.

Ein paar Lausbuben, die vor Aufregung auf und ab hüpften, drängten sich in der Tür.

„Holt die Feuerwehr!" rief Beatie. „Könnt euch auch Sixpence dabei verdienen!"

Die Jungen zerstreuten sich wie durch Zauberei, und Abigail und Beatie halfen Großmama, die Flammen einzudämmen.

Die alte Frau war erschöpft. „Er hatte irgendwo was zu trinken versteckt. Hat sich den ganzen Morgen drüber hergemacht, und dann sagte er mit einemmal: ‚Die ist alle!' und schmiß die Rumflasche ins Feuer. Der Himmel steh mir bei, ich dachte schon, unten beim Bataillon wär 'ne Kanone explodiert!"

Abigail erkannte gleich, daß da keine Chance bestand, das Feuer zu löschen. Ein langer Flammenfaden dort, wo der Rum verschüttet worden war, kroch bereits in die Stube.

„Wo ist Dovey?" fragte sie Großmama.

„Ist nach oben gerannt und will ihre Brauttruhe runterwerfen."

„Um Himmels willen!" rief Abigail. „Ausgerechnet

jetzt? Hier, Beatie, hilf Großmama heil über die Straße, ich kümmere mich um Dovey."

„Dein Kleid ist in der Brauttruhe, Kind", keuchte die alte Frau. „Darum ist Dovey nach oben gerannt."

Abigail übersprang die ersten beiden Stufen, die schwelten und aus denen kleine bläuliche Feuerzungen schossen. Sie fand Dovey, die sich zum Schutz gegen den Rauch ein Taschentuch über Mund und Nase gebunden hatte, und versuchte, die Truhe zur Tür zu ziehen.

„Zu spät", sagte Abigail kurz. „Ist etwas Zerbrechliches darin?"

Dovey schüttelte den Kopf.

„Dann ab damit durchs Fenster. Hier, faß am anderen Griff an!"

Sie schafften die Truhe zum Fenster. Abigail stieß die Fensterflügel weit auf, und sie beförderten die Truhe hinaus. Sie rutschte das schräge Dach hinab und blieb am Schornsteinaufsatz hängen. Dovey schrie entsetzt auf.

„Wenn sie verbrennt, Abby, kommst du nicht wieder nach Hause, nie mehr!"

„Nicht sprechen", sagte Abby. Sie tauchte ein Handtuch in den Krug auf dem Waschtisch. „Leg dir das über den Kopf. Die ersten Treppenstufen brennen schon."

Dovey zitterte, aber sie humpelte so schnell sie konnte zur Tür. Jetzt konnten sie das Krachen des alten Holzes hören. Abigail schnappte die Decke vom Bett, kippte den Rest Wasser darüber und wickelte sie sich um Kopf und Schultern.

Dovey stand am Treppenaufsatz.

„Ich schaff's nicht Abby, ich bin zu schwach ... Oh, guter Heiland, wo ist Großmama?"

„Sie ist draußen und in Sicherheit. Du gehst jetzt runter, Dovey, oder ich stoße dich runter, ich tu's!" drohte Abigail.

Aber Dovey klammerte sich weinend und hustend ans Geländer.

„Wenn wir auf der Stelle losrennen, kommen wir ungehindert die Treppe hinunter ins Freie", flehte Abigail. „Du mußt, Dovey, du mußt, Judah zuliebe!"

Die Stufen brannten noch nicht, aber das Geländer war heiß. Abigail sah, daß ein Feuerflecken am Fuß der Treppe den Weg versperrte, wo das Feuer quer hinüber zur Stube gelaufen war. Es war eine Flickenmatte, die da brannte.

„Hier, wickle dich darin ein, ich gehe voraus!"

Sie warf Dovey die nasse Decke über den Kopf und gelangte vor sie, indem sie sie an der Hand packte. Langsam, wobei die hinkende Dovey immer wieder rutschte und stolperte, gelangten sie um die gefährliche Biegung der Treppe.

Jetzt wo sie den brennenden Laden ganz vor sich sah, erstarrte Dovey vor Entsetzen. Abigail packte sie, zerrte sie über die schwelenden unteren Stufen und stieß die lodernde Matte mit dem Fuß weg. „Durch die Küche, schnell, Dovey!" rief sie.

„Ich kann nicht, ich kann nicht!"

„Du kannst!" schrie Abigail und stieß sie durch den Qualm den Flur entlang zur Küche. Der kleine Raum mit dem schrägen Dach war noch vom Feuer verschont.

Dovey schien kurz davor zusammenzubrechen, aber Abigail schob sie durch die Hintertür. „Geh vom Hof, Dovey, falls das Dach einstürzt ... um Himmels willen, was hast du vor?“

Dovey versuchte mit vor Angst irrem Blick sich an ihr vorbeizukämpfen und wieder in den Flur zu gelangen.

„Gibbie! Wir haben Gibbie vergessen!“

Abigail hatte völlig vergessen, daß es den Jungen gab. Kreidebleich starrten die beiden Mädchen einander an, dann griff sich Abigail Doveys Decke und band ihr das nasse Handtuch um den Kopf.

„Ich hole ihn!“

„Aber Abby ...“

„Geh, geh!“ schrie Abigail. „Geh vom Hof, hast du verstanden? Such Großmama und Beatie, damit sie wissen, daß du in Sicherheit bist!“

Sie stieß Dovey aus der Hintertür und schloß sie, damit kein Luftzug zusätzlich noch das Feuer anfachte. Sie schlug die Küchentür hinter sich zu.

Die Stufen hatten jetzt Feuer gefangen. Flammen ringelten sich um das Geländer. Die zwei untersten Stufen waren ein schwarzes gähnendes Loch, eingefaßt mit gezackten Rubinen. Abigail sprang mit einem Satz darüber. Sie spürte, wie die dritte Stufe unter ihrem Fuß nachgab, fiel vornüber, weil sie sich in der Decke verhedderte, und fühlte, daß die Treppe über ihr heiß war wie glühendes Eisen. Der Qualm war erstickend. Sie zog sich die Decke übers Gesicht und lief den übrigen Weg blindlings weiter. Die Tür zum Dachgeschoß war geschlossen.

„Gott sei Dank", dachte sie. „Dann ist das Zimmer nicht voller Rauch."

Jetzt konnte sie Gibbie schreien hören. Sie stürmte durch die Tür, knallte sie hinter sich zu und sagte knapp zu Gibbie: „Keine Fragen, Gibbie. Das Haus brennt. Wir müssen durchs Fenster klettern."

Der kleine Junge war aus dem Bett gestiegen und hatte sich seinen Flanellmorgenrock angezogen. In der einen Hand hielt er ein Bild von seiner Mutter, in der anderen ein gerahmtes Gebet: „Lieber Gott, segne mich."

„Ich will wie sonst auch die Treppe runtergehen", wimmerte er.

„Tu's – und du bist Asche. *Komm endlich!*"

Sie versuchte, das Fenster zu öffnen, aber es war zugenagelt. Sie nahm den dreibeinigen Hocker neben dem Bett und zertrümmerte das Glas.

Gibbie sagte entsetzt: „Sieh doch, was du getan hast!"

Sie schlug die restlichen Splitter heraus, vergewisserte sich, daß das Kind Pantoffeln anhatte, und befahl ihm: „Komm her und sieh selbst. Es geht nur ein kleines Stück das Dach hinunter. Wir steigen durchs Fenster und klettern hinab."

Gibbie kam näher und schaute mit grausigem Gesicht hinunter, so als müßte er sich nicht einen, sondern zwanzig Meter tief fallen lassen. Er wich zurück.

„Ich werd' mir alle Knochen brechen, und das will ich nicht. Außerdem muß ich erst auf den Nachttopf."

„Wer will das wissen?“ brüllte Abigail. „Das Haus brennt ab, du Dummkopf. Willst du auch verbrennen?“

Aber er rührte sich nicht. Schließlich schnappte sie ihm das Bild von seiner Mutter weg, ließ es aufs Dach fallen, griff ihm das Gebet aus der Hand und ließ es quer durchs Zimmer segeln. Dann gab sie ihm links und rechts eine Ohrfeige. Als er den Mund aufmachte und losheulen wollte, packte sie ihn um die Taille und schob ihn mit den Füßen voran durchs Fenster hinaus aufs Dach. Dann zwängte sie sich hinter ihm ins Freie.

„Bild dir nicht ein, daß ich das nicht Großmama erzähle, wie gemein du bist. Du kommst in die Hölle, wirst schon sehen!“

Jetzt wo sie draußen war, sah Abigail, daß die gesamte Vorderseite des Hauses in Flammen stand. Eine große Menschenmenge hatte sich versammelt, und zwei Schutzmänner, mit Lederhüten und zwei langen Stöcken ausgerüstet, schoben die Menge zurück in den Cut, wo sie in Sicherheit war.

„Hör mal, Gibbie, die Feuerwehr kommt! Hörst du die Pferde? Und die Glocke?“

Aus der George Street kam die Feuerwehr angefahren. Die Pferde liefen im Galopp, und die Männer hielten sich seitlich am Fahrzeug fest. Ein Wasserwagen folgte ihnen. Gibbie zeigte schwaches Interesse, aber es war keine Zeit herumzutrödeln und zu glotzen. Abigail schob und zog ihn zur Dachkante. Dovey war nirgends zu sehen. Als Gibbie zögerte und jammerte und vor der Höhe Herzklopfen bekam, nutzte Abigail die Gelegenheit und schob die Brauttruhe hinter dem

Schornsteinaufsatz hervor und hinunter in den angrenzenden Hof. Sie traf klirrend auf. Da schrien in der Wäscherei entsetzt die Kanton-Chinesen auf, und das angebundene Schwein quiekte wütend. Sie warf die Photographie von Amelia Bow in einen Korb mit ungewaschenen Hemden.

Abigail gab sich alle Mühe, den Jungen dazu zu bewegen, sich an ihren Händen festzuhalten und sich in den Hof hinunterzuschwingen, während sie sich aufs Dach legte, aber er kauerte jämmerlich da.

„Gibbie, es ist keine Zeit, lange herumzustreiten. Du mußt hinunterklettern. Du kannst gar nicht tief fallen, wenn ich dich festhalte."

„Ich muß erst auf den Nachttopf."

Ein Chinese mit einem Zopf erschien. Er redete Abigail unterstützend zu, dann rannte er zu einer großen Lattenkiste und stellte sie unters Dach.

„Ich laß mich nicht von so 'nem chinesischen Heiden auffangen", heulte Gibbie. Abigail, mit einem Nicken zu dem Wäschereibesitzer, packte den Jungen unter den Achseln und schob ihn vom Dach. Der kleine Mann fing ihn geschickt auf, redete beruhigend auf ihn ein und setzte ihn auf dem Boden ab.

Dann schwang Abigail sich so weit vom Dach, daß ihre Beine herabbaumelten, und ließ sich von dem Chinesen hinunterhelfen. Gibbie schluchzte: „Jetzt hab' ich auch noch mein Bild von Mama verloren."

Abigail holte es wieder aus dem Korb und gab es ihm. Der Chinese, zu dem sich noch ein zweiter gesellt hatte, verbeugte sich mehrmals. Abigail fiel nichts anderes ein und verbeugte sich ebenfalls, und mit dieser

Höflichkeitsbezeugung ging sie durch das Tor auf die Straße hinaus und trieb Gibbie zur Argyle Street.

Die Feuerwehrmänner, die inzwischen Verstärkung von mehreren jungen Soldaten vom Dawes-Bataillon erhalten hatten, richteten den Wasserstrahl aufs Feuer.

Es dauerte nicht lange, und sie hatten das Feuer unter Kontrolle.

Der Laden jedoch war hinüber. Dort wo er gestanden hatte, waren nur Qualm und glimmendes Holz zu sehen. Nachdem die Aufregung vorbei war, schlenderten die Leute umher, husteten melodramatisch bei dem bitteren Rauch und schwatzten laut. Mr. Bow aber gab man nicht die Schuld an dem Feuer, wo er so unter der schlimmen Verwundung litt, die er sich in der Schlacht von Balaklava zugezogen hatte. Manche hielten ihn sogar für einen Helden. Er war bei der berittenen Brigade gewesen, und die Königin höchstpersönlich hatte ihm eine kleine Schachtel mit Schokolade übersandt. Die Leute ließen Kavallerist Bow dreimal hochleben, ebenso die Feuerwehrleute, ehe sie sich zerstreuten. Brände gab es in den Rocks häufiger, aber es war dennoch jedesmal ein kostenloses und aufregendes Spektakel.

Jetzt wo alles vorbei war, zitterten Abigail die Knie. Sie fühlte sich, als wäre sie zwanzig Meilen gerannt. Ihre Hände waren schwarz vom Ruß, und sie wußte, daß auch ihr Gesicht rußverschmiert war. Als sie etwas sagte, klang ihre Stimme wie ein Piepsen.

„Schau, Gibbie, da an der Pfandleihe – da sind Großmama, Dovey und Beatie. Lauf zu ihnen, damit sie sehen, daß du alles heil überstanden hast."

„Ja, sie sind bestimmt ganz krank vor Sorge!“ sagte Gibbie froh. Er drehte sich Abigail zu und sagte würdevoll: „Du hast mich geschlagen, mein Fenster zertrümmert, mein Gebet weggeworfen und mich einem Chinesen überlassen, und das sag' ich meiner Großmama. Ja, mach dich auf was gefaßt!“

„In Ordnung. Tu das“, sagte Abigail. Sie lehnte sich an die schloßähnliche Mauer des Hauses und spürte, daß ihre Knie nachgeben würden, wenn sie einen Schritt machte.

Sie sah, wie Judah aus dem Cut gerannt kam. Er lief geradewegs zu Dovey, nahm sie in die Arme, hob sie in die Höhe und legte seine Wange an ihre rußbeschmierte Wange. Abigail konnte ihren Blick nicht abwenden. Seine Zärtlichkeit und Besorgnis ließen keine Zweifel zu. Ah, Abigail wußte um seine zärtlich-sanften Empfindungen, denn sie empfand dasselbe für ihn.

Er hielt Dovey fest an sich, sein Kinn lag auf ihrem zerzausten Haar, während er Großmama und Beatie befragte. Mit seinem freien Arm hielt er Gibbie, der neben ihn gehinkt war und sichtlich entrüstet von seinen Erlebnissen berichtete.

Es vergingen etliche Minuten, ehe Judah nach Abigail Ausschau hielt.

Abigail drehte ihr Gesicht an die von der Sonne gewärmten Mauersteine.

„Auf Wiedersehen, Judah, auf Wiedersehen“, sagte sie.

Kapitel 11

Der stämmige Fleischer und seine dünne Frau mit dem riesigen Kopf nahmen die Familie bei sich auf. Abigail wurde ordentlich gewaschen und mit Beifall empfangen. Die Schutzmänner brachten Mr. Bow herein, der wieder in seinen melancholischen, tranceähnlichen Zustand verfallen war.

„Diesmal nehm' ich's noch nicht ins Protokoll auf, Ma'am", sagte der Alte gewichtig, „den Kindern zuliebe, ja. Aber es muß aufhören, jawohl, oder es führt kein Weg dran vorbei, daß er ins Irrenhaus muß. Ja, hätte glatt ein paar armen Geschöpfen den Kopf absäbeln können!"

Der Fleischer holte Doveys Brauttruhe von der Wäscherei der Chinesen und brachte sie her. Er ließ seine riesige Hand auf Mr. Bows Schulter fallen, als er geduckt in die von der dünnen Frau ordentlich aufgeräumte Stube kam.

„Keine Sorge, Sam, alter Hahnenkämpfer", sagte er aufmunternd. „Ich hab' schon zwei von meinen kräftigsten Lehrburschen eingespannt, daß keiner von den Schuften, die sich hier rumtreiben, heute nacht in das, was vom Häuschen übriggeblieben ist, einbrechen und sich dein Hab und Gut unter den Nagel reißen. Und was das Wiederaufbauen angeht, na, da trommeln wir 'n paar Kerls zusammen, und du stehst schneller wieder im Laden, als du Mumpitz sagen kannst!"

Großmama, die sehr blaß und abgezehrt aussah, aber irgendwie ruhig und zufrieden, saß bei Abigail. „Nun, Mädchen, du hast getan, wozu du geschickt warst. Du hast Dovey für Judah errettet, jetzt hat die Gabe eine doppelte Chance weiterzuleben."

„Ich dachte, sie wäre unvergänglich", sagte Abigail. Sie brachte ein Lächeln zustande. „Das würde mir gefallen. Ich bin müde", fügte sie unzusammenhängend hinzu. Ihr fielen die Augen zu, obwohl die anderen im Zimmer saßen. Sie merkte, daß der kräftige Fleischer sie aufnahm – sie roch Lammkoteletts und Talg – und in irgendein Bett legte, aber sie hielt sich nicht wach, um herauszufinden, wo sie war.

„Bleib doch noch ein Weilchen bei uns", bat Dovey am nächsten Tag, „weil du zur Familie gehörst, Abby, ehrlich!"

„Nein", sagte Abigail. „Ich muß nach Hause."

Ihr grünes Kleid kam ihr seltsam vor. Es war schon so lange her, seit sie es das letzte Mal gesehen hatte. Sie stellte fest, daß es nicht besonders gut gearbeitet war. Es war der Häkelspitze nicht würdig.

Abigail zog das Kleid an. Es saß enger um die Brust herum. „Mit meiner Figur wird es langsam was", dachte sie. Innerlich fühlte sie sich kalt und empfindungslos, wie ein mit Eis bedeckter Vulkan.

Großmama betrachtete wieder die Häkelei.

„Tja", sagte sie fröhlich, „ich werd' noch lange genug leben, um die Häkelei zu machen! Ich leiste euch also noch eine Weile Gesellschaft!"

Großmama war damit einverstanden, daß Beatie Abigail allein an die Straßenecke zur Harrington Street brachte, wo sie so unvermutet durch die Tür des Jahrhunderts geschritten war.

„Bei Einbruch der Dunkelheit, genau wie in deiner Zeit", sagte sie.

Abigail fürchtete, daß die Zeit nicht schnell genug vergehen würde, damit das, was sie so empfindungslos machte, verschwand und die Qual ein Ende hatte. Vor allem, als sie sich verabschieden mußte. Dovey weinte, als sie ihr einen Abschiedskuß gab.

„Eigentlich müßte mir danach sein, sie umzubringen, aber danach ist mir nicht", dachte Abigail. Sie sagte: „Ich wünsche dir Glück, Dovey. Du hast es verdient."

Judah. Brachte sie es über sich, sich von Judah zu verabschieden?

Er gab ihr einen Kuß auf die Backe, einen flüchtigen Bruderkuß.

„Auf Wiedersehen", sagte Abigail mit leiser Stimme. Er sah ihr einen Augenblick in die Augen. Schüttelte er den Kopf, ganz leicht, ehe er ihre Schultern losließ und zurück zu seinem Schiff eilte? Sie sah ihm nicht nach.

„Was trödelst du so rum?" rief Beatie unwirsch an der Tür. „Glaubst du, ich will im Stockdunkeln nach Haus kommen?"

Gibbie lag im Bett und schlief, und Mr. Bow blickte nicht auf, als sie sich von ihm verabschiedete, aber Großmama drückte sie fest an ihren eingeschnürten Busen.

„Du meinst, du wärst schlecht behandelt worden, Kleines", sagte sie. „Nicht doch. Ich hab's dir schon einmal gesagt und sag's dir noch mal: Wir Talliskers und Bows sind genauso mit dir verbunden wie du mit uns."

„Oh, Großmama!" rief Abigail. Sie umarmte die alte Frau. „Ich wünschte, Sie wären im richtigen Leben meine Großmutter!"

„Um des lieben Himmels und der Ewigkeit willen – jetzt komm endlich!" brüllte Beatie. Sie war barfuß und hüpfte von einem Fuß auf den anderen. Ihr Gesicht sah aus wie eine Gewitterwolke.

Abigail lief mit Beatie die Argyle Street hinunter und sah sich nicht um, weil sie Angst davor hatte.

„Es gibt keinen Grund, noch böse zu sein", sagte Abigail.

„Du hättest ihm keinen Kuß geben sollen, wo er doch Dovey gehört", fuhr Beatie sie an. Sie schnaubte. „Überhaupt, wer sagt denn, daß du nicht zurückkommst und dich wieder zwischen Judah und Dovey schlängelst? Ich hab' gesehen, wie er dich beim Abschied angeschaut hat. O ja, ich hab's gesehen!"

Abigail war ihrer plötzlich überdrüssig, sie war Beaties miese Laune leid und war auch wütend auf sie. Sie war froh, daß sie wütend war, weil die Wut die Trauer niederhielt.

„Ich komme nicht wieder, weil ich zu Hause als allererstes die Häkelspitze verbrennen werde, darum!"

Beatie warf ihr einen kurzen Blick zu. „Ehrenwort?"

„Mach was du willst!“ sagte Abigail giftig.

In mürrischem Schweigen gingen sie die Straße hinunter. Es wimmelte von Leuten, wie auf einem Rummelplatz, denn montags war Markttag. Vor der Penny Dance Hall hingen an gebogenen Laternenpfählen reichverzierte Gaslampen. Obwohl es noch nicht dunkel war, waren sie angezündet, ihre langen blauen und gelben Flammen züngelten in der salzigen Brise.

Abigail sah Maude, die Schicke, umgeben von schlampig gekleideten, schon halb betrunkenen Rotröcken. Das Mädchen trug das leuchtendste grasgrüne Kleid, das man sich vorstellen kann. Ein runder flacher Hut voller Samtstiefmütterchen krönte ihre bizarre Frisur. Der süße Geruch nach heißem Gin erfüllte die Luft.

„Schau“, sagte Abby und stupste Beatie an, „da ist eins der Mädchen aus der Absteige.“

Beatie zog hochmütig ihren Arm weg.

Die Straße war voller Buden, fahrbarer Stände, Käfigen mit tanzenden Hunden, es gab einen indischen Gaukler und etwas Sonderbares namens „Das phänomenale Kind“.

Sie gingen um die Biegung in der Harrington Street und an der Armenschule vorbei, wo die Kinder verschwundener Eltern – Gassenkinder, die in Felsspalten, unter Ladentischen und alten Türen lebten – Seite an Seite mit den Kindern ehrenhafter armer Leute wie Beatie Bow die Grundlagen der Zivilisation beigebracht bekamen.

„Beatie“, sagte Abigail. Nach einem Weilchen rief sie: „Hör endlich auf, so einen Flunsch zu ziehen, ja?“

Beatie stieß unwillentlich ein schnaubendes Lachen aus, faßte sich schnell wieder und brummte: „Was hast du? Spuck's aus!"

„Du kannst mich hassen oder sonstwas, aber geh bitte zu Mr. Taylor und mache ihm klar, was du schon alles kannst, sage ihm, daß du weiterlernen willst, Mädchen hin oder her. Frage ihn, ob er dir Privatunterricht gibt."

Beatie war aus ihrer schlechten Laune aufgescheucht. „Es schickt sich nicht, 'nen feinen Herrn nach so was zu fragen. Vater würd's mir nicht erlauben!"

„Oh, zum Teufel mit Vater!" rief Abigail. „Du mußt dich selbst darum kümmern, du Dummkopf! Wie willst du es je zu etwas bringen, wenn du nicht hingehst und den Leuten so lange auf den Wecker fällst, bis sie dir geben, was du willst? Oder bist du etwa feige?"

Beatie wurde rot. Mit ihrer harten kleinen Faust versetzte sie Abigail einen Schlag gegen den Arm. „Ich schlag' dich grün und blau, hol dich doch der Teufel!"

Abigail sah vor sich die Laterne, die die steilen Stufen zu der Gasse beleuchtete, die zum Spielplatz führte. Beatie trat wütend gegen den Bordstein. Sie schaute unschlüssig und hatte wieder ihre mürrische, freche Miene aufgesetzt.

„Ich weiß, du haßt mich, weil ich mich in deinen Bruder verliebt habe. Nun, er liebt mich nicht, hat mich nie geliebt und wird mich nie lieben. Und ich habe Dovey für ihn gerettet."

„Du hast nur getan, wozu du geschickt warst", sagte Beatie grob.

Abigail riß die Geduld. „Oh, du weißt alles, nicht wahr? Das sage ich dir, du mürrisches kleines Miststück. Über die Liebe jedenfalls weißt du nichts. Man muß sie erleben, um zu wissen, wie überwältigend sie ist."

An dem Punkt hielt sie sprachlos vor Staunen inne und erinnerte sich daran, wer ihr genau das auch gesagt hatte.

„Jedenfalls", sagte sie, „ich hab' den kürzeren gezogen, nicht wahr? Also, auf Wiedersehen und viel Glück."

Aber Beatie sagte nichts. Sie sah Abigail nicht einmal an. Abigail ließ sie stehen und ging die Stufen hinunter. Auf halbem Weg die Straße hinunter sah sie die grell gestrichene Lokomotive, die Weltraumrakete und das Klettergerüst, die im Dämmerlicht aufleuchteten wie eine übergroße Photographie.

Sie schaute schnell zurück und sah, wie Beatie durchsichtig wurde. Das flaschengrüne Tuch verwandelte sich in eine Spinnwebe, ihr blasses kleines ovales Gesicht leuchtete einen Augenblick lang auf und war dann verschwunden. Sah sie eine emporgestreckte Hand, die ihr zum Abschied zuwinkte?

„Beatie!" rief sie.

Aber oben am Ende der Straße war nichts als die ausgetretene Treppe. Die kahlen Mauern großer Häuser bildeten die Begrenzungen für den steilen Felsabhang und waren hell erleuchtet von schattenlosem elektrischem Licht von einer unsichtbaren Kugel.

Abigail wandte sich ab. Ihre Augen sahen nicht klar. Sie sah den „Mitchell“ aufragen, unglaublich hoch für jemand, der nun an kleine Häuser kaum höher als Sonnenblumen gewöhnt war. Es war ein phantastischer Obelisk, dessen gewölbte Fenster eine Phantomstadt eines anderen Zeitalters widerspiegelten.

Sie starrte so verwundert darauf, wie Beatie es beim Anblick des Gebäudes vielleicht gewesen wäre – da erklang der letzte Glockenschlag von der Rathausuhr, der die halbe Stunde anzeigte.

War es möglich? Daß überhaupt keine Zeit vergangen war? Daß all die Wochen und Monate, die sie in einer anderen Welt gelebt hatte – in denen sie herangewachsen war, wie sie es niemals in dieser Welt hätte erleben können –, zwischen zwei volltönenden Glokkenklängen vergangen waren?

Der Gedanke war so unheimlich, daß sie anfing zu zittern. Zeit ... wer wußte überhaupt etwas darüber? Daß sie im Jahre 1873 normal schnell vergangen war, war noch lange kein Grund anzunehmen, daß die Zeit auch im Jahrhundert darauf genau gleich verstrichen war. Aber es war Winter, so wie es Winter gewesen war, als sie ihre Zeit verlassen hatte. In dem leichten Baumwollkleid fror sie erbärmlich. Die braunen Blätter der Wasserulmen, dürr und brüchig wie braunes Papier, trieben an ihr vorbei.

„Aber welcher Winter?“

Beunruhigt näherte sie sich dem Spielplatz. Die Kinder schienen noch dieselben Anoraks und wollenen Mützen zu tragen. Über ihr flog pfeilförmig ein Flugzeug dahin. An seiner Bauweise konnte sie keinen

Unterschied zu Flugzeugen, wie sie sie kannte, feststellen.

Die Eingangshalle des „Mitchell“ war erleuchtet, aber sie hatte Angst, näher hinzugehen.

„Auch wenn es das kommende Jahr ist“, dachte sie, „und Mum fort ist, was soll ich tun, wie soll ich es erklären?“

Aber sie konnte nicht ewig in dem eisigen Wind stehenbleiben. Entschlossen ging sie zum „Mitchell“. Irgend etwas an ihren Füßen fühlte sich seltsam an. Sie hob den Kleidersaum an und sah, daß sie noch immer Doveys geringelte Wollstrümpfe trug und Großmama Talliskers beste Schuhe.

„Jetzt kann ich sie ihr nie mehr wiedergeben“, dachte sie. „Oh, was wird sie von mir denken?“

Dann rannte sie in die schöne Eingangshalle, in den Aufzug und fuhr hinauf. Plötzlich dachte sie: „Der Wohnungsschlüssel, wo ist er?“ Aber er war noch immer mit einer Sicherheitsnadel in der tiefen Tasche ihres Kleides festgesteckt.

Als sie die Tür aufschloß, vernahm sie etwas, das in ihren Ohren wie Musik klang – Vincent von nebenan hatte einen seiner Heul- und Tretkoller, und Justine brüllte auf ihn ein, als würde sie gleich durchdrehen.

„Gott sei Dank, Gott sei Dank“, sagte Abigail. Sie knipste die Lampen an. Die Uhr zeigte zwanzig vor sechs. Die Morgenzeitung lag hingeworfen auf der Küchenbank. Abigail schnappte sie begierig. Das Datum war noch immer der 10. Mai. Es war unglaublich. Soviel war passiert, Ängste und Freundschaften und Schocks, die schmerzlichen Wonnen und zarten Wunden der ersten Liebe: Und all das war zwischen zwei Glockenschlägen von der Rathausuhr geschehen.

Sie hätte sich am liebsten in den Bärensessel fallen lassen und tagelang geweint. Eine Brandwunde auf ihrem Arm schmerzte, die Knochen taten ihr weh, im Nacken hatte sie noch immer einen Sonnenbrand vom Ruderausflug. Das Herz wurde ihr schwer. Sie würde Judah nie wiedersehen, weder in diesem Leben noch sonstwo.

„Ich kann nicht daran denken", dachte Abigail wie rasend.

Aber sie wußte, daß ihre Mutter nach der Szene im Trödelladen an diesem Tag (der ihr schon so weit weg erschien, daß sie sich kaum mehr daran erinnern konnte, was sie zueinander gesagt hatten) früh nach Hause kommen würde. Voller Panik lief sie in ihr Schlafzimmer, riß sich die Schuhe und Strümpfe von den Füßen und warf sie hinter die Lade ihres Couchbetts, wo sie schon immer ihre größten Schätze versteckt hatte: alte Tagebücher, kaputtes Lieblingsspielzeug und die schönsten Kleider aus ihrer Kinderzeit. Ein Stück Papier flatterte heraus. Darauf stand in Kinderschrift: „Hofentlich krigt Jann Pikkel, wen ich eine Häxe kennen würde, dann würde sie wälche kriegen."

Abigail warf den Fetzen wieder unter ihre Schätze und den Staub. Wie wenig sie doch verstanden hatte!

Sie überlegte sich, daß sie am nächsten Tag das Kleid verbrennen würde. Sie riß es sich vom Leib und zog Pullover und Hose an. Ihr Gesicht, hatte es sich verändert? Auf irgendeine nicht zu beschreibende Art hatte es sich verändert: Die Haut war blasser und zarter, und ihre Augen wirkten dunkler. Oder waren die Wimpern länger geworden?

„Oh, Mensch! Meine Haare!" Sie reichten ihr fast bis zur Taille. Sie schüttelte den Kopf, bis sich die Zöpfe lösten, die noch mit einem Stück rotem Band aus Doveys Brauttruhe zusammengehalten waren, nahm die Schere und schnitt es bis zu den Schultern ab. Es war quer gekräuselt von dem monatelangen Flechten. Ihrer Mutter würde das bestimmt auffallen. Sie kniete sich hin, hielt den Kopf unter den Badewannenhahn und wusch sich gründlich die Haare.

Die Vordertür wurde geöffnet. „Bist du da, Abigail?"

„Klar, Mum!"

Schnell wickelte sie sich ein Handtuch um den nassen Kopf, versteckte die abgeschnittenen Haare unter der Matratze und ging ins Wohnzimmer. Kathy war aufgeplustert wie ein wütender Vogel. Abigail konnte es sich nicht verkneifen und lachte sie an wie ein Idiot, weil sie sich so freute, sie zu sehen – nicht einen Tag älter geworden, nicht die Spur verändert, eben Mum, fröhlich, liebenswert und ganz die alte.

„Wieso grinst du, du kleiner Schuft? Wie konntest du nur einfach so ohne ein Wort wegrennen?"

„Es tut mir leid, Mum. Es war kindisch. Aber ich habe mich über dich geärgert und war wütend auf dich."

„Hm, das ist verständlich." Kathy hörte plötzlich auf und starrte ihre Tochter an. „Komisch, einen Moment dachte ich, du sähst ganz verändert aus. Älter oder so."

„Das liegt an meiner Scheich-von-Arabien-Aufmachung", sagte Abigail und schob den Handtuch-Turban keck über ein Auge. Aber Kathy faßte sie an den Schultern und drehte sie ins Licht.

„Erstaunlich ... du siehst doch anders aus ... aber ich habe dich wohl schon länger nicht mehr richtig in Augenschein genommen." Sie warf ihre Handtasche auf einen Sessel. „Oh, wie ich mich aufgeregt habe, konnte nicht mehr klar denken. Du weißt ja, wie ich dann bin. Wie von Sinnen, platze gleich los." Sie sah Abigail erneut an. „Eben habe ich mir vorgestellt, wie du in ein paar Jahren aussehen wirst. Es war ... unheimlich. Ich vergesse, daß du erwachsen wirst, weißt du."

„Ich auch", sagte Abigail. Sie schlang die Arme um ihre Mutter und hob sie fast in die Höhe. „Wenn du wüßtest, wie froh ich bin, daß du da bist."

„Jesses, war das furchtbar heute", murmelte Kathy. „Und wie wir uns in die Wolle gekriegt haben!"

„Ich habe auf dem Nachhauseweg darüber nachgedacht", begann Abigail, aber Kathy legte ihr einen Finger auf die Lippen. „Kein Wort mehr darüber. Jedenfalls nicht heute abend."

Abigail nickte.

Abends im Bett fragte sich Abigail, ob Beatie heil nach Hause gekommen war.

„Aber sie ist nicht mit in meine Zeit gekommen. Großmama hatte wohl recht. Beatie hatte die Gabe nur kurz während und nach dem Fieber. Na ja, ihr wird es lieb sein."

Aber vor allem kreisten ihre Gedanken um Judah. Sie konnte ihn nicht aus ihrem Kopf verscheuchen. Der Blick in seinen Augen, als er Dovey umarmte, wobei all seine nordische Zurückhaltung verschwunden war, seine Dankbarkeit und Erleichterung.

„Liebe, du Närrin, nicht Erleichterung", sagte Abigail grausam zu sich selbst. „Er liebt sie, warum auch nicht? Sie ist auf alle Fälle viel netter als du. Wenn er mich doch auch so angeschaut hätte, nur ein einziges Mal ..."

Sie versuchte, ihre Gedanken auf etwas anderes zu lenken. Morgen würde sie warten, bis ihre Mutter in den Trödelladen gegangen war, dann würde sie die Häkelspitze unten in der Müllverbrennungsanlage verbrennen. Damit würde die Tür zum anderen Jahrhundert für immer verschlossen sein.

Aber Judah stand ihr so lebendig vor Augen, so quicklebendig. Ihr ganzes Denken und alle ihre Gefühle waren auf ihn gerichtet.

„Ich vermisse ihn, das ist es", sagte sie.

Sie wußte, daß Mädchen mit vierzehn so empfanden. Sie erinnerte sich an Samantha Peel, die eine geschlagene Woche heulte, als man einen Popstar oder so tot auffand. „Ich hätte mich um ihn gekümmert und ihn glücklich gemacht", hatte Samantha geschluchzt, „auch wenn er drogenabhängig gewesen wäre." Sie erinnerte sich, daß manche Mädchen sich hoffnungslos in Lehrer verliebt hatten und sich durch ständige Anrufe, durch Zettelchenschreiben, Geschenke und weil sie ihnen dauernd auflauerten, zur Plage entwickelt hatten.

„Ich werde darüber hinwegkommen", dachte sie. Aber sie spürte, daß sie anders war als die anderen.

Sie hatte sich nicht so oft verliebt wie die anderen

Mädchen. Sie war nie zuvor von jemand so hingerissen gewesen. Und doch war da das Wissen, daß, nachdem sie sich in Judah verliebt hatte, die Leere in ihr nicht mehr leer war. Noch jedenfalls empfand sie keine Leere, obwohl das bald wieder der Fall sein würde.

Aber jetzt mußte sie ihn aus ihrem Kopf verbannen, schlafen, das gewöhnliche Leben des gewöhnlichen Schulmädchens Abigail Kirk führen. Sie sprang aus dem Bett, machte das Fenster auf und lehnte sich hinaus in den eisigen, peitschenden Seewind.

„Der Wind geht durch einen durch wie Nadelstiche." Sie hörte Großmamas Stimme, die von den Orkneys erzählte.

„Großmama muß ich auch vergessen und das Jahr 1873, und Beatie und Doveys kleinen Ring mit dem Granat!"

Sie starrte blind hinunter auf die glitzernde Stadt, folgte mit den Augen den Autos auf der funkelnden Brücke, sah hinüber zum Opernhaus, das schwach leuchtete wie ein wundervoller Schmetterling, der über dem Meer schwebt.

„Wofür hätte Beatie es wohl gehalten? Für den Zauberpalast eines Riesen? Ich hatte nie die Gelegenheit, es ihr zu erklären." Sie stieß einen Schluchzer aus, der halb wie ein Schnauben klang, weil ihr der Wind in den Mund blies. „Jener abscheuliche Ort ist wirklicher als dieser! Und ist es doch nicht, ist es doch nicht. Wahrscheinlich gibt es an der Ecke Cambridge Street/Argyle Street keinen Laden mehr. Ich darf nicht weinen. Sonst sehe ich verheult aus, und es würde Mum morgen früh auffallen. Ich muß schlafen!"

Sie legte ihr grünes Kleid zusammen und nahm es mit ins Bett. Sie strich sanft darüber, und nach einer Weile schlief sie ein.

Aber ihr Schlaf war voller Träume.

Es waren seltsame Träume.

Sie sah Beatie in einem Studierzimmer, denn die Wände waren voller Bücherregale. Beatie saß an einem mit Leder bezogenen Tisch, den Kopf über ein Buch gebeugt. Sie war kein Kind mehr, sondern eine junge Frau. Ihr Haar lag glatt am Kopf und war mit mathematischer Genauigkeit in der Mitte gescheitelt. Die übrigen Haare steckten in einem schwarzen gestrickten Haarknoten oder Haarnetz.

„Oh, Beatie", rief Abigail froh, „was liest du da? Ist es Latein? Unterrichtet Mr. Taylor dich etwa?"

Aber Beatie hörte sie nicht. Ihr Gesicht war ernst und entschlossen. Da fiel Abigail auf, daß nicht nur der Haarknoten schwarz war. Das Mädchen war in Trauer.

„Aber um wen trauert sie? Doch nicht um die liebe Großmama? Oh, ist Gibbie doch gestorben?"

Im Nu verschwand das Studierzimmer, und Abigail war auf einem Schiff. Die Wellen rollten zischend und wogend längsseits vorbei. Sie waren grau wie Marmor. Das Schiff schlingerte und knarrte. Von hoch oben, wo Schauer von salzigen Tropfen herabrieselten, kam ein Trommeln. Aber sie spürte keine Bewegung. Eingehüllt in seine Matrosenjacke und eine Wollmütze auf dem hellen Kopf, saß Judah auf einer Segeltuchrolle und besserte wohl irgendwelches Schiffsgerät oder so aus. Anders als Beatie war er nicht älter geworden.

„Judah!“ rief sie freudig, aber er sah nicht auf. Die Rolle und das Tau in seinen Händen verwandelten sich in ein Messer und eine kleine hölzerne Figur, die er geschnitzt hatte. Irgendwie wußte sie, daß die Figur sie darstellte. Mit einem Ausruf, den sie nicht verstehen konnte, schleuderte er sie über Bord, wo sie sich in Abby verwandelte, bekleidet mit Doveys Bluse und Sergerock, und sich in den Wellen steif auf und ab bewegte wie eine Statue oder die Galionsfigur eines Schiffs.

„Oh, Judah“, schluchzte Abigail, „wie konntest du?“

Sie wachte verwirrt und voller Angst auf und stellte fest, daß ihre Mutter sie rüttelte.

„Du hattest einen schlimmen Alptraum, hast geschrien und geweint.“ Sie setzte sich neben ihre Tochter, die benommen ins Licht blinzelte. „Ist wirklich alles in Ordnung?“

„Er hat mich weggeworfen“, schluchzte Abigail. „Aber ich habe Dovey für ihn gerettet, nicht wahr?“

„Na, na, armer Schatz“, tröstete ihre Mutter. „Es ist nur ein Alptraum. Du meine Güte, und was für ein dramatischer!“

„Oh, Mum“, schluchzte Abigail, „warum ist das Leben so schrecklich? Warum müssen sich die Menschen mit so vielen furchtbaren Dingen herumplagen? Wie kommt es, daß Leute einen nicht mögen, nur weil man jemanden liebt?“

„Pst, ruhig“, sagte Kathy. „Du hast geträumt. Jetzt ist alles gut. Morgen früh ist alles vergessen.“

Am nächsten Tag sprach Abigail nicht von ihren Träumen, und ihre Mutter schloß daraus, sie hätte sie vergessen. Aber sie faßte ihre Tochter bei den Schultern und betrachtete sie forschend.

„Doch, du hast dich verändert!“

„Wie sollte ich, Mum?“ fragte Abigail mit einem Lächeln. Kathy schüttelte den Kopf.

„Natürlich, es ist ausgeschlossen.“

„Hauptsache, du bist noch ganz die alte“, sagte Abigail.

Sie ging in den Trödelladen mit dem Gefühl, als kehrte sie nach langer Abwesenheit wieder hierher zurück.

Er war so anders als Samuel Bows Süßwarenladen, alles war so geschickt angeordnet, voller bunter ulkiger Schätze. An den Wänden standen gestrichene Kulissen von Ballettgruppen, die in Sydney gastiert hatten, als Kathy noch klein war: Scheherezades goldglitzernde Fenster und Ali Babas Krug; geheimnisvolle Baumalleen von Les Sylphides' Zauberwald. Da gab es einen mit Stickerei verzierten Hocker, eine mit gelben Rosen bemalte Klaviaturzither und Miniaturbilder von kleinen Jungen mit tomatenroten Backen in Seemannsanzügen.

Kathy war damit beschäftigt, die Familienbilder zu säubern, die sie von St. Mary's mitgebracht hatte. Einige der Porträts waren handgemalt.

„Erstaunliche Farbzusammenstellungen haben die Leute in der viktorianischen Zeit getragen“, bemerkte sie. „Sieh mal das hier – blauer Krinolinenrock, magentarote Jacke und am Hut eine gelbe Feder.“

„Die armen Leute nicht“, verbesserte Abigail. „Sie trugen ungebleichtes Leinen, graue Wollsachen und eine weiße Schürze. Und lustige Strümpfe mit Ringelstreifen wie Glasgowsteine."

„Woher um alles auf der Welt kennst du Glasgowsteine?" fragte ihre Mutter.

„Hab' sie in einem alten Süßwarenladen gesehen", erwiderte die Tochter wahrheitsgemäß.

Sie fühlte sich kaputt und ruhelos, und als Kathy mit dem Katalogisieren und Auszeichnen fertig war, fragte sie, ob sie nach Hause gehen dürfe.

Kathy sah sie scharf an. „Dir geht's doch gut, oder, Schatz?"

„Bin die Ferien leid, das ist alles." Abigail zuckte die Achseln. „Aber ich will nicht nach Hause, um mich in den Bärensessel zu hocken und einen Flunsch zu ziehen. Ich dachte, ich gehe ein bißchen in den Rocks spazieren und sehe mich dort um. Es ist so ein merkwürdiger alter Ort."

Bevor sie ging, umarmte sie ihre Mutter und sagte: „Geht schon in Ordnung mit Norwegen, weißt du."

„Nanu, da bin ich platt!" sagte Kathy. Sie stotterte: „Aber ... was ... wie ..."

„Ich weiß auch nicht, warum ich so ein Theater gemacht habe", sagte Abigail. „Ich weiß es einfach nicht. Es war wohl der erste Schock oder so. Aber es geht in Ordnung. Wenn Dad noch will, daß ich mitkomme, dann komme ich mit."

Kathys Augen leuchteten. Vor Aufregung machte sie einen kleinen Satz in die Höhe.

„Ssssh!" warnte Abigail. „Ein Kunde. Bis heute abend, Mum."

Als sie die Argyle Street hinauflief, kam es ihr fast

vor, als wäre sie auf dem Weg nach Hause. Sie roch förmlich den Zuckerduft vom Süßwarenladen. Sie schaute sich um, um zu sehen, ob Beatie stirnrunzelnd und mürrisch die Straße entlanggestapft kam.

Aber die Argyle Street wurde von der Sonne beschienen und war menschenleer. Es war keine Touristensaison, oder vielleicht waren sie alle im Argyle-Kunstzentrum. Sie ging am Kunstzentrum vorbei, stellte sich unter einen kahlen Baum und sah auf die Mauer an der Ecke der Cambridge Street. Eine Backsteinmauer. Sie wußte nicht, was sich dahinter befand, und es interessierte sie auch nicht. Quer über der Cambridge Street flatterten Wäscheleinen im Wind, genau wie in Großmamas Zeit. Auf der Schnellstraße über ihr dröhnte der Verkehr.

In dieser sonnigen leeren Welt wanderte sie umher; sie war ordentlich und scheinbar unbewohnt. War es erst gestern gewesen, daß sie diese Straße gesehen hatte und es nur so wimmelte von zerlumpten, dreckigen Bewohnern, die verkauften, kauften und laut durcheinanderriefen, in der es Hundekämpfe, Schweine und „Das phänomenale Kind“ gab? Die Garrison-Kirche war unverändert, außer daß sie jetzt an der Ostseite ein Dreifaltigkeitszeichen aufwies.

Zerfallene Stufen, die ins Nichts führten, ein Gestrüpp von blauem Immergrün und Brombeeren rankte an der Kirche hoch bis zum Dachfirst, dort wo ehedem das Haus des Schulmeisters gestanden hatte, in der damaligen Princes Street. War Beatie je freudig diese Stufen zu Mr. Taylors Studierzimmer hinaufgerannt, um dort zu studieren, wonach sie so gelechzt hatte?

Es war wunderlich, erschreckend, daß alle Anzeichen vom Leben der Familie völlig verschwunden waren, so als hätte es diese Menschen nie gegeben. Es war, als wäre die Zeit ein riesiges schwarzes Loch, das sämtliche Spuren des Leids eines Menschen, seiner Freuden, seine kleinen Hoffnungen und Freundlichkeiten verschluckte. Genauso würde es ihren Eltern und ihr ergehen.

Abigail wandte sich ab und ging durch ein ihr noch vertrautes Labyrinth von Straßen. Fiel eine Straße sehr steil ab, ging der Weg in Treppen über. Noch immer gab es an oder auf den Felsen gebaute Häuschen, oder sie waren in den lebenden Fels gebaut. Die Klippen waren naß unter den im Winter blühenden Reben. Wie seit undenklichen Zeiten, so wuchsen auch jetzt Feigenbaumwurzeln schlangenförmig herab. Es gab noch immer Aborte am Ende der winzigen Höfe. Nur die Menschen waren verschwunden, die Bettler, die Lausbuben mit ihrem vor Dreck steifen Haar, die von Räude befallenen Hunde, der Hutmacher mit zwölf Hüten, „mit Lohe gegerbt". Seltsam, wie unabhängig und fidel sie gewesen waren. So arm wie dreckig, aber voller Lebenskraft.

Sie traute sich nicht, oben auf die Klippe oberhalb von Walsh Bay zu gehen, wo Beatie, Judah und sie die Jakobsleiter ans Seeufer hinuntergeklettert und ins Boot gestiegen waren. Es würde dort nur Docks geben und völlig anders aussehen.

Es war wie ein Traum, aber wie einer, der weh tat, als wäre ihr ein Messer in die Brust gestoßen worden. Die Leere in ihr war so leer, daß sie es nicht länger ertragen konnte, kehrt machte und nach Hause ging. Sie nahm ihre abgeschnittenen Haare und ihr grünes Kleid und fuhr mit dem Aufzug an der Rückseite hinunter zu der großen Müllverbrennungsanlage, die zum Gebäudekomplex gehörte.

Der Stoff aus der edwardianischen Zeit ließ sich leicht in Stücke reißen. Er war sowieso so gut wie hinüber. Sie warf ihn in den Ofen und stieß ihn mit der Eisenstange hinunter. Die Häkelpasse blieb in einem Stück. Sie hielt sie einen Augenblick, sog die alten Düfte von Doveys Brauttruhe, Mottenkugeln und Lavendel ein. Der schwache süße Duft, den sie wahrnahm, stammte, laut Beatie, vom Schwanz einer Bisamratte, der in Musselin eingenäht wurde.

Sie warf die Häkelei oben auf die glimmenden Fetzen ihres Kleids. Kurz loderten Flammen auf. Sie sah eine karmesinrote Linie, die entlang den Umrissen einer Blume verlief, dann schwarz wurde und verkohlte.

„Nein, ich kann es nicht!“ sagte Abigail, steckte ihre Hand hinein und fischte die Häkelspitze heraus. Sie trat stampfend die kleinen Flammen aus, die sich hier und da zeigten, schüttelte die schwarz gewordenen Stellen ab und faltete die Spitze klein zusammen.

„Ich habe Beatie nicht mein ‚Ehrenwort‘ gegeben“, erinnerte sie sich.

Sie legte die Häkelei zusammen mit Doveys Strümpfen und Mrs. Talliskers Schuhen weg.

Kapitel 12

Ein paar Tage darauf brachte Kathy Abigails Vater zum Abendessen mit nach Hause.

„Wie gut er aussieht!“ dachte Abigail.

Wie bei vielen Leuten skandinavischer Abstammung war sein Haar mehr verblaßt als grau geworden. Von einem Aschgold hatte es sich in ein Aschsilber verwandelt.

„Oh, Lynnie“, sagte er nur und breitete die Arme aus.

Das Gesicht an seinen Wildledermantel gepreßt, dachte Abigail an jene andere Zeit, als es ihr von Judahs rauhem wollenem Hemd in der Nase gekitzelt hatte. Ihre Sehnsucht war unerträglich. Ihr Vater, der die Tränen in ihren Augen sah, sagte: „So ist mir auch fast zumute. Aber du hast gar nicht protestiert, als ich dich Lynnie genannt habe.“

Abigail blinzelte die Tränen weg. Was hatte Weinen für einen Zweck. Sie stand an der Schwelle zu einem anderen Leben unter anderen Menschen. Sie würde nicht einmal mehr den „Mitchell“ oder Natalie haben. Sowohl räumlich als auch zeitlich würden sie Welten von Beatie Bows Welt trennen.

Sicher würde die räumliche Entfernung vieles erleichtern. Sie war nicht wie Zeit, die sich im Nu ausdehnen, umkehren und sich in eine völlig andere Zeit verwandeln konnte.

„Was war ich bloß für ein Trottel, Daddy", sagte sie. „Aber trotzdem, ich fühle mich mehr wie Abigail."

Kathy Kirk, die die beiden beobachtete, stahl sich leise in die Küche. Sie störte die beiden jetzt wohl besser nicht, sie hatten einiges nachzuholen.

Weyland Kirk erzählte Abigail von seinen Plänen: Vom Segeln und vom Skifahren in Norwegen; wie reizend die norwegischen Jungen wären.

„Du solltest sie sehen in ihren blauen Abendanzügen aus Samt", sagte er. „Atemberaubend."

„Ich kann es nicht abwarten." Sie lächelte.

„Aber für was Ernstes bist du zu jung", sagte er.

„Ich werde bald fünfzehn", sagte sie. Er seufzte.

„Ja, doch nicht mehr ganz so jung. Alt genug, um dir die Sache mit Jan auseinanderzulegen? Weil ich finde, wir sollten alles klären, bevor wir wieder als Familie zusammenleben. Deine Mutter versteht es, aber vielleicht ..."

Er schaute so ängstlich, so verlegen, daß Abigail lachen mußte.

„Du mußt es nicht erklären, Dad. Ich weiß, wie es war. Du hast sie noch für ein Kind gehalten, dann hast du gemerkt, daß sie dich liebte, und da wurden die Dinge kompliziert."

„Woher hast du gewußt ...?" Er hielt inne und sagte bewegt: „Oh, Lynnie ... Abigail ... es tut mir so leid, alles."

Damit wurde entschieden, daß Abigail zunächst ein Vierteljahr weiter die Schule besuchte. Dann waren in

Europa ohnehin die langen Sommerferien, und im August würden sie nach Oslo gehen. Somit blieb Kathy genug Zeit, im Trödelladen alles zu regeln, einen Mieter für die Wohnung im „Mitchell“ zu finden und für alle drei die Vorbereitungen für den langen norwegischen Winter zu treffen.

Dann folgte eine Zeit, in der Abigail ihre lange Übung, ihre Gefühle für sich zu behalten, sehr zustatten kam. Sie war sicher, daß weder ihr Vater noch ihre Mutter wußten, was in ihr vorging. Ihr selbst war einzig und allein bewußt, daß die Leere in ihr so grenzenlos war, daß sie sich einbildete, sie könnte darin den Wind pfeifen hören, immer im Kreis herumwirbelnd auf der Suche nach einem Fleckchen zum Ausruhen.

Hin und wieder ging sie mit Natalie und Vincent zum Spielplatz. Die Kinder hatten das Beatie-Bow-Spiel aufgegeben. Sie waren jetzt auf ein anderes Spiel versessen. Natalie sagte wehmütig: „Eigenartig, Abigail, aber ich sehe Stoppelhaar in letzter Zeit nie mehr. Wo sie wohl sein mag?“

„Wahrscheinlich zu Hause“, sagte Abigail, „kämmt sich die Haare und hofft, daß sie wachsen, damit sie auf der Hochzeit Brautjungfer sein kann.“

„Wer heiratet?“

„Ihr Bruder und ihre Kusine.“

Natalie lachte entzückt. „Oh, du denkst dir eine Geschichte über sie aus! Und – sind ihre Haar lang genug?“

„Ich weiß es nicht, Natalie. Ich denke es mir eigentlich nicht aus. Wir müssen nach Hause gehen, es ist schon ganz dunkel.“

„Gut“, sagte das kleine Mädchen willig. „Aber wenn du die Geschichte noch weiterspinnst, Abigail, dann erzählst du sie mir doch ganz bestimmt, ja? Bekommt sie zur Hochzeit ein neues Kleid?“

„Ich habe dir doch schon gesagt, daß ich es nicht weiß“, sagte Abigail so kurz angebunden, daß sie sich schämte. Im Grunde sehnte sie sich danach, sich irgendwo mit Natalie hinzuhocken – an einen Fleck, wo Vincent oder irgendein Erwachsener sie nicht finden würde – und eine Geschichte zu erzählen: „Es war einmal, vor hundert Jahren, ein kleines Mädchen namens Beatie Bow. Sie bekam das Fieber. Ihre Mutter starb, und ihr Bruder starb. Ihr wurden die Haare kahlgeschoren, weil das damals so üblich war ...“

Da wurde ihr bewußt, daß sie sich nicht nur nach Judah, sondern nach allen Bows sehnte. Sie wollte Dovey wiedersehen, wie sie an ihrem Bett kniete, wobei ihr steifes Bein ein wenig seitlich unter dem scheußlichen roten Flanellmorgenrock herausragte, und in ihrem schlichten Glauben ihre Gebete aufsagte. Sie wollte Großmama helfen, Dudelsäcke in der Pfanne zu machen, das waren gebratene Zwiebeln, eingedickt mit Hafermehl, das braun werden mußte, ein Gericht, das irgendwie scheußlich lecker schmeckte; oder Durcheinander, das war Eintopf mit Hammelfleisch; oder Hafermehlkuchen, der auf dem heißen runden Metallblech, dem Röstblech, gebacken wurde. Außerdem hatte sie Gibbie *Die Schatzinsel* noch nicht zu Ende erzählt. Sie fragte sich, ob das je jemand tun würde, oder ob er zu Grabe getragen werden würde, ohne von Long Johns Schicksal und dem Papageien zu erfahren.

Sie mußte wissen, was aus all den Menschen geworden war. Sie mußte es herausfinden, bevor sie Australien verließ, damit sie noch in Norwegen weiter über sie nachdenken konnte.

Sie wußte, daß es albern war – als wenn man sich auf einen Zahn biß, der weh tat, oder Salz auf Wunden streute und wie all die leeren Sprüche noch hießen. Aber sie ging in die Zeitungsabteilung der öffentlichen Bücherei und fragte nach den alten Ordnern mit der *Sydney Morning Herald* vom Dezember 1873 und vom Januar und Februar 1874. Sie mußte einen Bogen ausfüllen und einen Grund angeben, warum sie die Zeitungen einsehen wollte, und schrieb: „Geschichts-Projektarbeit", was ihrer Ansicht nach ja auch zutraf. Die riesigen gebundenen Mappen wurden gebracht und auf die schrägen Lesetische gelegt. Verwundert stellte sie fest, daß die Zeitungen zehn oder zwölf Seiten Anzeigen enthielten, ehe der Leser zu den Seiten mit den Hauptnachrichten kam, auch wenn es keine Schlagzeilen gab.

Wonach suchte sie?

Sie wußte, Judah und Dovey würden im Traum nicht darauf kommen, eine Heiratsanzeige in die Zeitung zu setzen. Das war den feinen Leuten von den High Rocks vorbehalten. Trotzdem las sie die Geburts-, Todes- und Heiratsanzeigen. Keine Talliskers, keine Bows.

Auf der Nachrichtenseite sah sie zufällig einen Hinweis auf Namen, die sie kannte, Mr. Gladstone, der Premierminister von Großbritannien, Disraeli, Herzog von Edinburgh, der eine russische Prinzessin heiratete. Sie hatte nicht gewußt, daß es noch einen zweiten Herzog von Edinburgh gab.

Sie schaute auf und sah, wie ein alter Mann ihr über den Tisch hinweg einen giftigen Blick zuwarf, weil sie die steifen alten Seiten mit zu lautem Geraschel umblätterte. Vorsichtig schlug sie die Anzeigen auf. Aha, das war ihr vertraut: Eisenwarenhandlungen, die Röstbleche verkauften, Petroleumlampen, Kochherde, Feldöfen; Mark Foys Miederwarenhandlung; Davis Jones' neue Ladung feinster Samte, Schleifen, Reiherfedern und Straußenfedern, ab Schiff *Oriel*. Sie war aufgeregt, denn jetzt spürte sie, daß es die 1870er Jahre wirklich gegeben hatte, daß aufgedonnerte Frauenzimmer und elegante Damen bei David Jones kauften. Wenn Großmama Talliskers Mieder aufgetragen war, hatte sie vielleicht ein neues bei Mark Foy gekauft. Vermutlich aber erstand sie eher ein gebrauchtes an einem Stand, dachte Abigail und blätterte leise die Seiten um. Die Tage und Wochen huschten vorbei, ließen hier einen Namen hervortreten, da eine Überschrift, da gab es Spalten über neu eingetroffene Schiffsladungen, Meldungen am Rande, Toter durch ein durchgehendes Pferd in Pitt Street, die *Brothers* mitsamt Besatzung gesunken.

Ihr blieb das Herz stehen. Nach einer Weile fiel ihr auf, daß ihre Augen, ohne daß sie etwas wahrnahm, auf den alten Mann ihr gegenüber geheftet waren. Der starrte sie nur um so giftiger an. Sie richtete ihren Blick wieder auf die Meldung. Vollbeladen mit Holz, war die *Brothers* in einem Sturm hundert Meilen nördlich vor der Küste Sydneys gekentert. Ein Teil der wertvollen

Fracht war ans Ufer getrieben und geborgen worden. Das Datum war der 4. Februar 1874.

Sie konnte sich nicht daran erinnern, daß sie am Quay entlang nach Hause gegangen war. Als sie in den Aufzug im „Mitchell“ ging, kamen Justine und die zwei Kinder herausgestürzt. Justine sagte heiter: „Bist bestimmt ganz aufgeregt, triffst Vorbereitungen für Norwegen. Du Glückliche.“

„Ich Glückliche“, sagte Abigail ebenso heiter.

Es war sonderbar, wie ihre Beine Schritte machten, ihre Arme sich bewegten, ihre Hand den Schlüssel in der Tür herumdrehte. Es war gerade so, als ob ihr Körper weiter wußte, was er zu tun hatte, obwohl ihr Denken erstarrt war vor Entsetzen. Sie zog die Lade aus dem Couchbett, nahm die Häkelspitze heraus und setzte sich in den Bärensessel.

„Großmama“, sagte sie zu dem leeren Zimmer, „ich muß ihn warnen, das weißt du.“

Die Häkelspitze war schlimmer in Mitleidenschaft gezogen, als sie gemeint hatte. Durch die Hitze in der Verbrennungsanlage hatten sich einige der alten Fäden aufgelöst. Die Spitze zerfiel unter ihren Händen. Sie sammelte die Fetzen auf, hielt sie an die Brust und wandte ihre Gedanken mit aller Macht auf Großmama, auf Beatie in ihrer Bank in der Armenschule – auf jeden, der sie vielleicht hörte und ihr in die Zeit zurückhelfen konnte, kurz bevor Judah sich auf der *Brothers* einschiffte und ertrank.

Sie spürte, wie übermächtige Liebe und Verzweiflung ihren ganzen Körper anspannten.

„Großmama!“ Es war ein stummer Schrei, wie der,

den sie damals, als sie oben in dem alten Lagerhaus war, ausgestoßen hatte. „*Großmama!*"

Das Wohnzimmer begann zu wogen, als befände es sich hinter einem Gazetuch, das der Wind sanft kräuseln ließ. Das Fenster, das aufs Meer, den Himmel und die Brücke zeigte, verdunkelte sich und hörte auf zu sein.

Sie war irgendwo, weder im „Mitchell" noch zurück in den Rocks. Sie schwebte wie in einem Traum, hörte nichts und fühlte nichts, schaute nur. Was sie da sah, war eine Mietdroschke mit weißen an die Tür geknoteten Bändern, die draußen vor der Garrison-Kirche, Heilige Dreifaltigkeit, wartete. Das magere alte Pferd hatte auf dem Kopf eine weiße Rosette, und der Kutscher hatte sich eine weiße Rose in sein Hutband gesteckt.

Abigail starrte darauf wie auf ein Bild. Sie konnte nichts tun, sie konnte nur warten. Dann kam Beatie aus der Kirche gerannt. Sie trug Festtagskleidung, einen Kranz aus gelben und purpurroten Stiefmütterchen auf ihrem noch immer kurzen Haar und ein weißes Kleid mit einer plissierten Halskrause. Unter dem Kleid schauten weiße Strümpfe und Schuhe mit Schnürbändern hervor.

Dann kam Mrs. Tallisker, eingehakt bei Mr. Bow. Beide waren noch in Trauerkleidung. Mrs. Tallisker hielt einen kleinen Korb mit Lavendelzweigen in der Hand.

„Großmama! *Großmama*!" rief Abigail stumm in die Stille. Die alte Frau schaute sich unruhig um, dann wurde ihre Aufmerksamkeit auf die Kirchentür gelenkt, wo sich eine Menge Schaulustiger lachend und klatschend teilte.

Judah und Dovey erschienen, der große Judah überragte das kleine hinkende Mädchen. Dovey trug ein unifarbenes graues Baumwollkleid und einen bescheidenen Hut mit weißen Bändern, die unter dem Kinn verknotet waren.

„Judah! Geh nicht auf die *Brothers*. Sie wird sinken! Tu's nicht, tu's nicht!"

Aber Judah ermahnte einige Männer, vermutlich seine Schiffskameraden, die ihre Späße trieben und einander schubsten, als sie aus der Kirche kamen. Beatie streute Reiskörner, und sofort kamen die Spatzen von den Bäumen im Park herabgeflogen und pickten die Körner vor den Augen der Schaulustigen auf.

„Weg mit euch, ihr verflixten Dinger!" Abigail konnte von Beaties Lippen ablesen, was sie sagte. Großmama lächelte, zog das kleine Mädchen an sich und sagte etwas zu ihr.

„Beatie, kannst du mich nicht hören?" schluchzte Abigail. „Oh, Beatie, hör mir zu, ich will doch nur, daß er am Leben bleibt und mit Dovey glücklich ist. Laß ihn nicht auf das Schiff gehen!"

Aber Beatie hörte nicht. Sie tanzte um das Brautpaar herum, halb außer sich vor Freude.

Abigail konnte in Judahs Gesicht sehen, so als wäre sie nur ein paar Zentimeter von ihm weg. Sie sah seine helle rosige Haut, seine dunklen blauen Augen und seine weißen Zähne, als er zu Dovey hinablächelte. Er schaute durch Abigail hindurch, als wäre sie aus Luft.

Ein paar Frauen, deren Kleider am Saum dreckig waren, sprangen aus der Menge vor, um Doveys Hochzeitsring zu berühren, als ob es Glück brächte. Feierlich streckte sie ihnen ihre Hand hin, und Abigail sah neben dem winzigen Schimmer Gold kurz den Granat rot aufblitzen.

Dann gaben Dovey und Judah Beatie, Großmama und Mr. Bow jedem einen Kuß, und Judah hob Dovey in die Droschke. Als beide eingestiegen waren, streute Großmama den Lavendel in die Droschke und trat dann lächelnd zurück.

„Großmama!" schluchzte Abigail. Sie sah, wie die Szene an Farbe verlor und blaß wurde, wie ein altes Bild. Großmama blickte einen Augenblick lang suchend umher, als hätte sie einen schwachen Ton vernommen, dann drehte sie sich um und winkte mit dem Taschentuch der Droschke nach, die langsam davonholperte. Einige Lausbuben rannten hinterher und warfen mit Schuhen.

Abigail merkte, daß ihre Hände voller Staub waren. Sie blickte hinunter, sie hatte die Hände im Schoß. Die Häkelspitze war nur noch zwei Handvoll zerfallener Fäden. Nichts war geblieben, nicht ein Blatt von der Parnassia, nicht eine Drehung der seilähnlichen Borte. Sie fiel auf den Bärenstuhl wie gelblicher Frost.

Im Wohnzimmer war es sehr kalt. Sie schaltete den Elektroofen an und hockte sich, unkontrollierbar zitternd, davor. Irgendwo in ihr stieg ein kleiner Gedanke auf: „Vielleicht hat er sich ja doch nicht auf der *Brothers* eingeschifft."

Aber sie glaubte es nicht.

„Auf Wiedersehen, Judah", sagte sie.

Kapitel 13

Als Abigail fast achtzehn war, kehrten die Kirks nach Sydney zurück. Sie hatten sich in mehreren Ländern aufgehalten, und Abigail empfand es wie eine riesengroße räumliche und zeitliche Lücke, seit sie das letzte Mal die Wohnung im zwanzigsten Stock des „Mitchell" betreten hatte.

„Schnell, sieh aus dem Fenster!" rief Kathy schrill. „So viele neue Gebäude."

Aber Abigail schaute sich wehmütig in ihrem alten Zuhause um.

„Merkwürdig", sagte sie zu ihrer Mutter. „Es sieht kleiner und doch größer aus."

„Und verlotterter", brummte Kathy und besah sich die Zeichen an den Wänden, die vielen Dellen und Schrammen, die Spuren des ihnen unbekannten Lebens der Mieter.

„Na ja", sagte Weyland, „wenn es sich nicht richtig wohnlich herrichten läßt, dann verkaufen wir die Wohnung eben und suchen uns eine andere."

„Art deco-Tapeten", sagte Kathy versunken, „Lampenschirme mit Fransen."

„Plüschsessel?" sagte ihr Mann. „Ich erschieße mich."

Abigail ging ins Badezimmer. Es war noch immer das schönste Badezimmer, das sie je gesehen hatte, aber es kam ihr vor, als spiegle sich ihr Kopf in einer anderen Höhe im Frisierspiegel.

„Bin ich gewachsen", fragte sie sich, „so wie sich alle anderen auch verändern?"

Das Gesicht, das sie anschaute, sah fast noch genauso aus wie das der Vierzehnjährigen, die so oft in den Spiegel geschaut und geflucht hatte, daß sie nie eine Schönheit sein würde. Aber mit der Zeit waren ihre Backen schmaler geworden, hier ein Scheibchen weniger, da eins mehr, hatten die eng zusammenstehenden dunklen Augen lange blonde Wimpern bekommen, die zu ihrer gebräunten Haut hübsch aussahen. Während der Zeit in Norwegen waren auch ihre Haare ausgebleicht. Sie waren jetzt sandsteinfarben mit helleren Strähnen dazwischen.

Ein bißchen wie Beaties Haare, dachte sie. Seltsam, daß sie sich Beaties Gesicht besser ins Gedächtnis rufen konnte, als sie sich an ihr eigenes vor vier Jahren erinnerte. Es waren vier merkwürdige Jahre gewesen.

Die Monate, Wochen oder Augenblicke in jenem anderen Jahrhundert waren ein wenig in den Hintergrund getreten, wie ein Traum. Im ersten Jahr waren ihr die Erinnerungen an ihr Leben mit den Bows bitter wirklich vorgekommen. Sie war vor Trauer um Judah wie zerrissen gewesen, von einer echten selbstlosen Trauer, daß er nicht hatte glücklich mit Dovey leben können, daß sie keine Kinder gehabt hatten und zusammen alt geworden waren. Es dauerte lange, ehe sie sich klarmachte, daß er, selbst wenn er nicht ertrunken wäre, lange bevor sie geboren wurde, gestorben wäre.

„Mag sein, daß ich noch ein Kind war, aber ich habe ihn wirklich geliebt“, sagte sie. „Ich habe gewünscht, daß er sein Leben leben kann, auch wenn ich es nie mit ihm hätte teilen können.“

Ab und zu in diesen ersten elenden Monaten in der ungewohnten neuen Umgebung in Bergen hatte sie sich mit dem Gedanken getröstet, daß sie die ganze Geschichte nur geträumt oder sich in ihrer Phantasie ausgemalt hätte, weil sie sich so aufgeregt hatte, daß ihre Eltern sich wieder versöhnt hatten. Aber sie wußte, daß es nicht so war.

„Wie ich mich noch dazu in puncto Mum und Dad geirrt habe“, dachte sie. „Was war ich so dumm, mich so zu quälen. Um wieviel alberner erst, sich nicht klarzumachen, daß Erwachsene ebensoviel Recht auf Glück haben, wie es die Jugend hat.“

Ihre Mutter lugte ins Badezimmer.

„Was sinnierst du?“

„Denke nur übers Älterwerden nach, daß man sich verändert“, sagte Abigail mit einem Lächeln.

„Du bist schön, das weiß ich gewiß“, sagte Kathy und umarmte sie.

„Du auch“, sagte Abigail. „Weißt du was, Mutter? Ich gehe mal nachsehen, ob die Crowns noch nebenan wohnen. Erinnerst du dich noch an die kleine Natalie und den Teufel von Vincent?“

Als sie sich der Eingangstür der Crownschen Wohnung näherte, erwartete sie regelrecht, die furchtbaren Geräusche der häuslichen Schlacht zu hören. Aber sie hörte nur jemanden Klavier spielen. Ihr Mut sank ein wenig. Die Crowns waren also wohl weggezogen. Sie drückte auf die Klingel. Nach einem Weilchen hörte die Musik auf, und die Tür wurde von einem großen hübschen Jungen von zehn oder elf Jahren geöffnet. Abigail musterte ihn und keuchte: „Du bist doch nicht Vincent?!“

„Bin ich, doch“, antwortete er vergnügt. „Aber wer bist du?“

„Abigail Kirk. Ich habe früher nebenan gewohnt. Ich bin mit dir und Natalie immer auf den Spielplatz gegangen, weißt du noch?“

„He, Abigail!“ Er lachte vor echter Freude. „Du bist doch nach Übersee gezogen, nicht – Holland oder so?“ Er drehte sich um und rief: „Mum, komm mal! Das errätst du nie!“

Justine war ganz aus dem Häuschen, Abigail wiederzusehen. Die Wohnung war neu gestrichen und leidlich ordentlich. Justine sah drall und zufrieden aus.

„Und Natalie, wo ist Natalie?“

„Oh, sie wird jeden Moment kommen, sie ist mit Robert zum Einkaufen gegangen. Sie feiert heute ihren achten Geburtstag, weißt du. Sie wird ganz aus dem Häuschen sein!“

„Sie wird mich nicht einmal mehr wiedererkennen.“ Abigail lachte. „Sie war noch so klein, als ich fortgezogen bin.“

„Ich übe weiter, Mum“, sagte Vincent, entschuldigte sich und verschwand im Zimmer nebenan. Das Klavier ertönte wieder.

Justine sagte aufgeregt: „Er hat großes Talent, sagt sein Lehrer – spielt ganz außergewöhnlich gut. Erinnerst du dich noch, was für ein Teufel er war? Tja, als er mit dem Klavierunterricht anfing, war es wie Zauberei. Plötzlich wurde aus ihm ein normales, anständiges Kind. Bill und ich konnten es nicht fassen. Täglich beten wir zu Gott und danken ihm."

„Bill? Heißt Ihr Mann nicht Robert?"

„Nein, nein. Robert ist mein jüngerer Bruder. Er ist Nats Lieblingsonkel, wo er so jung ist. Er ist erst zwanzig. Müßte gleich kommen. Also dann, erzähle mir alles der Reihe nach. Hast du an der Universität von Oslo studiert? Hast du Romanzen mit reizenden Norwegern gehabt?"

„Oh, drei oder vier." Abigail lächelte. „Die norwegischen Jungen sind so nett. Aber nichts Ernstes."

„Es muß dich tödlich anöden, wieder hier zu sein", sagte Justine.

„Nein, überhaupt nicht. Oh, es kommt einem etwas heiß und hell vor nach diesen nordischen Ländern, aber ich werde an der Universität von Sydney zu Ende studieren. Ich werde mich schnell wieder einleben, und die letzten vier Jahre werden mir bald wie ein Märchen vorkommen."

Es klingelte an der Tür, und Justine sprang auf. Eine ältere größere Natalie stürmte herein, die Arme voller Tüten.

„Robert ist noch unten mit den großen Sachen", rief sie. Beim Anblick des Besuchs strahlte sie. Für den Bruchteil einer Sekunde schaute sie verblüfft. Dann rief sie: „Abigail!", ließ sämtliche Tüten fallen und warf sich Abigail in die Arme. „Oh, bist du aber groß geworden, aber ich hätte dich überall und immer wiedererkannt."

Als Abigails Arme sich um den drahtigen kleinen Körper schlossen, empfand sie schlagartig Mitleid mit dem traurigen, tränenreichen Kind, das Natalie einmal gewesen war. Fast war sie eifersüchtig, daß Natalie ohne ihre Hilfe zu einem mutigeren, selbstsicheren Ich gefunden hatte. Die großen grauen Augen blickten offen und lebhaft, das traurige kleine Gesicht schaute fröhlich drein.

„Bestimmt hat sie alles vergessen", dachte sie. Aber gerade als ihr der Gedanke durch den Kopf schoß, legte Natalie ihre Lippen nah an Abigails Ohr und flüsterte: „Erinnerst du dich noch an Stoppelhaar?"

Abigail nickte.

„Sie war unser Geheimnis, nicht wahr? Weil niemand sonst sie gesehen hat, weißt du."

An der Tür wurde mit einem Schlüssel hantiert, und Natalie rief: „Oh, das ist Robert! Du mußt unbedingt noch bleiben und dir die supertollen Sachen ansehen, die er mir zum Geburtstag gekauft hat!"

„Muß er euch Quälgeister immer so verwöhnen!" schimpfte Justine, als sie die Tür aufmachen ging. Ein großer junger Mann kam herein und lachte über einen Armvoll großer Tüten hinweg. „Klettere nicht an mir hoch, Natty, oder ich breche zusammen. Wo ist Vince? Ich habe ihm etwas mitgebracht, auch wenn er heute keinen Geburtstag hat."

Abigail war halb verdeckt von der Lehne des Ohrensessels. Ihr war, als würde sie gleich ohnmächtig werden, als würde das Blut zu ihren Zehen hinabfließen.

Die Stimme – wieder spürte sie den alten heftigen Schmerz der Sehnsucht, die Zärtlichkeit, die unerträgliche Wonne, vierzehn zu sein und in Liebe zu jemandem zu ertrinken, der sie für ein Kind ansah.

„Jetzt fängt alles wieder von vorn an“, dachte sie voller Panik. „Aber es ist ausgeschlossen. Ich habe die Häkelspitze verbrannt. Aber wenn doch, dann weiß ich nicht, wie ich damit umgehe, jetzt wo ich älter bin.“

Sie kauerte sich in den Sessel und versuchte sich zu verstecken, bis sie wieder klar denken konnte.

„Leg das alles ab und komm mit, du mußt unbedingt eine meiner ältesten Freundinnen kennenlernen“, hörte sie Justine sagen. „Vincent, hör auf mit dem Krach. Robert hat eine Überraschung für dich. Komm schon, Robert.“

Abigail spürte, wie er dort stand. Einen Moment lang konnte sie nicht aufsehen, sie hatte zuviel Angst.

Justine schwatzte weiter: „Abigail, du mußt unbedingt meinen Lieblingsbruder Robert kennenlernen. Robert Bow, Abigail Kirk.“

Abigail hob die Augen.

„Es war sehr seltsam“, erzählte Justine ihr sehr viel später. „Du hast ihn mit dem süßesten Lächeln, das ich je gesehen habe, angelächelt. Ich hatte dich immer für ziemlich nüchtern gehalten, weißt du – aber das! Ich bin regelrecht dahingeschmolzen. Robert sagte dann, du weißt schon ... wow ... es war wirklich komisch!“

„Abby!“ rief der junge Mann aus. Dann wurde er rot und sagte: „Oh, tut mir leid. Einen Moment dachte ich, ich würde dich kennen. Ich weiß auch nicht, warum mir das herausgerutscht ist. Ich weiß ja gar nicht, ob du Abby gerufen wirst.“

Seine Augen waren tiefblau, er hatte blonde Haare.

Er war größer als Judah. Seine Hände waren nicht rauh und braungebrannt.

„Dabei hat er länger gelebt, als Judah je gelebt hat, und ist älter", dachte Abigail. „Aber er hat eben nie so hart arbeiten müssen wie Judah."

Die Kinder veranstalteten ein solches Trara wegen der Geschenke, daß Justine davonschoß und nachsehen ging.

Robert setzte sich auf den Boden neben ihrem Sessel. Er schüttelte verwirrt den Kopf. „Wir kennen uns doch nicht, oder? Du mußt mich für verrückt halten, daß ich so losgeplatzt bin. Keine Ahnung, wieso ich dazu kam."

All die verworrenen, halb erschreckten, halb verzückten Gefühle, die Abigail ein paar Augenblicke zuvor aufgewühlt hatten, waren verschwunden. Judah hatte sich nicht auf der *Brothers* eingeschifft. Er hatte gelebt! Ihre innere Leere wurde von ruhigem, zufriedenem Glück erfüllt. Es breitete sich auf ihrem Gesicht aus, so daß sie, würde sie in einen Spiegel schauen, eine verheiratete, noch immer verliebte und rundum zufriedene Frau sehen würde. Sie hätte fast ihre Hand ausgestreckt, um Roberts Wange zu streicheln, wie sie es bei Judah in jenem längst vergangenen Jahr getan hatte. Aber sie tat es nicht. Es war noch nicht die Zeit dafür. Er wußte nicht, was sie wußte.

„Sag mal", sagte sie, „wieso heißt du denn Bow, wo Justine mit Nachnamen doch ..." Sie brach ab. „Aber natürlich, so heißt sie seit ihrer Heirat. Entschuldige. Ich war noch ziemlich klein, als ich noch in der Wohnung nebenan gewohnt habe."

„O ja, ich weiß", sagte Robert. „Natalie hat oft von dir gesprochen. Du bist immer mit ihr zum Spielplatz gegangen."

Was hatte Natalie ihm wohl noch alles erzählt?

„Ich habe mal andere Bows gekannt", sagte sie. „Ich hatte mal einen Freund, der hieß Judah."

Robert schaute verblüfft. „Aber so heiße ich auch! Robert Judah Bow! Woher kanntest du sie? Es müssen Kusins oder so sein. Ich muß Justine fragen."

„Nein, nein", sagte Abigail ruhig. „Sie kennt sie nicht. Wir haben uns früher schon mal darüber unterhalten. Laß uns noch hier sitzen bleiben."

Hinterher konnte sie nicht mehr mit Bestimmtheit sagen, worüber sie sich unterhalten hatten. Es hatte sich um zu banale, allgemeine Dinge gedreht. Sie erzählte Robert von Norwegen, und er erzählte ihr von seiner Ausbildung zum Marineingenieur, die er gerade machte.

„Mir liegt die See, weißt du."

„Ja, sicher."

„Ich glaube, meine Vorfahren stammen von den Shetland-Inseln oder so, die See liegt mir also wohl im Blut."

„Orkneys", sagte Abigail mehr zu sich selbst. Er sah sie halb verdutzt, halb fasziniert an.

„Kann ich dich mal besuchen?"

„Ja, natürlich. Ich wohne gleich nebenan."

Sie lächelten einander an wie alte Freunde.

Als sie hinausging, flüsterte Justine: „Ist er nicht nett?"

Abigail lächelte. Als sie sich hinunterbeugte, um Natalie einen Kuß zu geben, flüsterte das kleine Mädchen auf ihre alte Art: „Du ziehst doch nicht wieder weg, oder, Abigail? Jetzt wird es erst richtig gut, nicht wahr?“

„Ja“, sagte Abigail.

Als sie in die Wohnung der Eltern zurückkam, sagte Kathy: „Wir haben uns gegen Art deco entschieden, ist einfach zu scheußlich. Vielleicht norwegischer Stil, die Türen mit Blumen und Sträußen in matten Farben bemalt.“

„Das ist aber eine ganz andere Richtung“, sagte Abigail abwesend. Sie spürte, daß sie nicht sehr lange in der Wohnung wohnen würde, also interessierte es sie nicht sonderlich, wie sie mal aussehen würde. Kathy fragte sie nach den Crowns und nickte vergnügt über Vincents wundersame Wandlung.

„Er war eifersüchtig auf Nat, weißt du“, sagte sie.

„Vielleicht hast du recht“, sagte Abigail. „Kinder ... wer weiß schon, was in ihren Köpfen vorgeht?“

„Wer war noch bei Justine, daß du so dreinschaust?“ fragte Kathy verschmitzt.

„Ein Student namens Robert Bow“, antwortete Abigail.

„Und?“

„Er kommt Sonntag nachmittag vorbei. Er wird dir gefallen.“

Kathy wollte sie schon damit aufziehen, als Abigail hinzufügte: „Er bringt das Familienstammbuch mit.“

Kathy schaute verwirrt.

„Wir wollen uns nur seinen Familienstammbaum ansehen“, erklärte Abigail.

Am Wochenende erschien Robert. Er überragte sogar Weyland Kirk. Abigail fielen jetzt, außer seiner Größe, in seinem Gesicht noch ein paar Unterschiede zu Judahs Gesicht auf. Die Augen und Haare und Gesichtszüge waren gleich, aber seine Zähne waren ebenmäßiger. Die Pockennarbe, die Judahs Wange ein Grübchen verliehen hatte, fehlte. Die Haare waren ganz anders geschnitten.

„Er hat es leichter gehabt im Leben als Judah, so wie ich es vermutlich leichter gehabt habe als Dovey und die arme kleine Beatie. Wie es ihr wohl ergangen sein mag?"

Das Stammbuch war ein dickes Buch. Der grüne Samt hatte kaum noch Flor. Die kupfernen Ecken waren schwarz und verbogen. Sie waren seit Jahren nicht poliert worden.

„Justine hat es oben im Wäscheschrank aufbewahrt. Es gehörte irgendeiner Urgroßtante oder so. Sie war Direktorin an der Fort-Street-Schule, du kennst doch das alte Gebäude da oben in der Nähe vom Observatorium, das jetzt der Nationalbank gehört?"

„Sie hat es also geschafft!" jubelte Abigail. Sie strahlte Robert an, der sie anstarrte.

„Sie war ein totaler Hitzkopf. Mutter konnte sich noch gut an sie erinnern. Sie hat in einem Heim für betagte Damen oder so gewohnt. Mutter hat sich vor ihr zu Tode gefürchtet, hat sie mal erzählt."

„Die alte Miss Bow?" Abigail lachte verwundert. „Wer hätte das gedacht? So also ist das Kinderspiel entstanden ... aus lauter Angst, Miss Beatie Bow würde aus dem Grab auferstehen und ihnen eins aufs Dach geben!" Sie lachte. „Entschuldige, Robert. Ich höre mich sicher an wie eine Hexe. Aber wenn wir uns den Familienstammbaum angesehen haben, erkläre ich dir einen Teil." Ihre Augen blitzten, als sie ihn anlächelte. „Den Rest erzähle ich dir erst, wenn wir uns besser kennen."

„Wenn ich da ein Wörtchen mitzureden habe, dann dauert das nicht lange."

„Gehen wir in die Küche", sagte sie. „Die zwei streiten sich, in welcher Farbe sie die Wohnung neu streichen lassen sollen. Die Rote-Plüschsessel-Phase haben wir schon hinter uns, und ich bin lieber nicht dabei, wenn sie zum Thema Birkenholz und skandinavischem Stil mit Lappen-Teppichen kommen. Außerdem können wir da dieses Monstrum auf dem Tisch ausbreiten."

Robert schlug das dicke Buch auf und blätterte weiter auf eine der dicht beschriebenen Seiten. Handgemalte Veilchen und verblaßter Flieder umrahmten den Familienstammbaum. Die Namen standen in einem kleinen gemalten Oval mit einer goldfarbenen Linie. Manche Namen waren in schnörkeliger viktorianischer Handschrift mit langen schwungvollen Schleifen geschrieben, wobei die Tinte zu einem hellen Braun verblichen war. Andere Namen waren in einer runden Kinderschrift geschrieben, und unten auf der Seite standen Vincent und Natalie Crowns Namen, von Justine mit einem grünen Stift, ihrer Lieblingsfarbe, eingetragen. Abigail las ungeduldig. „Dein Urgroßvater, Judah, wo steht er?"

„Halt mal", sagte Robert. „Mein Urgroßvater hieß nicht Judah. Soweit ich weiß, hieß er Samuel."

„Das kann nicht sein", wandte Abigail ein. „So hieß doch Kavallerist Bow, ihr Vater, Beaties, Gibbies und Judahs Vater."

„Wie um alles auf der Welt …? Egal jetzt … Gibbie! Das ist es. Gilbert. Schau, hier steht es."

Sein brauner Zeigefinger glitt die gemalten Zweige des Stammbaums hinunter, bis er bei Gilbert Samuel, geb. 1863, gest. 1933, landete.

„Das ist nicht möglich", rief Abigail. „Sie haben fest damit gerechnet, daß er nicht am Leben bleiben würde. Er war immer so krank. Dann hat Gibbie sein Lebtag so herumgehangen, bis er – wieviel? – siebzig war, das muß man sich mal vorstellen!"

Robert starrte sie verwirrt an.

„Dann muß Judah doch ertrunken sein", sagte sie langsam. „Wo steht er, Robert?"

Ihr Finger wanderte zurück zu der kringeligen viktorianischen Handschrift. Sie las *Judah Bow*, geb. 1855, gest. 1874.

„Oh, Robert, er war doch auf dem Schiff. Er ist mit neunzehn gestorben. Es ist einfach ungerecht!"

„Oh, Judah, oh, Judah", schluchzte sie. Robert legte die Arme um sie. Er versuchte, ihrem erstickten Gemurmel einen Sinn zu entnehmen, aber er verstand nur: „Als ich dich sah, war ich sicher, er hätte gelebt, Dovey hätte ein Baby gehabt, und du wärst einer seiner Nachfahren. Wieso siehst du ihm so ähnlich? Der scheußliche kleine Gibbie! Du kannst dir nicht vorstellen, wie furchtbar er war, hat immer nur danach gegeiert, bei seiner Mama und den Engeln im Himmel zu sein. Er hatte sogar schon seine Beerdigung geplant."

Sie hob den Kopf und schniefte wütend. „Das sieht ihm ähnlich, führt alle an der Nase herum und wird siebzig Jahre alt, die kleine Schlange!"

„Aber wenn er nicht gelebt hätte", machte Robert sie sanft aufmerksam, „wäre er nicht mein Großvater, und ich säße jetzt nicht hier und würde dir zuhören."

„Ich habe ihn so geliebt", weinte Abigail. „Nicht den gräßlichen Gibbie, sondern Judah. Ich wußte, er würde ertrinken, und wollte ihn warnen, aber ich konnte nicht zurückkehren ... Oh, Robert, er ist mit neunzehn gestorben, sein Leben hatte noch gar nicht richtig angefangen."

„Komm schon", sagte Robert, und seine Stimme klang so fest wie Judah Bows Stimme, der mit achtzehn seinen Mann gestanden, Männerarbeit verrichtet und die Autorität eines Mannes besessen hatte. „Beruhige dich wieder und erzähle mir eins: Woher weißt du Dinge über meine Familie, die ich nicht einmal weiß. Warum weinst du um jemanden, der vor über einem Jahrhundert gestorben ist? Früher oder später wirst du es mir ja doch erzählen. Warum also nicht früher?"

Er küßte ihre Tränen fort. Es war ganz natürlich und vertraut.

Also erzählte Abigail ihm schlicht und ohne Verlegenheit, was vor vier Jahren geschehen war. Er hörte ernst zu.

„Natalie hat etwas damit zu tun, nicht wahr?" überlegte er. „Sie ist schließlich auch eine Bow und hat vielleicht die Gabe. Und die Häkelspitze, die Ururgroßmutter Alice von den Orkneys gemachte hatte, reichte aus, dich ins vergangene Jahrhundert zu versetzen. Sie hatte recht: Du warst die in der Prophezeiung vorhergesagte Fremde."

„Aber der Rest der Prophezeiung ...", rief Abigail. „Großmama Tallisker selbst hat geglaubt, daß Gibbie derjenige wäre, der sterben müßte, weil er so schwach war, und daß Beatie diejenige wäre, die kinderlos bleiben würde. Weil Beatie immer wieder gesagt hat, sie würde nicht heiraten, komme was da wolle. Statt dessen mußte Judah sterben, und Dovey sollte ohne Nachkommen bleiben. Die Prophezeiung hat gestimmt, aber Großmama hat sich in den Personen geirrt."

„Dovey ist nicht kinderlos geblieben", sagte Robert sanft. „Ihr richtiger Name war doch Dorcas? Sieh dir noch einmal den Stammbaum an. Sie hatte ein Kind, Judith, und es ist zusammen mit ihr gestorben, im selben Jahr, in dem auch Großmutter gestorben ist."

„Das war das Pocken-Jahr", sagte Abigail. „Oh, arme kleine Dovey, armes kleines Baby. Und Großmama ... sie war die wunderbarste Frau der Welt. Seltsam, Robert, daß sie meine Bestimmung darin gesehen hat, an dem Tag, als das Feuer ausbrach, ins Haus zurückzugehen und Dovey für Judah zu retten, damit zwei ihrer Kinder die Möglichkeit hätten, die Gabe weiterzugeben. Dabei ging es darum, das kleine Monster aus dem Haus zu holen. Ja, einzig und allein darum ging es. Ich mußte Gibbie retten, damit die Bow-Familie und die Gabe weiterleben konnten."

Sie studierte eifrig das Stammbuch. „Es hat bestimmt noch mehr Kinder gegeben, Töchter vielleicht, von denen manche auch die Gabe hatten. Aber wer immer das Stammbuch geführt hat, er hat sich einfach nicht die Mühe gemacht, sie einzutragen."

„Die gute Dame Beatie hatte wohl nicht die Zeit dazu. Sie war eine berühmte Lehrerin für klassische Sprachen und eine komplette Leuteschinderin als Direktorin, das jedenfalls sagt Justine."

„Ich finde es interessant", sagte Abigail, „daß du mir jedes Wort glaubst."

„Ja", sagte er. „In erster Linie, weil du es mir erzählst, und zum zweiten, wie sollte ich anders. Gleich als ich dich das erstemal gesehen habe, kamst du mir so vertraut vor, als wüßte ich alles über dich, als wäre es mir nur im Moment entfallen. Ich habe die ganze Nacht damit zugebracht, mich daran zu erinnern."

„Ich war auch wach", gestand Abigail. Aber als er sie fragte warum, wollte sie es ihm nicht sagen.

Er blätterte die Seite um. „Da ist noch viel Platz für weitere Nachkommen", sagte er, „und schon fertig gemalt. Komisch, bei den Blumen handelt es sich um Akazien und Weihnachtsglocken. Sie müssen gemalt worden sein, nachdem die Bows und Talliskers hierher eingewandert sind."

Abigail dachte, daß vielleicht Dovey diese Blumen gemalt hatte, weil darunter Lavendelzweige, Wollgras und Parnassia waren. Die arme heimwehkranke Dovey, die nur so kurz verheiratet und dann zwei Jahre lang Witwe gewesen war.

„Großmama Tallisker hätte dir gefallen", sagte Abigail. Sie seufzte. „Meine wird dir nicht gefallen. Sie ist noch schlimmer geworden, als sie ohnehin schon war."

Sie schwieg und dachte an jene alte Frau, Alice Tallisker, ihre unendliche Güte und Stärke, wie sie gesagt hatte, daß Abigail ebenso mit den Talliskers und Bows verbunden war, wie sie es mit Abigail waren. Die Theorie - nämlich daß die Zeit ein großes schwarzes Loch war, das alles verschluckte –, die sie vor vier Jahren bei ihrem Streifzug durch die Rocks aufgestellt hatte, war ihrer Ansicht nach nicht richtig. Sie stellte jetzt fest, daß die Zeit ein großer Strom war, immer in Bewegung, immer sich verändernd, daß nur das Wasser stets dasselbe war, das zwischen den Ufern von der Quelle zur Mündung floß.

Wie um alles auf der Welt hatte die häßliche ungestüme Beatie es bloß bis zur Direktorin der Fort-Street-Schule gebracht, der besten Schule ihrer Zeit?

„Eines Tages werde ich es herausfinden", dachte Abigail. „Vielleicht habe ich ein wenig dazu beigetragen, aber davon erzähle ich Robert ein anderes Mal."

Ihre Mutter kam in die Küche. „Was um Himmels willen macht ihr denn da?"

„Albern nur herum", sagte Robert. Er war Kathy und Weyland gegenüber noch schüchtern. „Nichts weiter."

„Spielen nur Beatie Bow", sagte Abigail. Ihr war klar, daß ihre Mutter nicht verstand, aber das machte nichts. Robert verstand.

Die Autorin

Ruth Park, geboren in Neuseeland, kam in den vierziger Jahren nach Australien. Sie heiratete den Schriftsteller D'Arcy Niland. Die beiden sind lange Zeit in Australien umhergezogen und haben ein abenteuerliches Leben geführt.

Dann begann Ruth Park zu schreiben. Sie hatte nicht nur mit ihren Romanen, sondern auch mit ihren Kinder- und Jugendbüchern großen Erfolg.